Die Ballade vom Faloorie Man

Eugene McEldowney

Die Ballade vom Faloorie Man

Roman

Aus dem Englischen übertragen
von Anja Lazarowicz

Eichborn.

Faloorie Man:
eine fiktive Gestalt aus einem Belfaster Kinderlied

Der Eichborn Verlag dankt dem
ILE (Translation Fund) Dublin, Irland,
für seine finanzielle Unterstützung

1 2 3 4 04 03 02

Umschlaggestaltung: Moni Port
Lektorat: Susanne Aeckerle, Doris Engelke
Satz: Fotosatz Reinhard Amann, Aichstetten
Druck und Bindung: Clausen & Bosse, Leck
ISBN 3-8218-0863-2

Verlagsverzeichnis schickt gern:
Eichborn Verlag, Kaiserstraße 66, D-60329 Frankfurt am Main
www.eichborn.de

Dieses Buch ist dem Andenken an
Kathleen und John, Sarah und Isaac gewidmet,
und auch Maura,
ohne die es keine Geschichte gegeben hätte

Erstes Buch

Kapitel eins

Sarahs Geschichten gingen immer gut aus. Ich erinnere mich, wie ich als kleiner Junge in kurzen Hosen mit meiner Mutter am Küchentisch saß, vor uns aufgeschlagen das große Bilderbuch. Ich rieche noch den Geruch der Druckerschwärze, sehe das glänzende Papier und Sarahs Finger vor mir, der langsam die Worte entlangfuhr, die mich unausweichlich in jene unschuldige Welt mitnahmen, in der Tugend immer belohnt wird und alle glücklich sind bis an das Ende ihrer Tage. Diese Geschichten hatten alle ein Happy-End. Nur nicht die Geschichte von der Titanic.

Unser Haus war voller Heiligenbilder. Sie hingen in der Diele, im Flur und in der Küche. Und in den Schlafzimmern. Der einzige Raum ohne Heiligenbilder war das Badezimmer. Egal, wo man sich in diesem Haus aufhielt – die Heiligen hatten einen im Auge.

Über dem Kamin im Wohnzimmer hing ein großes Gemälde von Jesus mit dem entblößten Herzen, die Dornenkrone auf dem Haupt, und einem Licht davor. Es war ganz klar, daß er Qualen litt. Tränen liefen ihm über die Wangen. In meinem Schlafzimmer hing ein Bild der Jungfrau Maria, auf dem sie sehr schön aussah, in einem blauen Kleid, die Hände zum Gebet gefaltet und den Blick gen Himmel gerichtet.

Es gab auch ein Bild des Papstes, das irgend jemand Sarah von einer Pilgerfahrt nach Lourdes mitgebracht hatte. Eugenio Pacelli. Pius XII. Er hatte ein schmales, verhärmtes Gesicht und zusammengekniffene Augen hinter einer randlosen Brille. Ich fand, er sah wütend aus. Deshalb fragte ich bei Sarah nach.

»Wütend? Wer sagt, daß er wütend ist?«

»Er sieht wütend aus.«

Sarah beugte sich vor, um das Bild genauer zu betrachten.

»Er ist nicht wütend. Er ist nur traurig, weiter nichts.«

»Warum ist er traurig?«

»Weil er alles Leid dieser Welt auf seinen Schultern trägt, der Arme. Er muß immer an all die Sünder und die ganze Verderbtheit der Menschen denken. Du würdest auch traurig schauen, wenn du das ertragen müßtest. Der Mann ist ein leibhaftiger Heiliger.«

»Heißt das, er kommt in den Himmel, wenn er stirbt?«

»Aber ganz bestimmt. Und sitzt bis in alle Ewigkeit neben Gott und den Märtyrern.«

»Was ist denn ein Märtyrer, Mama?«

»Ein Märtyrer ist einer, der für den Glauben stirbt. Wie unser seliger Oliver Plunkett. Er ist ein Märtyrer. Schlechte Menschen haben ihm den Kopf abgeschlagen, auf einen Pfahl gesteckt und durch London getragen.«

Mir blieb das Herz stehen.

»Warum haben sie das getan, Mama?«

»Weil er seine heilige Religion nicht verraten wollte. Da haben sie ihm vor lauter Schlechtigkeit den Kopf abgeschlagen. Man kann ihn sich anschauen. Er ist immer noch da, in der Kirche von Drogheda. In einem Glaskasten. Irgendwann fahren wir mal mit dem Bus hin.«

Ich war mir ganz und gar nicht sicher, daß ich den Kopf des seligen Oliver Plunkett sehen wollte. Deshalb sagte ich nur: »Das wäre schön, Mama.«

Ich habe mich immer wieder gewundert, warum es keine Bilder von glücklichen Heiligen gab. Alle sahen so traurig aus. Ich vermutete, daß es irgendwas mit dem Kopfabschlagen, Auf-einen-Pfahl-stecken und solchem Zeug zu tun hatte.

Das Bild, das mich am meisten faszinierte, hieß »Messe während der Penal Days«. Es zeigte einen Priester mit der geweihten Hostie auf einem Felsen irgendwo auf dem Land. Schnee bedeckte den Boden. Die Leute knieten – Männer, Frauen und Kinder – und beteten. Man sah sofort, daß sie arm waren, weil die meisten keine Mützen hatten, obwohl es schneite. Sie trugen Kopftücher und hatten keine Schuhe an. Und unten im Tal waren die Rotröcke mit ihren Gewehren unterwegs, um den Priester gefangenzunehmen.

Dieses Bild ließ mich nicht los. Ich konnte mir nicht vorstellen, warum die Rotröcke den Menschen Böses antun wollten, die einfach nur beteten. Ich hatte den unangenehmen Verdacht, daß es dieselben Leute waren, die Oliver Plunkett den Kopf abgeschlagen und dann auf einem Pfahl quer durch London getragen hatten. Eines Tages fragte ich Sarah danach.

Sie legte das Staubtuch weg, mit dem sie den Kaminsims geputzt hatte.

»Das ist doch ganz einfach, Martin. Der Priester repräsentiert den Papst. Und sie hassen den Papst. Und sie hassen seine heilige Kirche. Und sie hassen auch uns, weil wir Katholiken sind.«

»Aber warum, Mama?«

»Weil sie bigott sind, deshalb.«

»Was ist bigott, Mama?«

Sarah seufzte tief.

»Bigott ist einer, der es nicht besser weiß. Jetzt lauf und laß mich in Ruhe.«

Aber damit war ich nicht zufrieden. Also nützte ich die erstbeste Gelegenheit, um noch einmal danach zu fragen.

Sarah erklärte: »Bigotte Leute hassen die Katholiken, und wenn sie betrunken sind, verfluchen sie den Papst.«

»Meinst du, sie sagen schlimme Wörter?«

»Schreckliche Wörter. Wörter, die eine Todsünde sind, wenn sie über deine Lippen kommen. Wörter, für die Gott dich auf der Stelle tot umfallen lassen kann, wenn er das will.«

»Und warum läßt er dann die Bigotten nicht auf der Stelle tot umfallen, wenn sie den Papst verfluchen?«

»Oh, das tut er ja. Dann, wenn er es für richtig hält. Hab ich dir nicht die Geschichte von der Titanic erzählt?«

Ich schüttelte den Kopf.

»Also, die Titanic war ein großes Schiff, das unten auf den Werften gebaut wurde. Es war das größte Schiff der Welt. Und jedesmal, wenn die Oranier eine Niete in das Schiff schlugen, haben sie den Papst verflucht.«

Ich saß mucksmäuschenstill. Ich war starr vor Angst. Sarah strich mir über den Kopf.

»Und jetzt erzähl ich dir, was aus der Titanic wurde. Sie sank auf ihrer allerersten Fahrt. Alle ertranken. All die aufgeblasenen Leute in ihren Pelzmänteln flehten Gott um Hilfe an. Aber er half ihnen nicht. Er befahl, daß die

See sie verschlingt. Wegen der Oranier und weil sie den Papst so verflucht hatten.«

Ich hielt den Atem an und versuchte mir dieses gewaltige Ereignis vorzustellen, von dem meine Mutter mir da erzählte. Ich fand es schrecklich, daß die Oranier den Papst verflucht hatten, aber auch, daß sie deshalb ertrinken mußten. Mich erfüllte großes Erstaunen und Stolz, weil ich ein Katholik war und Gott solche eindrucksvollen Dinge tat, um unsere Feinde zu bestrafen.

»Denk immer an die Messe auf dem Berg«, sagte Sarah und zeigte auf das Bild mit den anrückenden Rotröcken. »Früher hielten die Menschen an ihrem Glauben fest. Der Priester wurde gejagt. Auf ihn war ein Kopfgeld ausgesetzt. Aber keiner hat etwas gesagt. Keiner hat ihn verraten. Denk immer daran, was die Menschen in der Zeit ausgehalten haben. Vergiß niemals den Glauben.«

»Nein, Mama«, sagte ich. »Bestimmt nicht.«

Isaac war Sarahs Mann. Er war klein und drahtig, und hatte einen kahlen Fleck am Hinterkopf, der aussah wie eine rosa Billardkugel. Isaac war ein großer Fußballfan und Anhänger des Celtic Football Club. Er sagte immer, daß jeder gegen die Celtics ist, weil die Celtics katholisch sind. Die Schiedsrichter und die Linienrichter und die Sportreporter – alle haßten die Celtics. Er sagte, sie könnten die Celtics nicht ausstehen, weil sie die beste schottische Mannschaft wären und keiner sie schlagen konnte, und daß das die Blue Noses ganz verrückt machte.

Ich versuchte mir Leute mit blauen Nasen vorzustellen, aber es gelang mir nicht. Isaac erklärte, daß Blue Noses nur ein anderer Name für die Rangers war, weil sie die Celtics haßten und blaue Trikots trugen.

Alle schienen uns zu hassen, weil wir Katholiken waren: die Rotröcke und die Bigotten und die Oranier und jetzt auch noch die Blue Noses.

Isaac sagte: »Das wirst du noch früh genug lernen, mein Sohn. Es gibt überhaupt nur zwei Sorten Menschen auf dieser Welt. Die Celtic-Anhänger und die anderen.«

Isaac war Mitglied des Ancient Order of Hibernians, hatte eine grüne Schärpe im Schlafzimmerschrank und marschierte jedes Jahr am St. Patrick's Day mit einem Schwert über der Schulter in der Parade auf der Falls Road mit. Er hatte immer gute Laune. Ich kann mich noch gut erinnern, wie er morgens beim Rasieren im Bad sang.

I am the wee Faloorie Man, a rattling roaring
Irishman.
I will do whatever I can, for I am the wee
Faloorie Man.

Isaac arbeitete im städtischen Krankenhaus. Er hat mir alles über die Jobs erzählt, die er machen mußte.

»Oh, das ist gefährliche Arbeit, Marty. Ich muß das ganze Blut und die Eingeweide einsammeln, wenn sie Leute fertig auseinandergeschnitten haben. Manchmal ist der ganze Operationssaal voller Blut, und dann sagt der Chirurg: ›Holt mir Isaac McBride. Das ist der einzige Mann, der damit fertig wird.‹

Und dann muß ich alles in einen Eimer schaufeln, abgetrennte Arme und Beine, und es in den Ofen schaffen, bevor ich meine Teepause machen kann. Und wenn ich abends fertig bin, spritzen sie mich von oben bis unten mit Desinfektionsmittel ab, für den Fall, daß ich irgendwelche Bakterien abbekommen habe.«

Ich wußte nicht, was Bakterien sind, aber ich mochte das Wort nicht.

Ich war überzeugt, daß Isaac einen großartigen, wichtigen Job hatte, obwohl ich die Vorstellung, das ganze Blut wegputzen zu müssen, eklig fand. Isaac brachte mir immer stapelweise Comics mit, die auf den Kinderstationen liegengeblieben waren. Beanos und Dandys und Hotspurs und Wizards.

Jeden Morgen, bevor er zur Arbeit ging, brachte er mir ein Ei im Glas mit Butter und in Streifen geschnittenen Toast ans Bett.

»Verdrück das hier mal. Dann kriegst du Haare auf der Brust.«

Ich setzte mich auf und rieb mir den Schlaf aus den Augen. Ich wollte keine Haare auf der Brust, aber ich liebte den Geschmack von Eiern und Toast, und ich wollte Isaac gefallen. Er setzte sich auf meine Bettkante, ich tauchte die Toaststückchen in das Ei, und es schmeckte herrlich.

»Weißt du schon das Neueste?« fragte er dann. »Die Celtics haben wieder gewonnen. Drei zu eins gegen die Rangers. Charlie Tully hat zwei Tore geschossen. Was sagst du dazu?«

Ich wußte über Charlie Tully genau Bescheid, weil Isaac mir alles erzählt hatte. Er war der beste Fußballer der Welt. Er hatte für die Belfast-Celtics gespielt, bevor er zu Glasgow ging.

»Zwei Tore, Marty. Rannte einfach um die Verteidiger der Rangers herum. Die Blue Noses wußten nicht, wie ihnen geschah. Oh, da werden sich heute im Vatikan alle freuen.«

»Das sind sehr gute Nachrichten, Daddy.«

»Sehr gute? Unglaublich, unfaßbar, das sind sie. Die werden noch Meister. Wart's ab.«

Und dann reckte er die Hände über den Kopf, hielt den Schal ausgebreitet, tanzte durchs ganze Zimmer und sang das Celtic-Lied, während ich mein Ei verputzte.

For it's a rare ould team to play for.
And it's a rare ould team to see.
And if you know their history,
It's enough to make your heart grow saaad.

Isaac arbeitete Montag bis Freitag von neun Uhr morgens bis sechs Uhr abends. Samstags mußte er nur bis mittags arbeiten, und wenn er um eins fertig war, kam er nach Hause und legte Sarah die Lohntüte auf den Tisch. Sie setzte sich, lächelte ein wenig und öffnete die Tüte. Ich sah zu, wie Sarah die grünen Pfundnoten und die silbernen Münzen zählte. Wenn sie fertig war, schob sie eine Pfundnote über den Tisch.

»Hier hast du dein Taschengeld, Isaac.«

»Du bist eine anständige Frau, Sarah«, antwortete er und steckte das Geld in die Tasche. Dann setzte er sich zum Essen. Sarah kochte samstags immer ein besonderes Mittagessen – Suppe und Speck und Kohl und Kartoffeln mit geschmolzener Butter darüber.

»Heilige Muttergottes«, sagte Isaac dann immer. »Was Besseres kriegst du im Grand Central Hotel auch nicht. Hab ich etwa nicht die richtige Frau geheiratet?«

Und dann zwinkerte er mir zu, so als wären wir Partner.

»Ja, Daddy.«

»Es ist sehr wichtig, daß du die richtige Frau heiratest,

Marty. Heirate die falsche und du wirst es bis an das Ende deiner Tage bereuen.«

Ich wußte zwar nicht, was er damit meinte, aber es klang sehr wichtig. Alles, was Isaac sagte, war sehr wichtig.

Wenn er fertig gegessen hatte, holte er ein Päckchen Wild-Woodbine-Zigaretten aus der Tasche und ließ sein Feuerzeug schnipsen. Isaac behauptete, es wäre aus einer Gewehrpatrone gemacht, die er aus dem Krieg mitgebracht hatte. Dann ging er nach oben und wusch sich. Ich hörte ihn singend und summend im Badezimmer plätschern. Später kam er in seinem Sonntagsanzug wieder herunter: weißes Hemd, blaue Krawatte, Pomade im Haar, glänzende Schuhe.

»Willst du weg?« fragte Sarah ihn dann immer.

Ich verstand nicht, weshalb sie fragte, weil Isaac doch jede Woche das gleiche machte.

Isaac spitzte den Mund und blies etwas Luft aus.

»Ich dachte, ich mach einen kleinen Spaziergang zu Logue's und schau mal, was es Neues gibt.«

»Und wann kommst du zurück?«

Isaac schaute auf seine Uhr.

»Och, es wird bestimmt nicht spät.«

Dann fiel die Tür ins Schloß, und Isaac wanderte zu Logue's in der Crumlin Road.

Samstags ging Sarah immer früh schlafen. Sie sagte, es ginge ihr nicht so gut. Erst sehr viel später habe ich den Zusammenhang zwischen dem frühen Schlafengehen und der Tatsache kapiert, daß Isaac nicht vor Mitternacht, wenn die Pubs geschlossen hatten, nach Hause kam und gegen die Möbel stieß, daß Sarahs Heiligenbilder von den Wänden fielen.

In Brompton Park gab es fünf Fabriken – große barackenartige Gebäude mit hohen Schloten. Sie beherrschten das Viertel. Den ganzen Tag hörte man das Geklapper der Webstühle, und die Luft roch nach Flachs.

Bei jedem Schichtwechsel heulten die Fabriksirenen. Dann drückte ich mein Gesicht ans Fenster und sah den vielen Mädchen zu, die Arm in Arm zur Arbeit in den Fabriken gingen. Sie hatten Milchflaschen voll Tee dabei. Die Fabriken boten vielen Arbeit, aber die meisten Arbeiter waren Frauen. Es war eine schmutzige Arbeit, die Löhne waren schlecht, und es gab viele Unfälle. Immer wieder sah man Frauen, die einen Mantelärmel hochgesteckt hatten, weil sie den Arm in einer Maschine verloren hatten. Als Mann war man nicht besonders angesehen, wenn man in der Fabrik arbeitete.

Damals nach dem Krieg war die Arbeitslosigkeit sehr groß, und wenn jemand einen guten Job hatte, sahen die Leute zu ihm auf. Auf der Straße drehten sich viele Gespräche darum, wessen Vater den besten Job hatte.

»Mein Dad fängt jetzt auf den Docks an, und er kriegt fünf Pfund die Woche, und meine Ma sagt, ab jetzt gibt's sonntags Fleisch und zum Nachtisch Eis«, erzählte einer der Jungen.

»Das ist noch gar nichts«, erwiderte ein anderer. »Mein Dad arbeitet jetzt bei der Stadt, und zum Geburtstag kauft er mir ein Rad.«

Bei diesen Unterhaltungen blieb ich still. Ich wußte, daß Isaac einen guten Job hatte und nicht wie viele andere Väter entlassen werden würde. Er lieferte seinen Lohn immer zu Hause ab, und wir hatten alles, was wir brauchten. Also hielt ich meinen Mund.

Wenn das Wetter besser wurde, fanden viele Männer

Arbeit auf den Baustellen. An den Sommerabenden kamen sie dann mit Zementstaub auf den Gesichtern heim, und ihre Frauen machten sich schleunigst auf den Weg und kauften neue Kleider für die ganze Familie.

Manche Kinder prahlten: »Mein Dad hat einen tollen Job. Er muß mit einer Ladung Ziegelsteine auf dem Rükken eine Leiter rauf und kriegt dafür sechs Pfund die Woche.« Oder: »Mein Dad arbeitet am Betonmischer und muß einen Schubkarren voll Zement schieben – ihr könnt euch nicht vorstellen, was der für Muskeln hat!«

Die meisten Väter waren ungelernte Arbeiter. Ihre Arbeit war gefährlich und wurde schlecht bezahlt. Es gab nur wenige Handwerker, zum Beispiel Schlosser und Spengler; sie hatten feste Stellen und gingen im Overall und mit ihren Werkzeugkästen unter dem Arm zur Arbeit.

Einer der wenigen Selbständigen war John Rea. Er wohnte auf der anderen Straßenseite und fuhr ein großes schwarzes Taxi. Er war sehr stolz auf sein Taxi und verbrachte jede freie Minute damit, es zu polieren.

»Ich bin mein eigener Boß, Isaac«, pflegte er zu sagen, »und ich fühl mich wohl dabei. Ich muß vor keinem den Hut ziehen.«

»Das ist das einzig Wahre, John. Keiner, der für andere arbeitet, ist je reich geworden«, stimmte Isaac ihm dann immer zu.

Viele Männer hatten überhaupt keine Arbeit. Ich sah sie auf der Stufe vor ihren Häusern sitzen, Zigaretten rauchen und mit den vorbeikommenden Nachbarn reden. Die McHenrys hatten zwölf Kinder, und die Mutter ging ständig ins Krankenhaus und bekam noch eins. Wenn es warm war, trug Mr. McHenry einen großen Lehnstuhl vors Haus, räkelte sich in der Sonne und ließ sich von Mrs. McHenry eine Flasche Bier nach der anderen bringen. Das machte Sarah ganz verrückt. Wenn ich sie fragte, warum er nicht arbeitete, antwortete sie: »Warum sollte er? Sorgt denn der Staat etwa nicht für ihn?«

Willie Toner war Kaminkehrer und wohnte neben uns. Er sagte immer zu Isaac, die Oranier wären an allem schuld, weil sie die guten Jobs in den Werften hatten und einem Katholiken nicht mal die Luft zum Atmen gönnten.

Dann nickte Isaac und sagte: »Du hast ja so recht, Willie.«

Der Mann mit dem besten Job im ganzen Viertel war Spa Dohertys Vater, Harry. Er hatte ein Auto und fuhr jeden Tag im Anzug zur Arbeit. Sein Auto war neben John Reas Taxi das einzige in unserer Straße. Harry Doherty hatte viel Geld, und seine Frau bekam dauernd neue Kleider. Einmal habe ich Spa gefragt, was sein Vater arbeitet, und er sagte, er sei bei einer Versicherung. Als ich das Sarah erzählte, schnaubte sie zornig.

»So nennt er das also? Versicherungsmann, so ein Unsinn! Er ist weiter nichts als ein verdammter Geldeintreiber.«

»Ein Geldeintreiber?«

»Er kassiert für einen Geldverleiher.«

Das war alles neu für mich.

»Was ist denn ein Geldverleiher, Mama?«

»Ein Geldverleiher ist einer, der armen Leuten, die in Not geraten sind, Geld leiht und es sie dann doppelt zurückzahlen läßt. Er ist einer von denen, die der Herr aus dem Tempel gejagt hat. Geld verleihen ist eine Sünde.«

Für mich sah Harry Doherty nicht wie ein Sünder aus. Ich fand, daß er einen tollen Job hatte. Er lachte ständig und erzählte uns Witze. Spa und mir gab er oft Geld für Süßigkeiten. Und Sonntag nachmittags, wenn er nicht arbeitete, durften wir in seinem Auto sitzen. Wir drehten abwechselnd am Lenkrad und taten so, als ob wir fuhren.

Alle paar Monate gingen einige Männer aus unserem Viertel nach England, um in Fabriken in Birmingham und Coventry zu arbeiten. Sie ließen ihre Frauen und Kinder zurück und schickten jede Woche Geld. Dann prahlten die Kinder, ihre Väter verdienten Hunderte von Pfund und würden sie nach England holen und es würde ihnen nie wieder an irgend etwas fehlen.

An Weihnachten kamen die Männer in neuen Anzügen und mit einem fremden, neuen Akzent nach Hause. Sie waren sehr gefragt, in den Pubs in der Hooker und in der Brookfield Street; dann war ihr Geld weg, und sie mußten wieder zurück nach England.

Unsere anderen Nachbarn waren die McAllisters, die sechs Kinder hatten. Bobby war so alt wie ich, und wir spielten zusammen Murmeln. Eines Tages verkündete Maggie McAllister, daß Barney, ihr Mann, nach England gehen würde. Sarah freute sich für sie.

»Er hat in Manchester eine Stelle als Busschaffner bekommen. Unterkunft und Verpflegung und so weiter wird alles bezahlt. Er kann uns zehn Pfund die Woche schicken.«

Das war enorm viel Geld, und alle beglückwünschten sie. Sarah sagte, daß Maggie jetzt bestimmt wieder auf die Beine kommen würde. Barney McAllister ging im Mai, und als Weihnachten vor der Tür stand, meinte Sarah zu ihr: »Ich nehme mal an, daß wir deinen Barney bald sehen werden. Dann gibt es Truthahn und Plumpudding. Du freust dich bestimmt schon.«

Maggie schüttelte den Kopf.

»Er kommt nicht. Er sagt, über die Feiertage läßt sich gut Geld verdienen. Man kann jede Menge Überstunden machen. Er bleibt da und spart das Geld und kommt erst an Ostern heim.«

Ostern kam, aber Barney nicht. Ich hörte, wie Sarah zu Isaac sagte, daß bei den Nachbarn etwas nicht stimmte. Als ich Sarah danach fragte, wurde sie böse und sagte, ich sollte meine Nase nicht in Sachen stecken, die mich nichts angingen.

Barney kam auch am nächsten Weihnachtsfest nicht heim. Genauer gesagt ist er überhaupt nicht mehr nach Hause gekommen, und Bobby McAllister hat seinen Vater nie wieder gesehen.

Sonntags gingen alle zur Kirche, denn wenn man das nicht tat, war das eine Todsünde und man mußte bis in alle Ewigkeit in der Hölle schmoren. Morgens um halb sieben Uhr hörte man die ersten Leute auf der Straße zur Frühmesse gehen, dann jede Stunde bis um eins. Manchmal wurden mehrere Messen gleichzeitig gelesen im Hauptschiff, vor den Seitenaltären und in den Marienkapellen. Isaac sagte immer, daß die Gebete aus der Holy Cross Chapel ausreichten, um halb Rußland auf einen Schlag zu bekehren.

Sarah stand sonntags vor sieben Uhr auf, zog ihren gelben Kamelhaarmantel an, den sie nur zu besonderen Anlässen trug, und machte sich auf den Weg. Sarah ging immer zur Kommunion, deshalb hatte sie seit Mitternacht nichts gegessen und getrunken. Isaac blieb im Bett.

Kurz nach acht hörte ich den Schlüssel im Schloß, und dann begann Sarah in der Küche zu hantieren. Ein wunderbarer Essensduft kroch langsam die Treppe herauf, bis er schließlich das ganze Haus erfüllte.

Ich stand auf und ging hinunter ins Wohnzimmer, wo Sarah das Sonntagsfrühstück serviert hatte. Da standen Teller mit Blutwurst und geröstetem Weißbrot und lekkeren Eiern. Und mitten auf dem Tisch thronte, unter einem gestrickten Teewärmer versteckt, eine große Kanne mit schwarzem Tee.

»Iß«, sagte Sarah immer und schob meinen Stuhl näher an den Tisch. »Du bist am Wachsen, und Jungen, die wachsen, müssen essen.«

Das hätte mir Sarah eigentlich nicht sagen müssen. Ihr Sonntagsfrühstück war das beste Essen der ganzen Woche, sogar noch besser als der Eintopf aus Hackfleisch, Karotten und Zwiebeln, den sie donnerstags kochte, und fast so gut wie das Weihnachtsessen. Zuerst aß ich die Blutwurst und danach das geröstete Brot. Das Ei hob ich mir bis zum Schluß auf. Ich pikste mit der Gabel hinein und sah zu, wie das Eigelb auf dem Teller zerfloß. Und dann nahm ich ein Stück Butterbrot und tunkte es damit auf.

Etwa um halb elf rührte sich Isaac zum ersten Mal, und wir hörten ihn im Badezimmer herumplanschen. Sonntag morgens sang Isaac nie. Er kam in Anzug und Krawatte die Treppe herunter, ernst und mit roten Augen. Sofort ging er zum Büfett und nahm die Flasche Limonade heraus, die er am Abend zuvor mitgebracht hatte. Er setzte sich an den Küchentisch und goß zwei Gläser Limonade ein, eines für sich und eines für mich. Sonntags frühstückte Isaac nie und er redete kaum. Wenn ich Sarah fragte, sagte sie, es ginge ihm nicht gut, der Sonntagmorgen sei sein schlechter Morgen und man dürfe ihn nicht stören. Isaac und ich tranken die Flasche Limonade leer. Dann rülpste er, nahm meine Hand und fünf Minuten vor elf machten wir uns auf den Weg zur Kirche.

Die Kirche lag am oberen Ende unserer Straße, gegenüber der Crumlin Road – ein mächtiges, großes Gebäude mit zwei Kirchtürmen und Glocken, die in ganz Ardoyne zu hören waren. Die Elfuhrmesse war kurz, und Isaac sagte, ihm sei das sehr recht, denn Gott könne in die Herzen der Menschen schauen, man müsse nur mal an das Gleichnis vom Zöllner und vom Sünder denken. Ich hatte keine Ahnung, was er meinte, aber wenn Isaac das sagte, mußte es stimmen.

Für gewöhnlich war die Messe nach einer halben Stunde vorbei. Die Kirche war immer bis auf den letzten Platz besetzt, und die Leute standen auch noch in den Seitengängen und ganz hinten, manche sogar draußen in der Vorhalle. Der Priester, der meistens diese Messe las, war Vater Brendan. Er war jung und sprach die Gebete im Eiltempo. Isaac nannte ihn »Speedy« und fand, er sei ein Mann nach seinem Geschmack.

Manchmal las aber Vater Benedict die Messe. Wenn er an der Reihe war, machte Isaac ein finsteres Gesicht. Vater Benedict war alt und hatte einen seltsamen Akzent, den die Ministranten nicht verstanden. Er hielt endlose Predigten und verlor dauernd den Faden. Wenn Vater Benedict mit der Elfuhrmesse dran war, dauerte sie manchmal fast eine ganze Stunde.

Isaac hielt immer bis zum Ende durch, aber er wurde zusehends bleicher. Nach und nach schimmerten kleine Schweißperlen auf seiner Stirn, die ihm dann schließlich wie Regentropfen über die Backen liefen. Er bewegte die Lippen, als ob er betete, aber wenn ich genau hinhörte, murmelte er: »Nun mach schon! Um Gottes und seiner heiligen Mutter willen, beeil dich und erlöse mich aus meinem Elend.«

Manchmal konnte Isaac erst um zwölf Uhr aufstehen, und das bedeutete Hochamt. Da gab es dann Glöckchen und Weihrauch und Chorgesang und hinterher die Segnung. Das Hochamt dauerte über eine Stunde, und die gottesfürchtigsten Leute aus dem ganzen Viertel waren da.

Das Hochamt machte Isaac schrecklich böse. Er saß dann neben mir in der Bank, möglichst nahe an der Tür, faltete fest die Hände, damit sie nicht zitterten, und sein Gesicht war käseweiß.

Jedesmal, wenn die Ministranten klingelten, zuckte Isaac zusammen. Wenn der Chor sang, stöhnte er. Ich sah zu, wie er herumrutschte, bis das letzte Gebet gesprochen war, der Priester alle gesegnet hatte und die Messe endlich vorbei war. Wenn wir schließlich vor der Kirche standen, zitterte Isaac. Er blieb kurz stehen, holte ein paarmal tief Luft, nahm sein Taschentuch heraus und wischte sich den Schweiß von der Stirn. Und dann sah er mich an und sagte: »Weißt du was, Marty? Wenn ich mal sterbe, gibt es für mich kein Fegefeuer, weil ich all meine Leiden weiß Gott schon auf Erden hinter mich gebracht habe.«

Ein zerdrücktes Päckchen Zigaretten kam zum Vorschein. Isaac nahm eine Woodbine, holte sein Patronenfeuerzeug aus der Tasche, zündete die Zigarette an, nahm einen tiefen Zug und sagte: »So ist es schon besser. Mit etwas Glück halte ich bis zum Essen durch.« Dann nahm er mich wieder an der Hand, und wir stiegen die großen Stufen hinunter zur Crumlin Road und zu unserem Besuch bei Tante Minnie McCrory hinunter.

Tante Minnie war Isaacs Schwester und wohnte in der Chatham Street zusammen mit ihrem Mann Paddy, der früher Seemann war und auf seinen Fahrten die ganze Welt gesehen hatte. Tante Minnie war eine Rebellin und hatte ihren fünf Kindern Namen von Rebellen gegeben.

Der älteste Sohn hieß Patrick Pearse McCrory. Er war fünfzehn Jahre alt, hatte mit der Schule aufgehört und fuhr Milch aus. Er strich mir immer über den Kopf und schenkte mir die Murmeln, die er auf seiner Milchtour fand, und ich bewunderte ihn und fand, daß er einen tollen Job hatte, weil er mit dem Milchwagen herumfahren und Milchflaschen vor die Haustüren stellen durfte.

Der nächste Sohn hieß Wolfe Tone McCrory, dann kam Robert Emmet, der so alt war wie ich. Das Baby hieß Kevin Barry. Und dann gab es noch ein Mädchen, das etwas älter war als ich und Betsy Grey hieß.

Isaac hat mal erzählt, daß es Ärger mit dem Priester gegeben hatte, als Patrick Pearse getauft werden sollte. Der Priester hatte sich gegen den Namen gewehrt, gesagt, daß das keine gute Idee sei.

»Keine gute Idee?«

Tante Minnie war außer sich.

»Bin ich etwa nicht die Mutter und darf ihn so nennen, wie ich will?«

»Aber Mrs. McCrory! Denken Sie doch bitte an Ihre Verantwortung!«

»Was meinen Sie mit ›Verantwortung‹? Patrick Pearse war ein Patriot. Er war 1916 im General Post Office und ist von den Engländern erschossen worden. Wenn ich meinen Sohn nach ihm nennen will, ist das meine Sache.«

Der Priester nahm sie beiseite, senkte die Stimme und

sagte: »Bitte, Mrs. McCrory, Sie müssen doch an seine Zukunft denken.«

»Seine Zukunft?«

»An seine Berufsaussichten. Wie schaut das denn aus, wenn er erwachsen ist und sich auf der Werft oder in Mackies Gießerei um einen Job bewirbt und Patrick Pearse McCrory heißt? In einer Stadt wie unserer, Mrs. McCrory, hat das arme Kind sein Leben lang nur Nachteile.«

»Ist das alles, was Ihnen Sorgen macht?« fragte Tante Minnie entrüstet. »Ich werde Ihnen sagen, wie wir das regeln. Wenn Sie ihn nicht taufen, bringe ich ihn nächsten Sonntag zu den Presbyterianern in der Woodvale Road, die werden ihn bestimmt nicht wegschicken. Damit wäre auch gleich das Jobproblem gelöst, denn dann wäre er ja ein Protestant.«

Der Priester seufzte und blickte hilfesuchend zu Onkel Paddy rüber, der die Schultern zuckte und zur Decke aufsah, wo Gott inmitten seiner Engel thronte.

»Sie sind eine hartnäckige Frau, Mrs. McCrory. Ich hoffe, Sie wissen was Sie tun.«

Und dann sagte er seine Gebete über Patrick Pearse' kahlem Köpfchen und nahm ihn auf in die Reihen der Einen Heiligen Katholischen und Apostolischen Kirche.

Tante Minnie war klein wie Isaac, aber dick und rund, und hatte ein frisches Schulmädchengesicht. Ich hielt sie für den Boß des Hauses, weil Onkel Paddy Angst vor ihr hatte. Wenn wir hereinkamen, warf sie einen prüfenden Blick auf Isaac und sagte dann, je nach seinem Zustand:

»Du hältst dich aber tapfer.« Oder:

»Heute morgen siehst du fix und fertig aus, Isaac.«

»Och, Minnie. Ich hab gestern abend bei Logue's ein schlechtes Bier erwischt, und jetzt bin ich nicht ganz klar im Kopf.«

»Ts-ts-ts, wirst du denn nie schlau«, sagte Tante Minnie dann. »Du schaust aus wie durch den Wolf gedreht. Ich schätze, da kann man was machen.«

Dann wandte sie sich mir zu, nahm ihre Geldbörse aus der Schürzentasche, gab mir ein Dreipennystück und sagte: »Hol Robert Emmet, lauft los und kauft euch ein paar Süßigkeiten. Und nehmt euch an der Hand, wenn ihr über die Straße geht.«

Und Robert Emmet und ich rannten die Chatham Street runter zu Skinny Lizzies Laden und kauften uns Lakritze und Limonade und Karamelbonbons. Danach ging Robert Emmet mit mir in die Herbert Street zu einem Freund namens Willie Dobbin, der einen Goldfisch in einem Kugelglas hatte; den durften wir manchmal füttern, wenn wir Willie ein Riesenbonbon gaben.

Wenn wir zu Tante Minnie zurückkamen, saßen die drei Erwachsenen beim Tee. Isaac war dann bereits in viel besserer Verfassung. Manchmal sang er sogar schon wieder:

Come back, Paddy Reilly to Ballyjamesduff.

Er nahm meine Hand, und wir machten uns auf den Heimweg, und manchmal hatte sein seltsam süßlicher Atem denselben Geruch, der aus der geöffneten Tür des Kilpatrick's Pub am Ende der Hooker Street drang, wenn ich dort vorbeikam.

Der Sonntag war der langweiligste Tag von der ganzen Woche. Man konnte nichts anfangen. Alle Kinos und Geschäfte hatten geschlossen. Manche Parks waren zwar geöffnet, aber die Schaukeln waren angekettet. Isaac sagte, das sei alles die Schuld der Halleluja-Billys, die in der Belfaster Stadtverwaltung das Sagen hatten. Er sagte, sie wollten alle Leute auf den Knien beten sehen. Sie hatten beschlossen, daß, wenn es nach ihnen ging, keiner Spaß haben sollte. Seine Lösung hieß spazieren gehen.

Nach dem Mittagessen stand er auf, streckte sich und holte seine Woodbines raus. Sie wurden in Päckchen zu je zehn Stück verkauft und waren ohne Filter. Spa Dohertys Mutter Teesie rauchte die neuen Filterzigaretten, aber Isaac wollte nichts davon wissen. Er fand, das sei nur ein übler Trick der Tabakfirmen, mit dem sie die Leute um ihr letztes bißchen Tabak brachten. Sarah räumte die Schüsseln und Teller ab und trug sie in die Küche, um sie dort in der großen Spüle zu waschen. Isaac half grundsätzlich nicht. Er hatte seine eigenen Aufgaben. Er kümmerte sich um den Garten, hob die schweren Sachen und reparierte alles, was kaputtging.

Isaac saß ein Weilchen da, paffte zufrieden seine Zigarette und sah aus dem Fenster. Dann fragte er mich: »Was meinst du, Marty, sollen wir einen kleinen Gang machen?«

Ich war ganz begeistert.

»Ja, Daddy.«

»Wo gehen wir hin?«

»Über die Felder.«

»Prima. Ein Spaziergang ist jetzt genau das richtige. Das schüttelt die Därme durch.«

»Was sind denn Därme?«

Isaac lachte.

»Därme hast du im Bauch, mein Sohn. Die sind kilometerlang. Und die müssen ab und zu ordentlich durchgeschüttelt werden. Sonst kriegt man Verstopfung.«

»Und was ist Verstopfung, Daddy?«

Isaac kratzte sich am Kopf.

»Verstopfung ist, wenn sich die Därme verheddern und dir deine Mutter Feigensirup geben muß, damit wieder gründlich aufgeräumt wird.«

Sarah schimpfte aus der Küche.

»Sag nicht solche Sachen zu dem Kind, Isaac.«

»Er stellt doch solche Fragen, Sarah.«

Weil er im Krankenhaus mit Ärzten und Schwestern arbeitete, galt Isaac bei den Nachbarn als Autorität in medizinischen Fragen, und er gab gern seine Meinung über die Geheimnisse der inneren Organe zum besten.

Aber solche Gespräche waren mir unangenehm. Ich tastete meinen Bauch ab, konnte aber nur Sarahs Essen fühlen. Ich erinnerte mich an die Blutwürste, die sie zum Frühstück gemacht hatte. Sie waren in Därme gestopft, der mit Zwirn abgebunden wurde. Ich fragte mich, ob mein Bauch wohl voll von Blutwürsten sei.

Es war alles sehr geheimnisvoll, aber das galt für vieles, was die Erwachsenen sagten, und wenn ich zu viele Fragen stellte, schickte Isaac mich weg, weil er seine Ruhe haben wollte.

Er stand von seinem Stuhl am Fenster auf und begann zu pfeifen, nahm einen Kamm aus der Tasche und kämmte sich sorgfältig das Haar über den kahlen Fleck auf dem Hinterkopf. Dann drückte er die Zigarette aus und nahm seinen Mantel vom Haken hinter der Tür.

Wir gingen durch den Garten hinunter zum Tor, ich hielt seine Hand, und wir machten uns auf den Weg die Straße hinauf. Ich liebte diese Spaziergänge mit Isaac. Ich fühlte mich dann immer so erwachsen. Ich liebte den Tabakgeruch an seinen Kleidern und unsere Gespräche und die Sachen, die er mir zeigte.

Wir hatten verschiedene Touren, je nach Isaacs Stimmung und dem Wetter. Sie führten fast alle über offenes Feld, weil Ardoyne damals noch sehr ländlich war. Zuerst gingen wir die Crumlin Road hinauf, am Forum-Kino vorbei und blieben bei Collins Laden stehen, um ein Eis zu kaufen. Dann gingen wir die Ardoyne Road entlang an der Everton-Schule vorbei nach Ballysillan. Am Ende der Straße wohnte eine alte Frau, die Ziegen und Hühner hielt. Dort blieben wir stehen und schauten den Ziegen zu, die angepflockt waren, damit sie nicht weglaufen konnten.

»Ziegen sind meine Freunde«, sagte Isaac. »Hast du gewußt, daß sie alles fressen können, sogar alte Schuhe oder Blechdosen? Die würden sogar ein Hemd von der Wäscheleine herunterfressen, wenn man sie nur ließe.«

Ich betrachtete die Ziegen mit neu erwachtem Interesse, die mageren Bärte unter dem spitzen Kinn, die starren Augen, die mich an den Teufel erinnerten, und die scharfen, spitzen Hörner der Ziegenböcke.

»Tun sie einem weh, Daddy?«

Isaac zuckte mit den Achseln.

»Sie könnten. Wenn man sie ärgert.«

»Können sie einen umbringen?«

»Och, nein, das glaub ich nicht. Aber sie können dir mit ihren Hörnern einen ordentlichen Schubs geben.«

»Wieso hat die Frau Ziegen?«

»Wegen der Milch.«

»Ich habe gedacht, die Milch kommt von den Kühen.«

»Das tut sie auch. Aber man kann sie auch von Ziegen

kriegen. Ziegenmilch ist besser. Sie ist voll mit Vitaminen. Sehr gut für die Bronchien.«

»Was sind Bronchien, Daddy?«

»Bronchien hast du in der Brust, mein Sohn. Mit denen atmet man.«

Das klang sehr kompliziert. Ich betrachtete das von Geißblatt und blühenden Heckenrosen umrankte Häuschen der alten Frau und stellte es mir wunderbar vor, morgens mit dem Duft der Wiesen aufzuwachen und zum Frühstück frische Eier von den eigenen Hühnern und Ziegenmilch zu haben, die so gut für die Bronchien war.

Wenn wir genug Zeit hatten und das Wetter gut war, gingen wir über die Wiesen von Ballysillan bis hinauf nach Ligoniel. Das war eine kleine Fabriksiedlung, viel kleiner als Ardoyne, eigentlich nur eine Handvoll Straßen mit einem hohen Fabrikschlot in der Mitte. Ligoniel lag auf einem Hügel, so daß wir immer außer Atem waren, wenn wir dort ankamen, aber Isaac sagte, das sei die Aussicht wert. Dann zog er seinen Mantel aus, wischte sich mit dem Taschentuch den Schweiß vom Gesicht und begann, mir alles mögliche zu zeigen.

Die gesamte Stadt lag vor uns ausgebreitet. Man konnte die Fabriken und die Kirchtürme sehen und den Lagan, der an den Reihenhäusern rechts und links der Hauptstraßen vorbei Richtung Belfast Lough floß. Man sah die Kräne auf den Schiffswerften und die weiße Kuppel des Rathauses.

»Siehst du unser Haus?« fragte Isaac mich. »Du kriegst einen Penny, wenn du es findest.«

Ich schaute ratlos auf das verwirrende Durcheinander von Dächern und Türmen und das sich hier und da im Wasser spiegelnde Sonnenlicht hinunter.

»Ich geb dir einen Tip«, sagte Isaac. »Fang hier an und arbeite dich rückwärts.«

Ich folgte seinem Rat und suchte die Crumlin Road ab, bis ich die Türme der Kirche entdeckt hatte.

»Wo ist jetzt die Butler Street?«

Ich zeigte darauf.

»Stimmt. Und wie kommt man von der Butler Street in unsere Straße?«

»Über die Herbert Street.«

Es war ein aufregendes Spiel. Mein Blick wanderte die Herbert Street entlang und durch den schmalen Durchgang nach Brompton Park, dann zählte ich die Kamine, bis ich zu unserem Haus kam.

»Da ist es.«

Und dann zeigte ich aufgeregt darauf. Ich konnte sogar John Reas großes schwarzes Taxi erkennen, das vor seiner Haustüre geparkt war.

»Junge, Junge«, sagte Isaac. »Du bist wirklich ein schlauer Kerl. Wenn du mal groß bist, kriegst du bestimmt einen tollen Job, wo du den ganzen Tag auf deinem Arsch sitzt, nichts tun mußt, und jeder dich kennt.«

Ich schmiegte mich eng an ihn, sonnte mich in seiner Bewunderung und hielt die Hand auf für den versprochenen Penny.

Manchmal gingen wir auch zur Ziegelei. Das war ein großes verfallenes Gelände, das von Ardoyne bis zur Oldpark Road reichte. Am Ende der Ziegelei trafen sich die Spieler.

Isaac hielt nichts von Glücksspielen. Er sagte, das Spielen sei eine Sucht, die schon viele Menschen in den Ruin getrieben hat. Männer verloren ihren ganzen Wochenlohn, und ihre Frauen und Kinder mußten deshalb hungern. Es sei noch viel schlimmer als trinken, weil ein Mann nur so lange trinken konnte, bis er umfiel, ein Spieler dagegen konnte durch eine einzige Karte sein gesamtes Vermögen verlieren.

Deshalb hatte er es immer eilig, an der Gruppe vorbeizukommen, aber ich spähte neugierig zu den Männern hinüber, die im Kreis standen und die Münzen durch die Luft wirbeln ließen. Ich hätte gern gewußt, ob einer von ihnen schon einmal seinen Wochenlohn verspielt hatte, und ich dachte an die Kinder, die vor Hunger weinten, wenn ihre Daddys mit leeren Taschen nach Hause kamen, weil sie ihr ganzes Geld verspielt hatten.

Wenn wir zur Ziegelei gingen, wollten wir meistens beim Fußball zuschauen. Unterhalb des Hügels, auf dem die Glücksspiele stattfanden, war ein Aschenplatz, auf dem sonntags von morgens bis abends Mannschaften gegeneinander antraten. Es gab immer Hunderte von Zuschauern. Isaac war Fan der Crumlin Stars und kannte alle ihre Spieler, weil sie samstags immer im Logue's Pub mit ihm tranken.

Wir setzten uns auf den Hügel über dem Spielfeld, und Isaac kommentierte für mich das Spiel.

»Schau dir den Mann an. Der hat ja zwei linke Füße.«

Ich sah genau hin, aber mit seinen Füßen schien alles in Ordnung zu sein.

»Nun sieh dir diesen Trottel an, wie der da steht mit seinen Affenarmen.«

Dann streckte ich meine Arme aus und schaute, ob ich auch Affenarme hatte.

»Der Schiedsrichter ist ja blind.«

Und ich fragte mich, wie jemand Schiedsrichter in

einem Fußballspiel sein konnte, wenn er nichts sah. Es war alles sehr verwirrend. Aber das war mir egal. Hauptsache, ich durfte hier neben Isaac sitzen und er redete über Fußball.

Eines Nachmittags, als wir schon eine Zeitlang da saßen, fing Isaac an, in seinen Taschen zu kramen. Er sah besorgt aus. Erst durchsuchte er eine Hosentasche, dann die andere, schließlich sagte er zu mir:

»Weißt du was, Marty? Ich glaub, ich hab meine Kippen liegengelassen.«

»Was machst du jetzt, Daddy?«

»Ich geh zum Kiosk und hol mir neue.«

»Soll ich mitkommen?«

»Nein. Du bleibst hier, bis ich wiederkomme. Wird nicht lang dauern.«

Also richtete ich mich aufs Warten ein. Um mich herum saßen lauter Männer, die lauthals ihre Mannschaften anfeuerten, und eine Weile war ich ganz zufrieden damit, das Spiel anzuschauen. Aber als Isaac nicht wiederkam, wurde mir allmählich mulmig.

Es war das erste Mal, daß er mich allein gelassen hatte. Ich hatte zwar keine Ahnung, wieviel Zeit vergangen war, aber er schien schon sehr lange weg zu sein. Ich musterte die vielen Gesichter um mich herum, suchte nach ihm. Aber er war nirgends zu sehen.

Langsam bekam ich es mit der Angst. Vielleicht war ihm etwas passiert. Vielleicht hatte er einen Unfall gehabt. Vielleicht hatte ihn ein Auto angefahren, und er war auf dem Weg ins Krankenhaus.

Ich stand auf und kämpfte mich durch die Menge. Ich fing an zu rennen und stolperte über Steine und Grasbüschel. Ich sah Isaac vor mir, wie er auf einer Trage im

Krankenwagen lag und sein Blut in Strömen floß. Ich rannte, so schnell ich konnte, bis ich schließlich zur Jamaica Street kam.

Und da war Isaac, er stand vor Billy O'Carrolls Laden und redete mit Artie McDaid.

Die beiden Männer unterbrachen ihr Gespräch, als sie mich kommen sahen. Isaac breitete die Arme aus und fing mich auf.

»Was ist los, Marty? Wohin denn so eilig?«

Ich spürte, wie sich meine Augen mit Tränen füllten. Ich vergrub den Kopf an seiner Schulter und begann zu weinen.

»Was ist denn los, mein Sohn? Erzähl's deinem Daddy.«

»Ich dachte, du bist verletzt«, sagte ich. »Ich dachte, du bist vielleicht tot und kommst nie wieder.«

Die Leute, die auf der anderen Seite neben uns wohnten, hießen Toner und hatten einen Baum in ihrem Hinterhof. Das war der einzige Baum im ganzen Viertel, an den ich mich erinnern kann. Willie Toner sagte, daß der ihn an seine Kindheit denken ließ, die er auf den Feldern von Armagh verbracht hatte. Er sagte, daß Bäume gut für einen seien, weil sie der Luft den Sauerstoff zurückgäben.

Willie Toner und seine Frau Lizzie waren damals bestimmt schon sechzig Jahre alt. Sie trug immer eine schwarze Wolljacke und roch nach Schnupftabak. Im Sommer tauchten sie Äpfel in Sirup und verkauften die für einen Penny das Stück.

Willie Toner war ein noch größerer Rebell als meine Tante Minnie McCrory. Er sagte, daß die Katholiken erst dann zu ihrem Recht kommen würden, wenn die Engländer Irland ein für allemal verlassen hätten und wir wieder eine Nation wären. Jedes Jahr hängte er an Ostern eine grün-weiß-orange Fahne vor sein Fenster, zur Erinnerung an den Aufstand in Dublin.

»Auf mit euch, Rebellen«, rief er, wenn er die Fahne aus dem Fenster hängte und alle Kinder unten auf der Straße hurra riefen. »Ein unfreies Irland wird niemals Frieden finden.«

Ich verstand überhaupt nicht, worum es ging, aber Isaac war tief beeindruckt.

»Ich bewundere Menschen, die zu ihren Prinzipien stehen«, sagte er. »Willie Toner hat Mumm.«

Aber Sarah wollte nichts zu tun haben mit Fahnen und Spruchbändern und so. Sie meinte, so was brächte nur Schwierigkeiten. Sie sagte, die Welt wäre viel glücklicher, wenn man die ganzen Fahnen auf ein Freudenfeuer werfen und verbrennen würde.

»Willie Toner ist weiter nichts als ein dummer alter Trottel. War er etwa kein Luftschutzwart im Krieg? Ist das nicht beinah, wie in der britischen Armee sein?«

Aber Isaac fand, das mit dem Krieg sei etwas anderes, weil die Deutschen versucht hatten, uns in die Steinzeit zurückzubomben, und daß Willie nur dafür hatte sorgen wollen, daß niemand umkam. Er sagte, die Oranier dürften ihre Fahnen schwenken und mit ihren Spruchbändern marschieren, und wenn das für sie in Ordnung war, dann wäre es das auch für uns.

»Die Oranier sind eine Geschichte«, entgegnete Sarah. »Und wir sind eine andere. Wenn die Polizei vorbeikommt, wird er die Fahne schnell wieder reinholen müssen.«

»Das sollen sie nur versuchen«, brummte Isaac dann. »Dann wird sich bald zeigen, wie viele echte Iren es in diesem Viertel gibt.«

Willie Toner war Kaminkehrer. Auch seine beiden Söhne, Seanie und Hughie, waren Kaminkehrer. Sie fegten alle Kamine im ganzen Viertel und fuhren auf ihren Fahrrädern herum, den Besen auf dem Rücken und das Gesicht vom Ruß geschwärzt. Es gab auch eine Tochter namens Mamie, sie hatte ein Mädchen, das Eileen hieß und so alt war wie ich. Soweit ich das feststellen konnte, hatte Eileen keinen Daddy, und wenn ich Sarah danach fragte, sagte sie immer, ich solle sie in Ruhe lassen und nicht so peinliche Fragen stellen.

Eines Abends, Isaac war gerade von der Arbeit gekommen, gab es vor unserem Haus plötzlich einen schrecklichen Aufruhr, und ich hörte Eileen Toner schreien: »Mama, Mama. Ich muß sterben. Ich muß sterben.«

Isaac lief sofort auf die Straße. Ich rannte hinter ihm her. Eddie Russell, der Lumpensammler, stand auf dem Bürgersteig, rang die Hände und hüpfte aufgeregt herum. Sein Karren war umgekippt, und Eileen lag unter der einen Deichsel. Sie schrie Zeter und Mordio, und Eddie Russell erzählte jedem, der es hören wollte, daß er nicht schuld war.

»Bei Gott, ich hab sie nicht mal gesehen. Gerade war sie noch auf dem Trottoir, und im nächsten Augenblick liegt sie unter meinem Karren.«

Isaac bückte sich und nahm Eileen auf den Arm. Er trug sie zu ihrem Haus, und ich folgte ihm voller Angst, daß etwas Schreckliches passiert war.

»Mutter Gottes«, schrie Lizzie Toner, als sie Eileen sah. »Das Kind ist ermordet worden. Holt schnell den Krankenwagen.«

Da erschien Mamie und fing an zu weinen, und bald war das ganze Haus in Aufregung.

»Genug, genug jetzt. Es ist alles in Ordnung, Mrs. Toner«, sagte Isaac. »Der Handwagen hat sie umgeworfen. Sie hat eine Schürfwunde am Knie, weiter nichts.«

»Russell, dieser Schuft«, schimpfte Lizzie. »Ich bring ihn um. Der kriegt nie wieder einen Lumpen von mir, solang ich lebe.«

»Ihr ist nichts weiter passiert«, beharrte Isaac. »Kein Grund zur Aufregung. Habt ihr irgendein Desinfektionsmittel im Haus?«

Mamie verschwand in die Küche und kam mit einer Flasche Dettol und einem Päckchen Pflaster zurück.

Eileen schrie noch lauter, und ich bekam Angst, daß sie mit ihrem Geschrei das Dach zum Einstürzen bringen könnte.

»Muß ich jetzt sterben und komme in den Himmel?«

»Nein, das wirst du nicht«, sagte Isaac. »Du wirst jetzt ganz tapfer sein.«

»Gott sei Dank waren Sie hier, Isaac«, sagte Lizzie Toner und stopfte sich eine Prise Schnupftabak in jedes Nasenloch. »Und daß Sie ein Mediziner sind und im Krankenhaus arbeiten.«

Isaac lächelte, und ich sah, daß er stolz war.

»Och, das war doch nicht der Rede wert, Mrs. Toner. Natürlich bin ich an Notfälle gewöhnt.«

»Es hätte sein können, daß sie das Bein verliert. Russell, dieser Mistkerl, und sein Handkarren. Wartet nur, bis ich den erwische.«

Und sie fing wieder an, den Lumpensammler zu verfluchen, bis sie mich plötzlich in der Tür entdeckte.

»Da ist ja der kleine Kerl, der Ihnen und Sarah alle Ehre macht.«

Sie langte in ihre Wolljacke und holte ein Dreipennystück hervor.

»Das ist für dich, Marty. Kauf dir was Süßes.«

Ich spielte draußen auf der Straße Murmeln mit Bobby McAllister, als er sagte: »Wußtest du eigentlich, daß Mädchen keinen Pimmel haben?«

Ich dachte, ich höre nicht recht.

»Keinen Pimmel?«

»Genau.«

Ich starrte ihn verblüfft an.

»Aber wenn sie keinen Pimmel haben, wie pinkeln sie dann?«

»Sie pinkeln aus dem Hintern. Sie müssen sich dazu hinsetzen.«

»Bist du sicher?«

»Bei Gott, ja.«

Mädchen hatten keinen Pimmel und pinkelten aus dem Hintern. Ich konnte es nicht fassen.

»Woher weißt du das?« fragte ich.

»Ich hab zugeschaut, wie unsere Gemma ins Bett geht. Und als Ma unsere kleine Mary bekam, hab ich öfter beim Wickeln zugeschaut, und sie hatte auch keinen Pimmel.«

»Das glaub ich dir nicht«, sagte ich.

Aber Bobby McAllister hatte Zweifel gesät. Die Vorstellung, daß die Hälfte der Menschen, die ich kannte, ohne Pimmel herumlief, ließ mir keine Ruhe. Als ich an diesem Abend schlafen ging, dachte ich an all die Mädchen, die ich kannte, und versuchte, sie mir ohne Pimmel vorzustellen, und es war schrecklich.

Ein paar Tage später traf ich Eileen Toner vor ihrem Haus beim Seilspringen.

»Geht's deinem Knie wieder besser?« fragte ich.

»Ja«, sagte sie. »Dein Daddy hat es prima verarztet. Dein Daddy ist wirklich clever.« Sie hob ihr Kleid hoch, um mir die Stelle zu zeigen, wo das Pflaster geklebt hatte, und dabei konnte ich ganz kurz ihren Schlüpfer sehen.

Da kam mir ein Geistesblitz. Neben Toners Haus gab es einen Luftschutzraum, der im Krieg gebaut worden war, damit sich die Menschen dort vor dem *Blitz* in Sicherheit bringen konnten.

»Komm mal mit in den Bunker«, sagte ich.

»Warum?«

»Ich muß was gucken.«

Sie ließ ihr Springseil fallen und folgte mir. Im Schutzraum war es dunkel, aber meine Augen gewöhnten sich schnell an das schwache Licht.

»Heb dein Kleid hoch, Eileen.«

Sie lachte zwar, tat aber, was ich wollte, als wäre es ein Spiel.

»Und jetzt zieh deinen Schlüpfer runter.«

Eileen zog ihre Unterhose herunter.

Mir schlug das Herz bis zum Hals. Was Bobby McAllister gesagt hatte, stimmte. Eileen Toner hatte keinen Pimmel. Statt dessen war da so etwas wie eine Narbe zwischen ihren Beinen. Ich war seltsam aufgeregt und gleichzeitig auch entsetzt.

»Wie machst du denn Pipi?« fragte ich.

Eileen sah mich an, als wäre ich verrückt.

»Ich hocke mich hin«, sagte sie.

Eine Woche lang behielt ich diese Informationen für mich, mußte aber ständig daran denken. Vielleicht hatte Bobby McAllister ja alles falsch verstanden. Vielleicht war Eileen Toner mißgebildet? Ich beschloß, das ein für allemal herauszufinden. Einer würde es ganz bestimmt wissen, und das war Isaac.

Eines Tages fragte ich ihn nach dem Abendessen: »Daddy, stimmt das, daß Mädchen keinen Pimmel haben?«

Isaac legte in aller Ruhe Messer und Gabel weg.

»Wer hat dir das erzählt, mein Sohn?«

»Bobby McAllister.«

»Ach, wirklich?«

»Ja. Und ich weiß auch, daß Eileen Toner keinen Pimmel hat.«

»Woher weißt du das denn?«

»Ich habe sie in den Luftschutzraum gebracht und ihr gesagt, daß sie den Schlüpfer runterziehen soll.«

Isaac schlug sich auf die Schenkel und brach in Gelächter aus.

»Du bist wirklich ein cleverer Kerl«, sagte er. »Keine Frage.«

»Aber ist es denn nun wahr?«

»Na ja«, sagte Isaac. »Nicht ganz, mein Sohn.«

Er kratzte sich am Kopf und sah zu Sarah hinüber. Sie hatte einen roten Kopf bekommen.

»Weißt du noch, wie Eileen von dem Handkarren überfahren wurde?«

»Ja, Daddy.«

»Also, ich hab dir das damals nicht erzählt, aber ... Dabei ist ihr der Pimmel abgeschnitten worden.«

Plötzlich ergab alles einen Sinn. Mädchen hatten eben doch Pimmel, und Bobby McAllister hatte nicht recht.

»Und wird er nachwachsen?«

Isaac kratzte sich wieder am Kopf.

»Das wird er, mein Sohn. Aber so was dauert lange.«

Ich war äußerst erleichtert. Isaac tätschelte mir den Kopf.

»Jetzt aber raus mit dir, geh spielen. Und bleib von diesem Bunker weg.«

Mir wurde ganz warm. Isaac war der beste und klügste Vater auf der Welt, und ich war stolz auf ihn.

Einmal im Monat, am Donnerstagnachmittag, hatte Isaac einen halben Tag zusätzlich frei und nahm mich immer mit in die Stadt. Das war ein großes Abenteuer, wozu auch gehörte, daß wir an der Kirche in eine Tram steigen mußten.

Bei diesen Gelegenheiten bezahlte er für gewöhnlich eine Rechnung oder hielt nach einem Werkzeug Ausschau, aber es war eigentlich immer ein richtiger Ausflug. Ich liebte diese Ausflüge, und wenn Isaac manchmal schon Anfang der Woche erwähnte, daß wir vielleicht wieder loszogen, war ich aufgeregt, bis endlich der Donnerstag kam.

An diesen Tagen kam er meist gegen halb zwei Uhr nach Hause und aß zu Mittag. Wenn er fertig war, stand er auf und trat ans Fenster, um nach dem Wetter zu sehen. Ich beobachtete ihn und wagte nicht zu sprechen. Dann wandte er sich zu mir und sagte: »Schaut ein klein bißchen unbeständig aus. Vielleicht gibt's unterwegs einen Schauer. Aber ich denke, wir können's riskieren. Was sagst du, Marty?«

»Ja, Daddy, das glaube ich auch.«

»Also los«, sagte Isaac dann. »Zeigen wir dem Hund den Hasen.«

Dann rieb er sich die Hände und holte seine Woodbines hervor, während Sarah mich für den Ausflug anzog. Isaac trug dasselbe wie bei seinen Besuchen im Pub oder in der Kirche. Er ging ins Badezimmer hinauf, und wir hörten ihn pfeifen und summen, während er sich wusch und rasierte. Schließlich kam er in seinem guten Anzug und mit Krawatte wieder herunter.

»Man kann nie wissen, wem man über den Weg läuft«, sagte er. »Es zahlt sich aus, wenn man sich von der besten Seite zeigt.«

Ich verstand seine seltsamen Bemerkungen nicht. So war es auch mit dem Hasen und dem Hund. Was sollte das bedeuten? Wie konnte man jemandem über den Weg laufen, wenn man schaute, wo man hintrat, wozu mich Sarah ständig ermahnte? Und was war diese beste Seite, von der er da redete? Und wie konnte man sie zeigen? Für mich ergab das alles keinen Sinn. Isaac hatte immer solche Ausdrücke; kluge Worte von Erwachsenen, die ich nicht verstand. Aber ich merkte mir diese Ausdrücke, und manchmal, wenn ich auf der Straße mit anderen Jungen spielte, ließ ich eine seiner Bemerkungen fallen, um ihre Wirkung zu testen.

Die Fahrt mit der Tram war ein ganz wesentlicher Teil des Vergnügens. Die Trambahn fuhr auf Gleisen, die in die Straße eingelassen waren, und wenn sie rollte, sprühten Funken von den Drähten der Oberleitung. Es wurde viel gebimmelt und rangiert, und das alles steigerte meine Begeisterung noch.

Der Fahrer saß ganz vorn, wo die Fahrgäste einstiegen. Er trug eine richtige Uniform mit silbernen Knöpfen und einer Kappe und hatte ein großes Rad, mit dem er die Tram lenkte. Ich fand, er hatte einen ganz bedeutenden Job, vielleicht sogar noch besser als Isaacs Job, aber das sagte ich nie. Der Fahrer zwinkerte mir zu, wenn wir einstiegen, und sagte: »Na, wie geht's?«

Die Tram in die Innenstadt kam aus dem Depot in der Ardoyne Road und rollte klappernd und quietschend auf uns zu, hielt schließlich, und Isaac und ich stiegen ein. Ich konnte mich nie entscheiden, wo ich sitzen wollte; unten neben der Tür, wo ich dem Fahrer beim Lenken zusehen, oder oben, wo ich aus dem Fenster schauen und die Stadt an mir vorbeiziehen lassen konnte.

Wenn in der Nähe des Fahrers keine freien Plätze waren, gingen wir die Treppe hinauf zum Oberdeck. Dann ratterte die Tram die Straße hinunter, vorbei an den düsteren Fabriken, dem Gericht und dem Gefängnis. Ich betrachtete die Gefängnismauer mit den endlosen Reihen vergitterter Fenster und fragte mich, wer da drin sein mochte. Ich stellte mir Männer in Ketten vor, so wie ich es in Büchern gesehen hatte. Ich versuchte mir auszumalen, was für schlimme Dinge sie wohl begangen hatten und ob es dort auch Mörder gab.

Nach dem Gefängnis sausten wir am Mater Hospital, am Carlisle Circus und an der St. Patrick Chapel vorbei, und ehe wir uns versahen, waren wir auch schon in der Royal Avenue. Hier gab es noch mehr Trambahnen und neue rote Omnibusse, und viele Leute gingen in den schicken Geschäften ein und aus.

Isaac stieg immer an der Central Library aus. Das war ein großes Gebäude mit Stufen, die zum Eingang hinaufführten. In den Mauern der Bibliothek waren Löcher, und Isaac erklärte mir, daß die von Kugeln stammten, die die deutschen Bomber während des *Blitz* abgefeuert hatten. Ich schaute sie an und versuchte mir vorzustellen, wie die deutschen Flugzeuge im Tiefflug in die Royal

Avenue rasten und die Menschen panisch vor ihnen flohen, weil die Flieger auf alles schossen, was sich bewegte.

Wir schlenderten an den Geschäften vorbei, während Isaac Ausschau hielt nach dem, weswegen er in die Stadt gefahren war. »Warum machen wir nicht einen kleinen Spaziergang zum Smithfield Square und schauen, ob es dort was Günstiges gibt?« fragte er irgendwann. Und dann nahm er mich an der Hand und führte mich durch ein Gewirr von Straßen, bis wir schließlich zum Smithfield Square kamen.

Das war jedesmal der Höhepunkt des Ausflugs. Smithfield war eine Markthalle zwischen North Street und Castle Street. Darum herum gab es lauter Pubs. Im Vorbeigehen konnte man ihr dunkles Inneres sehen, die großen Spiegel über den polierten Theken, das dunkle Holz und die Kellner in ihren langen weißen Schürzen, und roch den seltsamen Geruch nach Guinness und Zigarettenrauch.

Manchmal sah ich Männer an der Theke sitzen, Krüge voll Porter in der Hand und mit nach hinten geschobenen Schiebermützen. Das war die Art von Ort, wo Isaac Samstag nachmittags gerne hinging, um Bier zu trinken, seine Woodbines zu rauchen und mit seinen Kumpels über Fußball zu reden. Das war ganz offensichtlich der Ort, wohin man als Mann ging. Ich beschloß, daß ich, wenn ich erst einmal groß war, auch hier herkommen würde.

Der Markt selbst war ein staubiger Platz mit einem komischen Geruch, den ich manchmal in Sarahs Wäscheschrank wiederfand; ganz anders als die schicken Geschäfte in der High Street oder der Royal Avenue. Aber er bot eine Fülle von wunderbaren Dingen. Es gab drei Gänge mit Ständen, wo Teppiche, Altkleider und gebrauchte Bücher verkauft wurden. Und dazu ein Leihhaus mit einem Schild, auf dem stand: JOE KAVANAGH – ICH KAUFE ALLES. Im Schaufenster waren eine Ritterrüstung, ein ausgestopfter Gorilla, ein altes Grammophon, Hunde aus chinesischem Porzellan und ein japanischer Helm ausgestellt. Isaac erzählte mir, daß einmal ein Mann seine Beinprothese an Joe Kavanagh verkauft hatte, als er im Conlon's Pub kein Bier mehr bekam, weil er vollkommen pleite war.

Darüber dachte ich lange nach und fragte mich, wie ein Mann mit nur einem Bein zurechtkommen konnte und was wohl seine Frau gesagt hatte, als er nach Hause kam.

Isaac verbrachte Stunden in Smithfield. Er fing im ersten Gang an und arbeitete sich langsam vorwärts, nahm alles, was sein Interesse weckte, in die Hand, untersuchte es und legte es dann wieder weg. Meistens war das Nippes, der beschädigt war und den Isaac »Antiquitäten« nannte.

Wenn er sich für etwas interessierte, untersuchte er es lange, versuchte sich zu entscheiden. Erst legte er den Gegenstand weg, dann nahm er ihn erneut in die Hand. Er drehte ihn hin und her und sah darunter.

»Was wollen Sie dafür?«

Dann nannte der Verkäufer einen Preis.

»Sie sind wohl völlig übergeschnappt! Glauben Sie vielleicht, Sie können mich für dumm verkaufen?« sagte Isaac dann immer.

Der Verkäufer senkte den Preis ein wenig.

»Wollen Sie mich auf den Arm nehmen?« fragte Isaac. »Das Ding fällt sowieso gleich auseinander. Ich tu Ihnen ja einen Gefallen, wenn ich es Ihnen abnehme.«

Der Verkäufer kam ihm noch ein wenig entgegen, und dann wurde eine Zeitlang verhandelt, bis sie sich auf einen Preis einigten. Schnell wickelte der Händler das Stück in eine alte Ausgabe der Irish News, bevor Isaac seine Meinung ändern konnte.

Isaacs Augen glänzten.

»Bei diesen Kerlen kann man nicht genug aufpassen«, sagte er auf dem Rückweg zur Royal Avenue, wo wir in die Tram nach Hause stiegen. »Die halten sich für besonders schlau, aber wenn sie mich reinlegen wollen, müssen sie schon früher aufstehen.«

In der Nähe des Forum-Kinos stiegen wir aus und gingen zu Freddie Fusco's, um Fish and Chips fürs Abendessen zu holen.

»Deine Mama wird begeistert sein«, sagte Isaac, wenn wir durch Brompton Park heimgingen; seine Beute hatte er unter den Arm geklemmt. »Frauen lieben Überraschungen, Marty. Sie lieben es, wenn man ihnen Geschenke macht.«

Sarah wickelte die Figur aus. »Das ist sehr hübsch, Isaac. Aber du sollst nicht soviel Geld ausgeben für mich«, sagte sie.

Er zuckte mit den Schultern und sagte: »Och, ist nicht der Rede wert. Nur so ein kleines Ding, das mir in Smithfield über den Weg gelaufen ist. Ein Arm ist abgebrochen, aber den kann ich leicht wieder ankleben.«

Sarah machte Platz auf dem Sideboard, staubte Isaacs Geschenk mit einem Staubwedel ab und stellte es dekorativ neben die Heiligenbilder. Ein paar Wochen später, wenn Isaac beim Arbeiten war, sah ich dann, wie sie es für die Müllabfuhr hinausstellte.

Als ich sie fragte, warum sie Isaacs hübsches Geschenk

weggeworfen hatte, schaute sie mich mit einem sonderbaren Blick an und sagte: »Was du nicht weißt, macht dich nicht heiß.«

Isaac beschwerte sich nie; ich nahm an, daß es ihm nichts ausmachte.

Als wir wieder einmal in der Stadt waren, nahm mich Isaac mit ins Rathaus, weil er die Stromrechnung bezahlen wollte. Das Rathaus war das schönste Gebäude von Belfast. Vor dem Haus lag ein hübscher Garten mit Blumen, in dem eine große Statue von einer fetten Frau stand, die eine dicke Kugel in der Hand hielt und auf die Royal Avenue starrte. Im Haus gab es noch mehr Statuen und Gemälde von Männern mit Bärten und Medaillen an der Brust und Ketten um den Hals.

Sowie Isaac das Rathaus betrat, senkte er die Stimme. Hier herrschte andächtige Stille, wie sonst nur in der Kirche, und überall standen Männer in Uniformen wie die der Trambahnschaffner und hielten die Hände hinter dem Rücken verschränkt. Wenn man redete, warfen sie einem vernichtende Blicke zu.

Isaac nahm mich mit in das Büro für Elektrizitätsangelegenheiten. Dort gab es zwei Schlangen; eine sehr lange und eine kürzere. In der langen standen vor allem Frauen mit Kopftüchern und Babys auf dem Arm und Männer mit dicken Schals und Schiebermützen. Isaac stellt sich in die kurze Schlange. Als er an der Reihe war, schob er seine Rechnung durch den Schalter.

Der Angestellte nahm sie und sah Isaac mit prüfendem Blick über seine Brille hinweg an.

»Brompton Park?« fragte er laut.

Er hatte einen mißmutigen Gesichtsausdruck und kleine, schielende Augen.

»Ja«, sagte Isaac.

»Das gehört zu Glenard. Glenard ist die andere Schlange.«

»Die andere Schlange?«

Der Angestellte sah Isaac wütend an.

»Sind Sie taub, oder was? Diese Schlange hier ist für die Leute, die ihre Rechnungen sofort bezahlen. Für Leute, die in Raten zahlen, ist die andere Schlange da.«

»Aber ich will ja sofort bezahlen.«

Der Mann sah noch einmal die Rechnung an und schob sie Isaac zurück.

»Streiten Sie nicht mit mir herum«, sagte er höhnisch. »Ich hab noch keinen aus Glenard gesehen, der seine Rechnung sofort bezahlt hat.«

»Kann schon sein, jetzt sehen Sie jedenfalls einen.«

Der Angestellte bekam einen roten Kopf.

»Werden Sie nicht unverschämt. Glenard ist die andere Schlange.«

Isaac sah sich um. Alle Leute in der langen Schlange sahen ihn an. Einer der Männer in Tramschaffneruniform kam angelaufen.

»Los jetzt«, sagte er. »Machen Sie keinen Ärger, sonst müssen wir Sie rausbringen.«

Allmählich bekam ich Angst wegen der Art und Weise, mit der sie meinen Vater behandelten.

»Ich will nur meine Rechnung bezahlen«, protestierte Isaac.

Die gutgekleideten Leute in der Schlange hinter ihm begannen zu murmeln. Der Mann in der Tramschaffneruniform nahm Isaac am Arm.

»Sie haben doch gehört, was Mr. McFettridge gesagt hat. Glenard ist die andere Schlange. Wenn Sie Ärger machen, stellen wir Ihnen den Strom ab.«

Isaac ließ sich wegführen. Er sah sehr verlegen aus. Er tat mir leid. Ich wäre gern groß gewesen, dann hätte ich dem höhnischen Angestellten einen ordentlichen Hieb auf die Nase verpaßt. Aber er ignorierte uns jetzt. Ein Lächeln überzog sein verkniffenes Gesicht, als wäre er sehr zufrieden mit sich.

»Der Nächste, bitte«, sagte er.

Kapitel zwei

Wenn ich nicht mit Isaac unterwegs war, blieb ich bei Sarah. Sie hatte immer etwas zu tun: waschen oder bügeln oder putzen oder backen. Dabei trug sie eine Kittelschürze, zog nur zum Kirchgang oder wichtigen Besorgungen ihren Kamelhaarmantel an. Ich saß bei ihr in der warmen Küche und sah zu, wie sie mit einem großen Nudelholz den Teig ausrollte und in die Backform legte. Manchmal tat sie Korinthen oder Rosinen hinein. Gelegentlich schnitt sie Äpfel oder Rhabarber klein und machte einen Obstkuchen. Ich bekam ein Extrastück, und wenn der Kuchen fertig war, stellte Sarah Wasser für den Tee auf, wir setzten uns an den Küchentisch, und sie holte das große Bilderbuch heraus.

»Es war einmal«, fing Sarah an. Mit dem Finger fuhr sie die Worte entlang, und ich kuschelte mich an sie und sog ihren wunderbaren, frischen Duft ein – sie roch immer, als hätte sie sich gerade von Kopf bis Fuß mit parfümierter Seife gewaschen. Sie war größer als Isaac und dünn und hatte rote Backen.

Wenn es Winter wurde und der Regen gegen die Fensterscheiben prasselte, machte Sarah Kakao und Toast, und wir saßen zusammen am Feuer. Dann erzählte sie mir Geschichten, die sie sich selbst ausgedacht hatte. Meistens Märchen, aber manchmal sagte ich: »Erzähl mir eine Gespenstergeschichte, Mama.«

»Von Gespenstergeschichten kriegst du bloß böse Träume.«

Aber ich bettelte, bis sie mir die Geschichte von Gallo-per Thompson erzählte, dem kopflosen Reiter, der um Mitternacht auf dem Dach der York-Street-Fabrik erschien.

»Ist das wirklich wahr, Mama?« fragte ich, atemlos vor Angst.

»Natürlich ist es wahr.«

»Und nimmt er einen auch mit?«

»Nicht, wenn du ein braver Junge bist. Dir passiert nichts, wenn du immer deine Gebete sprichst und deiner Mama und deinem Daddy gehorchst.«

Und ich hielt ihre Hand ganz fest und lauschte dem Wind, der durch den Kamin pfiff, und war glücklich, daß ich warm und sicher bei Sarah saß, während wir mit dem Abendessen auf Isaac warteten.

Isaac machte jeden Abend das gleiche. Er kam kurz nach halb sieben nach Hause, zog seinen Mantel aus und hängte ihn hinter die Tür. Dann ging er hinauf ins Badezimmer und wusch sich. Inzwischen bereitete Sarah das Abendessen vor.

Isaac kam wieder herunter, schob seinen Stuhl an den Tisch und rieb sich die Hände. Er ließ seinen Blick über den Tisch wandern und sagte, egal, was es gab: »Mein Gott, Sarah. Du hast dich mal wieder selbst übertroffen.«

Sarah lächelte und sagte: »Na ja, ein leerer Sack kann nicht stehen, Isaac.«

»Da sagst du was.« Und dann langte er zu, und während

er aß, erzählte er mir alle interessanten Neuigkeiten von der Arbeit.

Wenn er fertig gegessen und Sarah den Tisch abgeräumt und das Geschirr gespült hatte, knieten wir uns nieder und beteten den Familien-Rosenkranz.

Sarah sprach die Gebete vor. Erst das Geheimnis des Glaubens. Als nächstes Mariä Verkündigung. Danach folgte das Vaterunser und das Ave-Maria. Isaac murmelte die Antworten und jagte so schnell durch die Gebete, daß die Wörter wie Gewehrfeuer durch das kleine Zimmer knallten. Heiligemariamuttergottesbittefürunssünderjetztundinderstundeunserestodes ...

Das »Amen« kam mit besonderer Betonung heraus.

Sarah fing wieder von vorne an.

Gegrüßet seist du, Maria, voll der Gnade, der Herr ist mit dir. Du bist gebenedeit unter den Frauen ...

Isaac rutschte wie vor Schmerzen auf dem harten Boden herum, aber wenn wir uns dem Ende des Gebets näherten, wurde sein Gesicht fröhlicher. Sarah machte eine kurze Pause und kündigte ein zusätzliches Gebet für den Papst an, und Isaac schimpfte.

»Der Papst hat keine Gebete nötig, Sarah. Er kriegt mehr Gebete, als er brauchen kann.«

Aber Sarah hörte nicht auf ihn und sprach ein weiteres Vaterunser, und Isaac mußte mitmachen. Wenn sie endlich fertig war, holte Isaac seine Woodbines und sein Feuerzeug aus der Tasche und seufzte vor Erleichterung.

Eines Abends sagte Sarah zu mir: »Ich denke, es wird Zeit, daß du zur Schule gehst und nicht mehr ständig an meinem Rockzipfel hängst.«

Isaac saß am Fenster und las im Belfast Telegraph, wie

sich die Celtics geschlagen hatten. Er schaute über die Zeitung.

»Hat das nicht noch Zeit, Sarah? Er ist doch erst viereinhalb.«

Aber Sarah sagte: »Er ist groß genug und häßlich genug, und je eher er anfängt, desto besser.«

Ich hatte nichts dagegen, in die Schule zu gehen. Die meisten meiner Freunde waren schon dort. Die Schule hieß Holy Cross und lag um die Ecke in der Butler Street. Wenn ich hinten aus dem Fenster schaute, konnte ich sie sehen, auf der anderen Seite des Mühlenteichs, wo jedes Jahr die großen weißen Schwäne brüteten. Es gab eine Schule für Jungen und eine für Mädchen.

Ich konnte bereits einige Wörter erkennen, und Sarah hatte mir beigebracht, meinen Vornamen in Druckbuchstaben zu schreiben und bis zwanzig zu zählen. Deshalb hatte ich keine Angst, zur Schule zu gehen.

Am Montag darauf wusch sie mich gründlich. Sie schrubbte meine Fingernägel, kämmte mich und zog mir meine besten Sachen an.

»Vergiß nicht, den Lehrer sprichst du mit ›Sir‹ an, und du hältst den Mund. Du sagst nur dann etwas, wenn du dazu aufgefordert wirst. Und wenn du zur Toilette willst, hebst du die Hand. Verstanden?«

»Ja, Mama.«

»Da geht's nicht wie auf der Straße zu.«

Sie nahm mich an der Hand, und wir gingen den kurzen Weg zur Butler Street. Als erstes mußten wir zum Direktor. Er war ein großer Mann mit einer Tweedjacke, vielen Stiften in der Brusttasche und hieß Mr. Elwood. Wir gingen in sein Büro, er holte verschiedene Formulare und stellte uns Fragen.

»Name und Geburtsdatum?«

Sarah antwortete, und er schrieb es auf.

»Irgendwelche Krankheiten, von denen wir wissen müssen?«

»Als Baby hat er die Windpocken gehabt.«

»So was wie Epilepsie, meine ich? Gegen irgendwas allergisch?«

Sarah schüttelte den Kopf.

»Nimmt er Medikamente?«

»Nein.«

Mr. Elwood legte den Stift weg und sah mich zum ersten Mal an.

»Wir dulden an unserer Schule keine Rowdys und keine unanständigen Ausdrücke. Jeder Junge, der unanständige Wörter sagt, bekommt es mit mir zu tun. Verstanden?«

Sarah gab mir einen Stoß.

»Ja.«

Mr. Elwood wartete. Sarah gab mir noch einen Schubs, und mir fiel ein, was sie mir vorher eingeschärft hatte.

»Ja, Sir.«

Mr. Elwood nickte und wandte sich wieder an Sarah.

»Er kann morgen anfangen. Er kommt in die zweite Vorschulklasse. Das Schuljahr dauert bis zu den Sommerferien Ende Juni. Das sind nur ein paar Monate. Da kann er sich erst mal eingewöhnen.«

Ich war sehr stolz auf mich. Die meisten Kinder, die zur Schule kamen, mußten erst mal zu den ganz Kleinen, aber ich durfte gleich zu den großen Jungen in die zweite Vorschulklasse. Als ich das Bobby McAllister erzählte, meinte er, das wäre vielleicht gar nicht so gut, weil die zweite

Klasse schwieriger war und weil man Schläge bekam, wenn man was falsch machte.

Die Schule fing um neun Uhr an. Sarah weckte mich um acht Uhr, stellte mir ein großes Frühstück hin, Porridge und ein weiches Ei, aber vor Aufregung brachte ich kaum einen Bissen herunter. Am Nachmittag zuvor hatte sie mir einen neuen Schulranzen aus Leder gekauft, auf dem mein Name stand. Außerdem ein Federmäppchen mit Stiften, ein Radiergummi, ein Lineal und ein Heft.

Unser Lehrer hieß Mr. O'Reilly. Er sah nicht ganz so alt aus wie Mr. Elwood. Sarah brachte mich an die Tür, und Mr. O'Reilly nahm mich mit ins Klassenzimmer und setzte mich neben einen Jungen aus Highbury Gardens, der Charlie Pigeon hieß. Ihm lief der Rotz aus der Nase, und er roch, als hätte er sich in die Hosen gepißt. Ich entdeckte ein paar Kinder, die ich aus unserer Straße kannte: Paddy McKenna, der ein steifes Bein hatte, deshalb ganz komisch ging und etwa acht Jahre alt war, und Locky Power, dessen Dad Trambahnschaffner war.

Nervös setzte ich mich in meine Bank und sah mich um. Das Klassenzimmer war klein und freundlich. An einer Wand war eine große Weltkarte befestigt, und in einem Wandschrank lagen ordentlich aufgestapelte Bücher und Hefte. Über der Tafel hing ein Kruzifix mit einer Jesusfigur, und dann gab es noch ein großes Fenster, das auf den Schulhof hinausging.

»Wir haben einen neuen Schüler. Er heißt Martin McBride. Er ist erst viereinhalb, und deshalb möchte ich nicht, daß ihr Älteren ihm schlechte Gewohnheiten beibringt.«

Die ganze Klasse lachte, und sofort meldete sich Paddy

McKenna und sagte: »Bitte, Sir. Ich kenne ihn schon. Er wohnt in unserer Straße.«

»Gut, McKenna«, sagte Mr. O'Reilly. »Du kannst dich um ihn kümmern.«

Als uns Mr. O'Reilly das erste Mal den Rücken zuwandte, um etwas an die Tafel zu schreiben, beugte sich Charlie Pigeon zu mir und fragte flüsternd: »Was ist dein Dad?«

Ich sagte es ihm, und er antwortete: »Das ist ja gar nichts. Mein Dad ist beim Zirkus.«

»Beim Zirkus?«

»Genau. Er dressiert die Löwen, und manchmal reitet er auf dem Elefanten. Hast du Geschwister?«

Ich schüttelte den Kopf.

»Nicht mal ein Baby?«

»Nein«, sagte ich.

»Ich habe acht Brüder und zehn Schwestern. Meine Schwestern arbeiten alle in der Fabrik. Ich hab einen Bruder in der Army und einen bei der Navy und noch einen bei den US-Marines. Meine Ma ist sechzig und mein Dad fünfundsechzig.«

Das klang sehr alt.

»Hast du keine Angst, daß sie bald sterben?« fragte ich.

»Überhaupt nicht. Mein Dad sagt, daß er hundert wird. Er trinkt jeden Tag eine Flasche Whiskey und ißt zum Frühstück zehn Schweinsfüße.«

Ich war tief beeindruckt.

»Zehn Schweinsfüße?«

Auf einmal hörte ich, wie es in der Klasse still wurde, und als ich aufsah, stand Mr. O'Reilly vor mir und sah mich unverwandt an.

»Steh auf, McBride.«

Ich gehorchte. Mir wurde heiß und kalt. Alle schauten zu mir.

»McBride. In dieser Klasse wird nicht geschwätzt. Niemand redet, außer wenn ich es sage. Hast du verstanden?«

»Ja, Sir.«

»Worüber hast du mit Pigeon gesprochen?«

»Über seinen Dad, Sir. Er ist ein Löwenbändiger im Zirkus, und manchmal reitet er auf dem Elefanten, und er ist fünfundsechzig und trinkt jeden Tag eine Flasche Whiskey und ißt zehn Schweinsfüße zum Frühstück.«

Ich hörte, wie die anderen Jungen kicherten. Mr. O'Reilly versuchte, ernst zu bleiben.

»Nun hört euch das an. Ich bin überzeugt, daß er auch noch Essigzwiebeln dazu ißt.«

Jetzt lachten wieder alle. Mit einer Handbewegung brachte Mr. O'Reilly die Klasse zum Schweigen.

»Eines mußt du unbedingt wissen, McBride. Pigeon ist ein großer Lügenbold. Er kennt die erstaunlichsten Geschichten. Pigeon, sing uns doch mal dieses eine Lied vor.«

Charlie Pigeon stand auf und sang mit quäkender Stimme:

They were baggy at the knees, they were full of bugs and flees.
Those ould wooly drawers that me granny used to wear...

Alle lachten. Als er fertig war, setzte sich Charlie wieder und war sehr zufrieden mit sich.

»Du siehst also, McBride, Pigeon ist der geborene Unterhaltungskünstler. Seine Geschichten sind noch besser als die Märchen der Gebrüder Grimm. Aber wenn ich du wäre, würde ich nicht alles glauben, was Pigeon erzählt.

Jetzt setz dich wieder hin, und in meiner Klasse redest du in Zukunft nur noch, wenn du gefragt wirst. Hast du verstanden?«

»Ja, Sir.«

»Frag mal die Klasse, was passiert, wenn du mir nicht gehorchst.«

»Dann bekommt er den allergrößten Ärger, Sir«, zirpten sie.

Den Rest des Vormittags hielt ich meinen Mund. Mr. O'Reilly schrieb Buchstaben an die Tafel, und wir mußten sie in unsere Hefte abschreiben. Mr. O'Reilly ging durch die Klasse und sah uns über die Schultern. Von Zeit zu Zeit blieb er stehen und half einem Jungen, nahm dessen Hand und führte mit ihm zusammen den Stift langsam über das Papier. Als er zu mir kam, betrachtete er mein Werk und nickte zustimmend.

»Hast du das schon öfter gemacht?«

Ich erzählte ihm von Sarah und den Geschichten, die sie mir aus dem großen Bilderbuch vorlas.

»Sehr gut«, sagte er und ging zum nächsten.

Um elf Uhr hatten wir Pause, durften Milch trinken und zur Toilette gehen. Paddy McKenna nahm mich an der Hand und zeigte mir den Weg.

»Ich kümmre mich um dich«, sagte er. »Und ich nehm dich nach der Schule mit nach Hause.«

Später kam die Mittagspause, danach stellten wir uns alle in einer Reihe auf und marschierten zurück in unsere Klassenzimmer. Allmählich wurde ich müde. Mr. O'Reilly verteilte Karten mit Löchern und bunte Wollfäden, die wir so durch die Löcher fädeln mußten, daß es ein Muster ergab. Dann gab er uns Papier und Buntstifte und forderte uns auf, ein Bild zu malen. Ich malte einen Mann im Fußballtrikot von den Celtics.

Gegen halb zwei holte er ein großes Bilderbuch aus dem Schrank, und alle wurden aufgeregt. Er klatschte in die Hände.

»Räumt eure Hefte und Stifte weg.«

Das geschah unter großem Gedrängel. Dann öffnete Mr. O'Reilly das Bilderbuch und las uns die Geschichte von Sindbad dem Seefahrer vor. Es war eine wunderbare Geschichte über lauter fremde Länder. Ich war vollkommen von Mr. O'Reillys Geschichte gefangen, als plötzlich ein lautes Klingeln durch die ganze Schule hallte.

Mr. O'Reilly klappte das Buch zu, und die Klasse erhob sich. Er bekreuzigte sich.

»Im Namen des Vaters und des Sohnes und des Heiligen Geistes. Gegrüßet seist du, Maria, voll der Gnade . . .«

Die Klasse stotterte bis zum Schluß mit.

»Amen«, sagte Mr. O'Reilly. »Ihr könnt gehen. Kommt gut nach Hause, und so Gott will, sehe ich euch morgen früh alle wieder.«

An die Schule gewöhnte ich mich schnell. Jeden Morgen um Viertel vor neun kam Paddy McKenna zu unserer Tür gehumpelt. Sarah gab uns beiden einen Ingwerkeks, und wir gingen mit unseren Schulranzen auf dem Rücken zur Butler Street. Auf dem Schulhof spielten wir noch ein bißchen, die kleinen Jungen am einen Ende, die größeren am anderen. Um neun Uhr läutete die Glocke, wir stellten uns in Reihen auf und marschierten in die Klassenzimmer.

Man mußte immer am gleichen Platz sitzen. Bevor der Unterricht begann, standen wir auf und Mr. O'Reilly sagte die Morgengebete. Dann durften wir uns setzen, Mr. O'Reilly holte eine lange Liste vor und rief jeden Jungen mit Namen auf. Wir mußten mit »Anseo« antworten, dem gälischen Wort für anwesend. Mr. O'Reilly hakte jeden Namen ab, dann legte er die Liste weg, und der Unterricht begann.

Bei Mr. O'Reilly lernten wir nicht nur Lesen und Schreiben. Einmal brachte er zum Beispiel Froschlaich mit und setzte ihn in ein großes Goldfischglas. Jeder drängelte sich zu dem Glas, aber wir sahen nur dieses grüne Zeug, das darin herumschwamm. Es sah aus wie das Tapioka, das mir Sarah manchmal nach dem Sonntagsessen gab. Eines Tages hatte sich der Froschlaich in Kaulquappen verwandelt, die mit zuckenden Schwänzen im Kreis rumschwammen und aussahen wie kleine Brombeeren.

Jeden Tag beobachtete ich die Kaulquappen und sah, wie ihnen Beine wuchsen, ihre Haut allmählich gelb wurde und das Goldfischglas plötzlich voller Froschbabys war. Sie verfolgten mich mit ihren Augen, wenn ich in das Glas schaute.

Eines Tages sagte Mr. O'Reilly, es sei an der Zeit, sie freizulassen. Wir stellten uns in einer Reihe auf und marschierten zum Mühlteich. Mr. O'Reilly befahl Paddy McKenna, uns vom Wasser fernzuhalten und leerte das Glas in den Teich, und die Frösche schwammen weg.

Mr. O'Reilly nannte das den Kreislauf der Natur. Er sagte, genau so sei es mit den Bäumen oder den Blumen. Altes Leben muß sterben, und neues Leben nimmt seinen Platz ein. Als er das sagte, wurde ich sehr traurig.

Er besaß ein Grammophon und spielte uns manchmal Schallplatten vor von Opernsängern mit vollen, tiefen Stimmen. Ein anderes Mal war es Orchestermusik, die keiner von uns vorher gehört hatte. Mr. O'Reilly nannte das klassische Musik. Er sagte, es sei die schönste Musik der Welt und daß man, wenn man genau aufpaßte, die Engel singen hören konnte.

Wir paßten alle genau auf, aber wir konnten keine Engel hören, nur immer das Bum-bum-bum der Pauken und das Quietschen der Violinen, und Danny Fitzgerald sagte, wenn man das Zeug lange genug anhörte, würde einem irgendwann der Arsch weh tun, ganz bestimmt.

Von Zeit zu Zeit veranstaltete Mr. O'Reilly ein Quiz, um unsere Allgemeinbildung zu prüfen, wie er sagte.

»Kann mir einer von euch sagen, warum die Kirchglokken oben auf der Kirche sind?« fragte er zum Beispiel einmal.

Charlie Pigeons Hand schoß nach oben.

»Ja, Sir. Damit sie keiner stiehlt.«

Mr. O'Reilly lächelte.

»Ich weiß nicht, Pigeon. Vielleicht tun sie das ja in Glenard, wo du ja herkommst, aber ich glaube wirklich nicht, daß die braven Leute aus der Butler Street Kirchenglocken stehlen wollen.«

Die ganze Klasse kicherte.

»Ich hab die Prods gemeint, Sir. Die Prods könnten sie stehlen.«

Mr. O'Reilly runzelte die Stirn.

»Nein, Pigeon. Ich glaube nicht, daß die Protestanten – die Prods, wie du sie nennst – unsere Kirchenglocken stehlen wollen. Sie haben selbst schöne Kirchen und ihre eigenen Glocken.«

»Doch, das wollen sie, Sir. Meine Ma sagt, die Prods würden einem sogar die Augen aus dem Kopf stehlen, Sir. Sie sagt, man kann ihnen nicht über den Weg trauen.«

»Deine Mutter ist bigott, Pigeon, und du kannst ihr ruhig erzählen, daß ich das gesagt habe.«

»Was ist sie, Sir?«

»Bigott.«

Mr. O'Reilly wandte sich wieder an die Klasse.

»Denkt mal nach, Jungs. Warum sind die Kirchglocken oben auf der Kirche?«

Ein anderer Junge meldete sich.

»Damit sie jeder sehen kann, Sir.«

»Guter Versuch«, sagte Mr. O'Reilly, »aber leider falsch.« Ungeduldig klopfte er mit dem Lineal auf seinen Handteller.

»Die Antwort ist ganz einfach, wenn man genau überlegt. Los jetzt, strengt euch an.«

Ich dachte angestrengt über die Antwort nach. Warum waren die Glocken oben auf der Kirche? Und auf einmal war es ganz klar. Ich hob die Hand.

»Bitte, Sir. Damit sie jeder hören kann.«

Mr. O'Reilly strahlte.

»Sehr richtig, McBride. Volltreffer. Die Glocken sind oben auf der Kirche, damit sie jeder hören kann. Je höher sie hängen, desto weiter kann man sie hören. Je weiter oben sie sind, desto weiter reicht ihr Ton. Wenn ein Junge in der nächsten Straße singen würde, könntet ihr ihn nicht hören. Aber wenn er oben auf dem Dach stehen würde, dann könntet ihr ihn singen hören.«

Charlie Pigeons Hand tauchte wieder auf.

»Bitte, Sir, was macht er da oben auf dem Dach?«

Mr. O'Reilly seufzte.

»Ich glaube, das ist genug Allgemeinbildung für einen Tag.«

Ich war sehr zufrieden mit mir. Die meisten Jungen aus der Klasse waren um die sechs Jahre alt. Einige waren sieben oder acht. Ich war noch nicht mal fünf und hatte trotzdem die Antwort auf eine Frage gewußt, die sonst keiner beantworten konnte.

Später auf dem Schulhof kam Locky Power zu mir.

»Irgendwer hat dir die Antwort gesagt, oder?« fragte er mich.

»Nein«, sagte ich, »ich bin ganz allein darauf gekommen.«

»Irgendwer hat es dir gesagt. Du bist doch nur ein Angeber. Du willst dich nur beliebt machen.«

»Das stimmt nicht.«

»Doch, das stimmt. Du bist ein blöder Angeber. Du willst dich bei O'Reilly einschleimen.«

Mir kamen fast die Tränen wegen dieser Ungerechtigkeit, aber ich kämpfte dagegen an. Ich war von allein auf die Antwort gekommen, wie es der Lehrer verlangt hatte, und jetzt wurde ich deshalb als Angeber beschimpft. Ich drängte mich zwar an Locky Power vorbei, merkte mir aber dieses Erlebnis. Von nun an beantwortete ich nur noch Fragen, wenn Mr. O'Reilly mich direkt ansprach.

Die Mittagspause dauerte eine halbe Stunde. Die Lehrer kochten sich Tee in einem Zimmer neben Mr. Elwoods Büro. Die Jungen, die in der Nähe der Schule wohnten, gingen nach Hause, aber die meisten von uns blieben auf dem Schulhof, spielten und aßen ihr Pausenbrot.

Sarah schmierte mir jeden Morgen zwei Scheiben Brot oder manchmal auch ein weiches Brötchen, das sie in Andy Molloys Laden am Ende der Straße kaufte. Sie belegte sie mit Tomaten oder Käse oder ab und zu mit aufgeschnittenen Eiern. Eier mochte ich am liebsten. Manchmal gab sie mir auch noch einen Apfel oder ein Scone mit.

Mit der Zeit stellte ich fest, daß manche Jungen nur Butter auf ihrem Brot hatten. Andere nur Marmelade. Einige Jungen hatten gar kein Pausenbrot dabei.

Eines Tages stand ich auf dem Schulhof und bemerkte, daß Joey Graham mich beobachtete. Joey wohnte wie ich in Glenard, in einem Haus am Etna Drive. Ich kaute an meinem Brot und begriff plötzlich, daß er mich so anstarrte, weil er Hunger hatte. Ich hielt ihm das Zeitungspapier hin, in das Sarah die Sandwiches eingewickelt hatte.

»Magst du eins?«

Joey Graham schnappte sich ein Brot und stopfte es in den Mund.

»Was ist drauf?« fragte er und mampfte hastig.

»Käse.«

»Den mag ich am liebsten.«

Ich bot ihm noch ein Brot an, und er nahm auch das und verschlang es.

»Hat dir deine Ma kein Pausenbrot gemacht?« fragte ich.

»Nein. Sie ist heute überhaupt nicht aufgestanden. Gestern haben sie wieder gestritten, meine Ma und mein Dad. Wenn sie Streit gehabt haben, bleibt meine Ma den ganzen Tag im Bett. Streiten deine auch?«

»Nein«, sagte ich wahrheitsgemäß.

»Meine streiten dauernd«, sagte er.

Als ich nach Hause kam, erzählte ich Sarah davon.

»Der arme Joey«, sagte sie nur und schüttelte den Kopf.

Danach packte sie mir immer zwei Extrabrote für das Mittagessen ein.

»Für alle Fälle«, sagte sie.

Allmählich verstand ich, was Mr. O'Reilly über Charlie Pigeon gesagt hatte. Charlie log ununterbrochen. Aber er erzählte keine gemeinen Lügen, um irgendwen zu verletzen. Ich glaube, er log, weil es so aufregend war. Es waren einfach Geschichten, die er sich ausdachte und in denen er dann selbst lebte.

Einmal erzählte er mir, sein Bruder Paddy sei bei den US-Marines und habe vom amerikanischen Präsidenten eine Medaille bekommen, weil er in Korea sieben Japse gefangengenommen hatte. Ein andermal sagte er, seine Schwester Hennie würde einen Filmstar heiraten, der sie mit nach Hollywood nehmen und ihr einen Job beim Film verschaffen wollte. Wenn sie dann reich war, würde sie ein großes Haus mit einem Swimmingpool und ein Auto kaufen, und sie würden alle in Amerika leben.

Manches von dem, was er erzählte, stimmte sogar. Er hatte wirklich eine große Familie. Einmal gingen wir nach der Schule auf dem Heimweg durch die Flax Street, als Charlie sagte: »Warum kommst du nicht mit zu mir und wir spielen was?«

Sarah hatte mir eingeschärft, von der Schule immer direkt nach Hause zu kommen, aber da Highbury Gardens nur eine Straße weiter war, konnte ich nichts Schlimmes daran finden.

Charlies Haus sah genauso aus wie unseres. Es lag in der Mitte einer langen Straße mit schwarzen Dächern und rauchenden Schornsteinen. Aber irgend etwas war doch anders. An der Haustür blätterte die Farbe ab, und jemand hatte ein Fenster, das zerbrochen war, mit einem Stück Pappkarton geflickt.

Das erste, was mir in Charlies Haus auffiel, war der komische Geruch. Es roch wie in Smithfield. Der Flur war voller Taschen, genau wie das Vorderzimmer und die Küche. Überall standen Taschen und Säcke, vollgestopft mit Lumpen und alten Kleidern und Schuhen, so daß man sich kaum rühren konnte.

Mittendrin saß ein Mädchen. Sie hatte eine Zigarette im Mundwinkel und sortierte die Lumpen. Sie schaute auf, als wir hereinkamen. »Du bist aber heute früh zurück, Charlie«, sagte sie. »Wen hast du denn da mitgebracht?«

Charlie erklärte, ich sei Marty McBride.

»Hallo, Marty. Ich bin Jeannie. Hat der alte O'Reilly euch heute eine gelangt?«

Ich sagte nein, und sie lachte.

»Ihr seid bestimmt hungrig.«

Charlie sagte ja. Jeannie warf ihre Kippe in den Kamin und zwängte sich zwischen den Säcken hindurch in die Küche. Ich entdeckte ein Baby, das in einer Wiege am Fenster schlief, und ein anderes Baby, das die Windel voll hatte und auf dem Boden spielte.

»Was macht deine Schwester?« fragte ich Charlie flüsternd.

»Sie macht die Lumpen fertig.«

»Wozu?«

»Für den Markt. Meine Ma hat einen Stand.«

Den Markt kannte ich. Ein großer Platz in der Stadt, wo man gebrauchte Kleidung und Krimskrams kaufen konnte. Sarah nahm mich manchmal am Freitagmorgen mit, wenn sie bei den Bauern frische Eier kaufte.

»Verkauft sie die?«

»Ja.«

»Und woher hat sie das Zeug?«

»Von Eddie Russell, dem Lumpensammler.«

Ich blickte mich im Zimmer um. Überall sah es schmutzig aus, in den Ecken und auf den Fensterbänken. Auch auf der Anrichte lag Staub. Charlie Pigeons Haus sah überhaupt nicht aus wie unser Haus, wo Sarah ständig wusch und putzte und alles auf Hochglanz polierte.

Ich schaute in die Küche, wohin Jeannie verschwunden war. Auf dem Tisch und in der Spüle stapelten sich Teller und Schüsseln. In einem Marmeladenglas steckte ein Messer und daneben lag ein Laib Brot auf dem Tisch. An der Wand hing ein Käfig mit einem hübschen gelben Kanarienvogel. Er schüttelte die Federn, streckte sich und begann zu singen.

Jeannie kam mit zwei Butterbroten zurück und gab jedem von uns eines. »Damit müßt ihr klarkommen«, sagte sie. »Was andres gibt's nicht, bis Ma heimkommt.«

Sie setzte sich wieder an den Kamin und sortierte weiter Lumpen.

Eigentlich wollte ich das Brot nicht essen, weil es hier so schmutzig war, und außerdem hatte ich auch gar keinen Hunger. Aber ich wollte niemand beleidigen und knabberte ein bißchen daran, bis Charlie es mir wegnahm und selbst aufaß.

Die Tür ging auf, und ein großer Mann kam herein. Er war im Unterhemd, hatte schwarze Haare auf der Brust und auf dem Arm ein tätowiertes Herz.

Er zwinkerte uns zu und sagte: »Wo ist mein sauberes Hemd, Jeannie?«

»Keine Ahnung«, sagte sie. »Wo du es liegengelassen hast.«

»Sonst hängt es immer hinter der Tür, aber da ist es nicht.«

Jeannie kramte in den Lumpen und zog ein Hemd heraus.

»Hier ist eins«, sagte sie. »Schau, ob es dir paßt.«

Der große Mann untersuchte das Hemd und überprüfte die Knöpfe, schloß die Tür hinter sich und ging wieder nach oben.

Wir setzten uns vor dem Haus auf die Stufen. Ein paar Kinder schoben einen kaputten Karren über das Gras. Ich wollte wissen, wer sie waren, und Charlie sagte, es wären seine Brüder.

»Wie viele seid ihr denn in deiner Familie?«

Charlie wischte sich die Nase am Mantelärmel ab und zählte auf:

»Da sind meine Ma und mein Dad und dann Frankie, das war der, der sein Hemd gesucht hat. Und Jeannie und Hennie und Cissie und Mary. Sie arbeiten in der Fabrik. Dann gibt's noch unsere Sadie. Sie arbeitet in Billy O'Carrolls Laden. Und unseren Paddy. Der ist bei den Marines. Und Billy und Geordie. Und die kleine Annie und die Zwillinge. Und außerdem das Baby. Wie viele sind das jetzt?«

Ich gab die Zählerei auf.

»Wohnt ihr alle im selben Haus?«

»Klar. Aber Cissie heiratet im August. Ihr Verlobter ist bei der Royal Air Force und hat ein eigenes Flugzeug. Ich darf mal mit ihm mitfliegen. Sie geht dann mit ihm nach England.«

»Und wo schlaft ihr alle?«

Charlie sah mich verblüfft an. »Im Bett, wo denn sonst.«

»Habt ihr denn genug Platz?«

»Klar. Wir haben jede Menge Zimmer.«

Das überzeugte mich nicht. Ich versuchte mir vorzustellen, wie sie in dem winzigen Haus zurechtkamen und wie sie sich in den Zimmern voller Lumpen überhaupt rühren konnten. Wo aßen sie? Wo wuschen sie sich? Wie schliefen sie, zusammengepfercht in den kleinen Zimmern? Ich merkte, daß mich Charlie Pigeons Familie unweigerlich zu faszinieren begann. All diese Brüder und Schwestern, diese Aufregungen, diese Dramen und die wunderbaren Abenteuer, die sie erlebten. Bei uns gab es nur mich und Sarah und Isaac. Insgeheim beneidete ich Charlie Pigeon.

Als ich heimkam, fragte ich Sarah: »Wieso ist unsere Familie nicht größer?«

»Größer? Soll das ein Witz sein? Wenn wir mehr wären, würde Isaacs Geld nie reichen.«

»Aber alle anderen haben Brüder und Schwestern, und ich hab nur mich.«

Sarah strickte gerade. Sie legte Nadeln und Wolle auf den Stuhl neben sich.

»Fühlst du dich einsam?«

»Manchmal.«

Sie schloß mich in die Arme.

»Du hast doch Isaac. Er nimmt dich überallhin mit. Und du hast mich.«

»Ich hätte aber so gern einen Bruder oder eine Schwester«, sagte ich.

Sarah nahm ihr Strickzeug wieder in die Hand, und die Nadeln machten klick-klack, klick-klack.

»Willst du denn kein Baby, Mama? Bitte! Ich würde dir auch helfen, damit du nicht die ganze Arbeit hast.«

Doch Sarah war an dem Gespräch nicht mehr interessiert.

»Mal sehen«, sagte sie.

Da wußte ich, daß sie nichts unternehmen würde. Immer wenn Sarah »mal sehen« sagte, bedeutete das, daß nichts geschehen würde.

Auf dem Heimweg von der Schule fragte ich Paddy McKenna mal, warum er so komisch ging und wieso er mit seinen acht Jahren noch in der Vorschule war und nicht in der zweiten Klasse, wohin er eigentlich gehörte.

»Ich hatte Kinderlähmung«, erklärte er. »Ich mußte ins Krankenhaus.«

Das war etwas Neues.

»Und wie ist das?«

»Ich war krank. Und es hat mein Bein kaputtgemacht. Ich kann mein Knie nicht beugen. Schau mal.«

Er rollte seine Hosen hoch und zeigte mir sein kaputtes Knie.

»Das andere kann ich beugen, aber dies nicht. Daran ist die Kinderlähmung schuld.«

»Wie hast du das gekriegt?«

Er zuckte die Achseln.

»Weiß ich nicht. Die Ärzte glauben, vom Wasser.«

»Vom Wasser?«

»Ja. Sie glauben, die Bakterien sind im Wasser. Aber sie sind sich nicht sicher. Jetzt geht's mir besser. Aber ich kann mein Knie nicht krumm machen.«

»Vielleicht geht das wieder, wenn du erwachsen bist.«

Paddy McKenna schüttelte den Kopf.

»Das glaub ich nicht.«

Nach Weihnachten kam ein Neuer in unsere Klasse. Er war klein und schüchtern und verkroch sich in seinen neuen Blazer, als würde der ihn gleich verschlingen. Mr. O'Reilly stellte ihn vor.

»Das ist Gerard Boyle. Ich möchte, daß ihr nett zu ihm seid.«

Charlie Pigeon beugte sich zu mir und flüsterte: »Den kenne ich. Der wohnt irgendwo in Holmdene Gardens. Früher war er in der Sacred Heart School. Er ist ein Waisenkind.«

Ich wußte, was ein Waisenkind ist. Ein Junge ohne Mutter und Vater. Sarah gab mir jede Woche ein Sixpencestück für das Waisenhaus in Kircubbin.

»Aber warum ist er nicht im Waisenhaus?« fragte ich.

»Er ist adoptiert worden. Aber das sind nicht seine richtigen Eltern.«

Ich sah wieder zu Gerard Boyle. Er saß ganz still, schaute geradeaus und sagte keinen Ton. Er tat mir leid. Keine Mutter und keinen Vater. Adoptiert. Ich fand, das war das Schlimmste, was einem überhaupt passieren konnte.

Ende Juni kam der letzte Schultag vor den Sommerferien. Mr. O'Reilly sagte, wir sollten unsere Mütter bitten, etwas Besonderes beizusteuern, und alle unsere eigenen Tassen mitbringen – dann würden wir ein Fest feiern.

Sarah buk süße Brötchen und packte sie in eine Tüte, und Isaac gab mir Geld für eine Flasche American Cream Soda. Das war meine Lieblingslimonade.

Nach dem Morgengebet und dem Durchgehen der Anwesenheitsliste kündigte Mr. O'Reilly an, daß es heute keinen Unterricht geben würde. Statt dessen wollte er uns eine Geschichte vorlesen. Er holte sein großes Geschichtenbuch aus dem Schrank und befahl uns, leise zu sein. Dann las er uns die Geschichte von Gullivers Reisen vor.

Das war eine spannende Geschichte über einen Mann, der mit einem Schiff übers Meer segelt und in ein Land kommt, in dem nur Riesen sind. Dann segelt er weiter und kommt in ein Land voller Liliputaner.

Als er mit Vorlesen fertig war, fragte Mr. O'Reilly jeden, welche Pläne er für die Sommerferien hatte. Die meisten hatten nichts vor. Einer sagte, er würde mit dem Zug nach Bangor fahren. Charlie Pigeon sagte, er würde nach Amerika reisen und seinen Bruder Paddy besuchen, der gerade wieder eine Medaille vom amerikanischen Präsidenten bekommen hätte, weil er weitere fünfzig Japsen und den obersten General der Japaner gefangengenommen hatte. Er sagte, der Präsident würde ihnen das Geld schicken und seine Ma bekäme einen neuen Pelzmantel.

Ich sagte, wir führen nach Portstewart und würden in Mrs. McMahons Pension wohnen. Das machten wir jedes Jahr. Daran fand ich eigentlich nichts Besonderes, aber ich sah, wie neidisch einige Jungen schauten, als ich Mr. O'Reilly von den Schaukeln und dem Planschbecken und den Schiffen im Hafen erzählte.

Nach der Pause begann die Party. Mr. O'Reilly breitete ein großes Tischtuch über sein Pult und baute die ganzen Kuchen und Brötchen und Äpfel und Orangen auf, die wir mitgebracht hatten. Dann hielt er eine kleine Ansprache. Er sagte, wir wären die beste Klasse, die er je unterrichtet hatte, und er sei stolz auf uns, aber daß die Zeit verging und wir nächstes Jahr keine Vorschulkinder mehr sein würden, sondern in die erste Klasse kämen. Er sagte, er würde uns alle sehr vermissen, besonders Pigeon, der uns das ganze Jahr unterhalten hatte, und dann bat er ihn, uns ein Lied vorzusingen.

Charlie stand auf, räusperte sich, und alle lachten. Dann sang er:

My Aunt Jane, she called me in,
She gave me tea out of her wee tin.
Half a bap, with sugar on the top.
And three black lumps out of her wee shop.

Wir klatschten, und Mr. O'Reilly sagte, jeder könne so viel essen und trinken, wie er wolle, aber wir sollten uns wie Christenmenschen benehmen und nicht drängeln und schubsen.

Wir standen um Mr. O'Reillys Pult, füllten unsere Tassen mit Limonade und aßen Kuchen und Brötchen und Hefegebäck, und Charlie Pigeon hob die Hand und sagte: »Bitte, Sir, Joey Graham hat eine viel größere Tasse, und er hat mehr Limonade als ich gekriegt.«

Mr. O'Reilly sagte, kannst du nicht um Himmels willen mal aufhören zu streiten. Ihr solltet euch alle freuen, daß ihr jetzt Ferien habt. Dann erzählte einer einen Witz über Paddy Irishman, Paddy Englishman und Paddy Scotchman. Wir mußten lachen, und Joey Graham stopfte sich so voll, daß er auf seinen Pulli kotzte und Mr. O'Reilly mit ihm auf die Toilette gehen mußte, um das wieder in Ordnung zu bringen.

Dann schlug es drei Uhr, und wir gingen alle nach Hause.

Kapitel drei

Eines Tages sagte Sarah zu mir: »Ich glaube, ich werde dich aus der Holy Cross School nehmen. Da lernst du nicht genug.«

Das hörte sich nicht gut an. Ich war glücklich in Holy Cross. Ich war in der dritten Klasse und hatte meine erste heilige Kommunion gehabt und meine erste Beichte abgelegt.

»Wo soll ich denn hin, Mama?«

»Zu den ›Christian Brothers‹.«

Das hatte ich befürchtet.

Die Christian Brothers waren ein religiöser Schulorden und galten als sehr streng. Ihre Schule war weiter weg, Richtung Innenstadt in der Donegall Street. Sarah machte einen Termin aus, und wir gingen hin, um mit Bruder Byrne, dem Schulleiter, zu sprechen. Bruder Byrne war sehr dünn, hatte knochige Hände und Haare in den Nasenlöchern. Er trug eine abgewetzte, schwarze Soutane und einen Priesterkragen und redete wie einer vom Land.

Er brachte uns in sein Büro. »Warum wollen Sie ihn auf unsere Schule schicken?« fragte er.

Sarah lächelte höflich. »Weil ich glaube, daß es besser für ihn wäre. Er muß in ein paar Jahren seinen qualifizierenden Abschluß machen, und ich habe nur Gutes über Ihre Schule gehört.«

Bruder Byrne wirkte sehr erfreut.

»Wir erzielen gute Ergebnisse, aber die Jungen müssen hart arbeiten. Wir akzeptieren keine Schlamperei.«

Er sah mich an.

»Was ist neun mal sieben?«

»Dreiundsechzig«, antwortete ich.

»Laß mal sehen, wie du lesen kannst.«

Er holte ein Buch vom Regal, schlug es irgendwo auf und ich las ihm daraus vor.

»Sehr gut«, sagte er. »Nenne mir eine gute Tat.«

»Der Krankenbesuch.«

»Allgemeinwissen. Wie kommt das Wasser in die Wasserhähne?«

»Aus einem Reservoir.«

»Und was ist ein Reservoir?«

»Ein Reservoir ist ein großer See, in dem alles Wasser gesammelt, gereinigt und dann in der ganzen Stadt an die einzelnen Häuser verteilt wird.«

»Hast du Unterricht in Gälisch?«

»Tá.«

»Caidé mar atá tú?«

»Tá mé go mait, go raibh mait agat.«

Bruder Byrne lächelte.

»Er kann am Montag anfangen«, sagte er.

Als nächstes mußten wir es Mr. Elwood beibringen, der nicht sehr begeistert war.

»Er macht sich hier sehr gut. Wieso wollen Sie ihn aus der Schule nehmen?«

»Weil ich glaube, daß er bei den Brüdern besser aufgehoben ist.«

»Die Brüder haben auch nicht immer gute Ergebnisse. Sie nehmen nur die schlauen Köpfe.«

»Ich denke, er ist schlau genug.«

»Wie Sie meinen«, sagte Mr. Elwood. »Aber wenn es schiefgeht, brauchen Sie gar nicht erst wieder hier anzukommen.«

Und er schickte uns hinaus.

Bruder Byrne steckte mich in die vierte Klasse, was bedeutete, daß alle anderen ein Jahr älter als ich waren.

»Der Junge ist recht klug für sein Alter. Er wird das leicht schaffen.«

Unser Lehrer hieß Bruder Delargey. Er war sehr groß, und seine Haare sträubten sich wie die Borsten eines Besens. Sein Gesicht war so rot wie eine reife Tomate. Er unterrichtete uns in Lesen, Schreiben, Rechnen und in irischer Geschichte. Am brennendsten war er an der Unterdrückung der Iren durch die Engländer über all die Jahre interessiert. Wenn er von den Penal Days sprach, klang das, als wären sie letzte Woche gewesen.

Er erzählte uns von Red Hugh O'Donnell und Hugh O'Neill und Patrick Sarsfield. Und er erzählte uns von der Schlacht von Aughrim, die die Iren bestimmt gewonnen hätten, wären sie nicht von diesem Franzosen namens Saint Ruth befehligt worden, dem in den ersten Minuten der Schlacht der Kopf von einer Kanonenkugel weggerissen wurde, weshalb dann keiner den Schlachtplan kannte. Er erzählte uns von dem Verräter Luttrel, der für die Kavallerie verantwortlich war und vom Schlachtfeld desertierte und zuließ, daß die armen irischen Infanteristen niedergemetzelt wurden.

»Die Toten aus der Schlacht von Aughrim lagen über vier Meilen verstreut. Könnt ihr euch das vorstellen, Jungens? Tote irische Soldaten bedeckten das Schlachtfeld wie abgestochene Schafe. Die Engländer hatten keine Gefangenen gemacht. Aber Patrick Sarsfield segelte nach Frankreich, ging zur französischen Armee und nahm mit der irischen Brigade Rache an den Engländern.«

Bruder Delargey stopfte uns voll mit irischer Geschichte und dem Unrecht, das uns die Engländer angetan hatten. Er berichtete von den United Irishmen und der Rebellion von 1798 und den heldenhaften Presbyterianern von Antrim und Down. Er erzählte uns von der Hungersnot und den armen Leuten, die Gras essen mußten, weil es nichts anderes mehr gab.

Er brachte uns Widerstandslieder bei, die von den Engländern verboten worden waren, aber dennoch in den Herzen der Menschen weiterlebten, weil die Iren unbezwingbar waren und niemals besiegt werden konnten.

At Boolavogue, as the sun was setting,
O'er the bright May meadows of Shelmalier,
A rebel band set the heather blazing,
And brought the neighbours from far and near.
Then Father Murphy of old Kilcormack,
Spurred up the rocks with a warning cry:
Arm, arm, he cried, for I've come to lead you.
For Ireland's freedom, we'll fight and die.

Nach diesem Lied war Bruder Delargeys Gesicht immer noch röter als sonst. Dann lächelte er und sagte: »Vergeßt nie die Geschichte eurer Heimat, Jungs. Die Geschichte macht uns zu dem, was wir sind.«

Ich fuhr jeden Tag mit dem Bus zur Schule, zusammen mit Larry Devine, der in Holmdene Gardens wohnte. Er war zäh und kannte sich aus.

Eines Tages sagte er auf dem Heimweg zu mir: »Erinner mich dran, daß ich dir noch was zeigen will, wenn wir aussteigen.«

Dabei glänzten seine Augen.

Als der Bus hielt, ging er mit mir in eine Einfahrt hinter dem Forum-Kino. Er vergewisserte sich, daß niemand in der Nähe war, und holte eine Zeitschrift aus der Schultasche.

»Sieh dir das mal an«, sagte er.

Auf der Titelseite war ein Mädchen in einem Badeanzug zu sehen. Ich spürte eine warme Regung in meinen Lenden.

»Schlag's auf«, sagte er. »Es kommt noch besser.«

Ich blätterte in der Zeitschrift. Da waren Bilder von Mädchen in BHs und Slips und schwarzen Strümpfen. Sie saßen auf Motorhauben oder lagen auf Liegestühlen in der Sonne. Und alle lächelten, als würde es ihnen Spaß machen, so fotografiert zu werden.

Ein Mädchen trug keinen BH, hielt nur die Hände über ihre Brüste. Eine Brustwarze lugte hervor. Mir kamen die Mädchen wie die wunderbarsten Geschöpfe vor, die ich je gesehen hatte, und ich fand es aufregend, wie gewagt sie sich präsentierten.

Larry Devine nahm mir die Zeitschrift wieder weg.

»Ist dein Pimmel hart?« fragte er.

Ich fühlte, wie sich mein Penis an meine Unterhose drückte, und schüttelte den Kopf.

»Du lügst«, sagte er. »Bei allen wird der Pimmel hart, wenn sie schmutzige Bilder sehen.«

Natürlich mußte ich das beichten. Ich fand heraus, daß die Beichte einer der Nachteile war, katholisch zu sein. Es war zwar prima, zu einem Priester gehen zu können, der einem dann die Sünden vergab, aber es wurde erwartet, daß man jede Woche beichten ging, wenn man einmal damit angefangen hatte.

Bruder Delargey überließ nichts dem Zufall. Jeden Freitagnachmittag nach der Schule marschierte er mit uns in die St. Patrick Chapel gleich nebenan, und wir mußten Schlange stehen, um unsere Sünden zu beichten. Zu vierzig warteten wir darauf, in den dunklen Beichtstuhl zu gehen und unsere Seele zu entblößen. Allmählich begann ich mich vor dem Freitagnachmittag zu fürchten.

Auch in dieser Woche kniete ich nieder und prüfte mein Gewissen. Das hieß, ich mußte eine Liste aller Sünden machen, die ich seit der letzten Beichte begangen hatte. Das war eigentlich reine Zeitverschwendung, denn ich wußte genau, daß nur eine einzige Sünde von Bedeutung war. Ich hatte schmutzige Bilder betrachtet und mich daran erfreut. Ich schaute kurz zu Larry Devine, der eine Reihe weiter saß, und er grinste zurück.

Endlich war ich an der Reihe. Ich betrat den Beichtstuhl. Ich hörte, wie der Priester dem Jungen auf der anderen Seite murmelnd die Absolution erteilte. Dann öffnete sich das Fenstergitter, und ich konnte in der Dunkelheit den Umriß seines Kopfes sehen.

»Vergib mir, Vater, denn ich habe gesündigt.«

»Ja, mein Kind.«

»Ich habe gelogen, Vater. Ich war ungehorsam. Ich habe geflucht. Ich war frech zu meiner Mutter ...« Ich spulte die übliche Litanei ab.

»Noch etwas, mein Kind?«

»Ich habe schmutzige Bilder angeschaut, Vater.«

Eine Pause entstand.

»Inwiefern schmutzig, mein Kind?«

»Bilder von Frauen ohne Kleider.«

»Wo hast du diese Bilder gesehen?«

»In einer Zeitschrift. Ein anderer Junge hat sie mir gezeigt.«

Die Stimme des Priester klang jetzt besorgt.

»Hast du Vergnügen daran gefunden?«

»Ja, Vater.«

»Hast du dich dabei berührt?«

»Nein, Vater.«

»Hast du dich vorher schon mal berührt?«

Ich wußte nicht, wovon er sprach.

»Nein, Vater.«

»Erzähle mir, mein Kind. Warst du schon einmal mit Mädchen zusammen?«

Ich dachte an Eileen Toner und die Fangen-und-Küssen-Spiele, die wir manchmal in der Ziegelei spielten.

»Ja, Vater.«

»Hast du ihren Körper berührt?«

Jetzt fing ich an zu schwitzen. Das hatte nichts mehr mit dem üblichen Abspulen einer Liste von Vergehen zu tun, sondern verwandelte sich in eine Inquisition. Draußen hörte ich das unruhige Scharren der anderen, die warteten, daß sie an die Reihe kamen. Ich dachte an Bruder Delargey. Er fragte sich bestimmt, welche Sünden ich begangen haben mochte, weil meine Beichte so lange dauerte.

»Ich habe sie geküßt, Vater.«

»Ich habe gefragt, ob du ihren Körper berührt hast?«

»Ich habe sie umarmt.«

»Ob du ihren Körper berührt hast, Kind? Ihren Körper?«

Ich verstand nicht, was er wollte.

»Ich habe ihre Hand gehalten.«

»Hast du sie intim berührt?«

Ich wußte nicht, was »intim« bedeutet, also sagte ich: »Ich glaube nicht.«

Eine weitere Pause entstand.

»Mein Sohn. Dein Körper ist der Tempel des Heiligen Geistes. Du darfst ihn nie durch unreine Taten oder Gedanken entehren. Du darfst niemals dich oder andere Personen auf unreine Weise berühren. Und vor allem darfst du niemals in den Körper eines Mädchens eindringen, außer wenn du mit ihr verheiratet bist.«

Ich dachte, ich hörte nicht recht. In den Körper eines Mädchens eindringen? Wovon in Gottes Namen redete er eigentlich?

»Unanständige Bilder sind dazu gedacht, dich zu erregen, und wenn du sie ansiehst, werden sie dich zu weiteren Sünden führen. Versprich mir, daß du dir nie wieder solche Bilder anschaust.«

»Ich verspreche es, Vater.«

»Und meide schlechten Umgang. Schlechter Umgang ist oft Anlaß für Sünden.«

»Ja, Vater.«

»Zur Buße sprichst du ein Gesätz aus dem Rosenkranz.«

Ich hörte, daß er die Absolution zu sprechen begann, und seufzte erleichtert. Das Fenstergitter schloß sich, und ich war wieder draußen in der Kirche. Ich war überzeugt, daß mir alle in die Seele blicken konnten.

Die Sache mit dem Eindringen in den Körper eines Mädchens interessierte mich brennend. Ich konnte mir nichts darunter vorstellen. Wo sollte man denn überhaupt in sie eindringen? Schließlich ging ich zu Larry Devine. Der lachte nur.

»Damit ist eine Nummer gemeint.«

»Eine Nummer?«

»Ja doch. Deine Ma und dein Dad machen das. Wenn deine Ma ein Baby im Bauch hat, muß dein Dad seinen Pimmel bei ihr reinstecken, damit es rauskommt.«

»Aber wo steckt er ihn rein?«

Larry schaute mich an, als hätte ich zwei Köpfe.

»Mann Gottes! Er steckt ihn in ihre Möse und wackelt damit herum und dann kommt das Baby raus.«

Das waren wirklich erstaunliche Informationen.

»In ihre Möse?«

»Ja doch. Das Ding zwischen ihren Beinen.«

Ich war entsetzt. Larry Devine hatte das alles garantiert nur erfunden. Für mich war es unvorstellbar, daß Sarah und Isaac so etwas taten. Nicht in einer Million Jahren.

Aloysius McVeigh war mein bester Freund. Alle nannten ihn Aly, weil Aloysius so schwer auszusprechen war. Wir fuhren gern mit unseren Rädern zur Ziegelei, die Butler Street entlang und durch das ganze Viertel.

Ich hatte Sarah monatelang bekniet, mir ein Fahrrad zu kaufen, aber sie sagte nur: »Räder sind viel zu gefährlich. Stell dir vor, du stürzt und brichst dir den Schädel? Das wäre kein schöner Anblick.«

Aber ich ließ nicht locker.

»Spa Doherty hat ein Rad gekriegt.«

»Soso, hat er, aber klar«, sagte Sarah. »Und sein Vater läuft herum und nimmt hungrigen Kindern das letzte Stückchen Brot weg. Wieso sollte der auch kein Rad kriegen?«

Schließlich hatte ich sie soweit, und Isaac machte sich auf den Weg nach Smithfield und kam mit einem gebrauchten Fahrrad der Marke Raleigh zurück; es hatte platte Reifen, ein zerbrochenes Rad, und die Kette hing herunter. Das Ding sah aus wie ein Wrack, aber Isaac meinte, es wäre ein Schnäppchen und man müßte nur ein klein wenig daran arbeiten und ihm etwas frische Farbe verpassen.

Er holte sein Werkzeug und fing an, im Hof zu hämmern und zu klopfen. Unterdessen rang Sarah die Hände und sagte immer wieder: »Er ist viel zu jung für ein Rad. Das gefällt mir überhaupt nicht.«

Isaac rief mich zu der Einfahrt hinter dem Haus und zeigte mir, wie ich die Füße auf die Pedale stellen und treten mußte. Er hielt mich am Sattel fest, bis ich allein mit dem Rad fahren konnte. Er zeigte mir, welche Zeichen ich geben mußte, wenn ich rechts oder links abbiegen wollte, und sagte: »Und wenn du jetzt raus auf die Straße fährst, halte dich an die Gesetze der Straße.«

Und Sarah sagte: »Die Gesetze der Straße? Heilige Muttergottes. Was hast du vor, Isaac? Willst du ihn auf dumme Gedanken bringen?«

Alys Großmutter war sehr alt und eine religiöse Fanatikerin. Sie muß ungefähr neunzig gewesen sein und war eine noch größere Rebellin als Tante Minnie McCrory und Willie Toner zusammen. Sie redete ständig von Henry Joy McCracken und dem furchtlosen Michael Dwyer und seinen Mountain Men. Sie hatte lauter Heiligenbildchen und Skapuliere und geweihte Reliquien und ging dauernd ums Haus herum, verspritzte Weihwasser und erschreckte die Katze.

Jedesmal wenn ich zu Aly nach Hause kam, packte mich Granny McVeigh mit ihren knochigen Fingern und sagte: »Bist du ein braver Junge?«

»Ja, Mrs. McVeigh.«

»Sprichst du immer deine Gebete?«

»Ja.«

»Betest du für den Papst?«

»Ja«, log ich.

Granny McVeigh tätschelte mir die Hand und gab mir ein Pfefferminzbonbon.

»Vergiß nicht zu beten, Junge. Und vergiß deine heilige Religion nicht. Du bist ein Croppy und darauf kannst du stolz sein. Die Croppies lassen sich niemals unterkriegen.«

Ich hatte keine Ahnung, was sie meinte, sagte aber ja.

Als ich Aly zum ersten Mal mit meinem neuen Fahrrad abholen kam, steckte mir Granny McVeigh ein Heiligenbildchen an die Brust.

Sie sagte: »Dieses Amulett ist den ganzen Weg von Knock bis hier hergekommen. Es wurde vom Heiligen Vater persönlich gesegnet, und es wird dich vor jedem Schaden bewahren. Nimm es nie ab. Hast du mich verstanden, Junge?«

Und dann bespritzte sie mich mit Weihwasser und sah mir zu, wie ich mit meinem Rad die Straße hinunterwackelte, verfolgt von einer Horde Kinder, die alle schrien: »Hey, McBride. Laß uns mal mit deinem Rad fahren.«

Mit der Zeit lernte ich, daß nicht ganz Ardoyne katholisch war. Am oberen Ende der Berwick Road gab es protestantische Straßen. Die protestantischen Straßen konnte man daran erkennen, daß dort jedes Jahr am 12. Juli die Union Jacks herausgehängt und die Bordsteine rot, weiß und blau gestrichen wurden. An die Hausgiebel malten sie Bilder von einem Mann auf einem weißen Pferd, der eine Lockenperücke trug und sein Schwert gezückt hatte.

Ich fragte Isaac, und er sagte, der Mann auf den Bildern sei King Billy und daß er schon seit vielen Jahren tot sei, und das Ganze hätte mit Geschichte zu tun und sei äußerst kompliziert und ich würde daraus im Leben nicht schlau werden.

Damit gab ich mich aber nicht zufrieden und fragte auch noch Kevin Trainor.

»King Billy war der Anführer der Oranier«, sagte er.

Die Oranier kannte ich ja bereits. Das waren die, die den Leuten keine guten Jobs auf den Werften gönnten.

»Und warum malen sie sein Bild an die Hauswände?«

»Weil er in der Schlacht von Boyne die ganzen Katholiken getötet hat.«

»Warum hat er das gemacht?«

»Weil er ein Oranier war und weil die uns nicht leiden können. Einem Typ haben sie letzte Woche den Pimmel abgeschnitten. Das stand in der Zeitung.«

Meine Güte, wie schockierend!

»Seinen Pimmel abgeschnitten?«

»Ja doch. Mit einem Stanley-Messer.«

»Und das stand so in der Zeitung? Da stand wirklich ›Pimmel‹?«

Kevin Trainor überlegte einen Augenblick.

»Ich glaub, da stand was von Dünndarm. So nennen es die Ärzte. Auf jeden Fall haben sie ihn abgeschnitten.«

Ich kannte zwar keine Protestanten, aber für mich hörte sich das gar nicht gut an. Leute, die einfach so jemand den Pimmel mit einem Stanley abschnitten, konnten nicht nett sein. Bobby McAllister sagte, das käme alles daher, daß wir an die Jungfrau Maria glaubten und sie nicht. Ich fand die ganze Geschichte ziemlich kompliziert, genau wie Isaac gesagt hatte.

In unserer Straße gab es keine Protestanten, aber Aly sagte, um die Ecke in der Hooker Street wohnten welche. Er sagte, sie hießen Taylor und die Kinder gingen auf die Everton-Schule, und deshalb wußte er das. Wir beschlossen, hinzugehen und mal einen Blick auf sie zu werfen.

Ich hatte keine Ahnung, was mich erwartete, aber wahrscheinlich wäre ich nicht überrascht gewesen, wenn sie Hörner auf dem Kopf gehabt hätten. Mir war wieder eingefallen, was Sarah mir von der Titanic und den Oraniern erzählt hatte, die den Papst verflucht hatten, und wie Gott sie hatte vom Meer verschlingen lassen. Ich dachte, diese Taylors müßten mit Sicherheit üble Typen sein.

Schließlich spürten wir sie auf dem leeren Grundstück an der Butler Street auf. Sie waren zu zweit und spielten Fußball. Sie sahen genauso aus wie wir, hatten die gleichen ausgelatschten Schuhe und verrotzten Nasen, die gleichen abgewetzten Jacken. Man sah ihnen nicht an, daß sie Protestanten waren. Ich war enttäuscht. Wir betrachteten sie ausgiebig, schwangen uns auf unsere Räder und fuhren wieder nach Hause.

Eines Tages sagte Aly McVeigh: »Ich find's langweilig, dauernd durch die gleichen Straßen zu fahren. Warum fahren wir nicht mal woanders hin? Wie wär's mit Carr's Glen?«

Carr's Glen lag weit hinter den Sportplätzen von Ballysillan. Auf unseren Sonntagsspaziergängen waren Isaac und ich schon dort gewesen. Wenn wir nach Carr's Glen wollten, mußten wir durch die protestantischen Straßen um die Berwick Road. Als wir uns der Gegend näherten, bremste Aly und stieg vom Rad.

»Denk dran«, sagte er, »wenn dich irgendwelche Prods fangen und von dir verlangen, den Papst zu verfluchen, mußt du nein sagen.«

»Wovon redest du?«

»Letzte Woche haben sie sich Hughie Lavery geschnappt und verlangt, daß er das Vaterunser betet, und der hat es mit dem Ave-Maria verwechselt, und als er zum ›Heilige Maria, Mutter Gottes‹ kam, wußten sie genau, daß er Katholik ist, und haben ihn das Oranierlied singen lassen. Dann haben sie ihn verdroschen, weil er den Papst nicht verfluchen wollte. Wenn du den Papst verfluchst, ist das eine Todsünde, und du landest in der Hölle. Aber wenn sie dich töten, weil du den Papst nicht verfluchen wolltest, kommst du gleich in den Himmel, und Gott teilt dir einen besonderen Platz zu.«

Das gefiel mir alles ganz und gar nicht. Ich mußte daran denken, was mir Kevin Trainor über den Typ erzählt hatte, dem sie seinen Dünndarm abgeschnitten hatten. Dabei war bestimmt jede Menge Blut geflossen.

»Schau nicht so nervös«, sagte Aly. »Das ist der ganze Trick. Du mußt einfach ganz normal aussehen.«

Ich stieg wieder auf mein Fahrrad und versuchte normal auszusehen. Plötzlich entdeckte ich auf meinem Pullover Granny McVeighs Heiligenbildchen. Genausogut hätte ich mir ein Schild mit der Aufschrift ICH BIN KATHOLIK um den Hals hängen können. Also nahm ich das Heiligenbild ab, steckte es in die Tasche und radelte unter heftigem Herzklopfen mit Aly in die protestantischen Straßen.

Sie waren so gut wie menschenleer. Einige Union Jacks hingen aus den Fenstern, und an einem Hausgiebel prangte ein Bild von King Billy auf seinem Pferd. Ein paar Männer saßen auf den Stufen vor ihren Häusern und rauchten – genau wie die Männer in unserer Straße. Nach wenigen Minuten hatten wir die Strecke hinter uns, und dann waren wir auf den Sportplätzen und in Sicherheit.

Aly lachte und streckte den Daumen hoch. Ich fühlte mich wie ein Held aus den Comics, die ich gerne las, wie Dan Dare oder Captain Courageous. Zufrieden lehnte ich mich auf die Lenkstange und ließ das Fahrrad ausrollen.

Wir trieben uns eine Weile in Carr's Glen herum, warfen Steine ins Wasser und sahen zu, wie sich Kreise bildeten, dann wurde es Zeit für den Heimweg.

»Zurück nehmen wir den längeren Weg«, schlug ich vor.

Das bedeutete zwar einen Umweg über die Sportplätze, aber es ging nicht durch die protestantischen Straßen.

»Du hast bloß Angst«, sagte Aly.

»Nein, hab ich nicht.«

»Doch, hast du wohl. Du bist ein Angsthase.«

»Na gut«, sagte ich. »Wir nehmen deinen Weg.«

Wir fuhren los. Ich ärgerte mich über Aly, fand es dumm, uns noch mal in Gefahr zu bringen, nur damit er hinterher angeben konnte. Aber wenn ich jetzt nicht mitfuhr, erzählte er es bestimmt allen, und ich wäre für immer blamiert.

Ich machte mich ganz flach, und die erste Straße sauste an mir vorbei. Mein Herz klopfte wieder heftig. In weiter Ferne konnte ich die sicheren katholischen Straßen von Glenard und die Rauchwölkchen aus den kleinen Schornsteinen erkennen. Ich sah den Hinterreifen von Alys Rad und wie seine Beine im Rhythmus der Pedale traten. Dann wich er plötzlich aus.

Gerade noch rechtzeitig schaute ich auf, sah einen Brotlaster, der vom Gehweg losfuhr. Ich trat in die Bremsen, aber es war zu spät. Das Rad geriet außer Kontrolle, und ich knallte gegen den Laster. Das letzte, woran ich mich erinnern kann, waren der blaue Himmel und der Boden, der auf mich zugerast kam, wie ich es schon mal im Kino gesehen hatte.

Als ich wieder zu mir kam, war ich im Mater Hospital und hatte ein Gipsbein, Bandagen um den Kopf und am ganzen Körper Schmerzen. Sarah und Isaac saßen an meinem Bett.

»Gott sei Dank bist du am Leben«, sagte Sarah. Sie umarmte mich und drückte mich fest an sich. »Das Heiligenbild hat dich gerettet. Wo ist es eigentlich?«

Ich versuchte mich zu erinnern, aber in meinem Kopf herrschte Durcheinander.

»Ich muß es verloren haben«, sagte ich.

»Macht nichts, du bist ein Glückskind«, sagte sie und holte etwas aus ihrer Tasche. »Nellie McCabe ist gerade aus Knock zurück, und rate mal, was sie mir mitgebracht hat?«

Sie hielt ein neues Heiligenbild in der Hand.

Ich war der Held der Straße. Aly hatte überall erzählt, ich sei auf der Flucht vor einer Bande von Protestanten überfahren worden, die mir meinen Dünndarm abschneiden wollten, weil ich mich geweigert hatte, den Papst zu verfluchen.

»Wir kriegen die Bastarde«, sagte Kevin Trainor.

Einer der größeren Jungen, Brian Quinn, tätschelte mir den Kopf und sagte: »Mach dir wegen denen bloß keine Sorgen. Die sind nur ein Haufen Feiglinge.«

Alle wollten ihren Namen auf mein Gipsbein schreiben. Eileen Toner schrieb E L M und malte ein Herz darum, in dem ein Pfeil steckte, und sagte, sie würde meine Freundin sein, wenn ich das wollte. Ich sagte, ich sei noch zu jung, um eine Freundin zu haben.

Paddy McKenna kam zu mir gehumpelt und sagte: »Jetzt passen wir zusammen, du und ich. Wir haben beide ein kaputtes Bein.«

»Meins wird aber wieder«, sagte ich.

Paddy nickte. »Das glaube ich auch.«

Bobby McAllister sagte, ich sollte lieber nicht laufen, bevor mein Bein wieder gesund wäre, aber ich könnte beim Fußball den Schiedsrichter machen und wenn die Polizisten kämen, sollte ich den Ball nehmen, weil sie ja wohl kaum einem Typ mit gebrochenem Bein, der eben erst von einem Brotlaster überfahren worden war, den Ball wegnehmen würden. Spa Dohertys Vater kam vorbei und sagte, daß ich ein tapferer kleiner Kerl wäre – was auch stimmte –, langte in seine Hosentasche und gab mir eine halbe Krone. Ich fragte mich, warum ich mir eigentlich nicht schon viel früher das Bein gebrochen hatte.

Etwas, worüber ich ständig nachdenken mußte, war die Frage, warum ich keine Brüder oder Schwestern hatte. In ganz Ardoyne sah ich nur große Familien. Der einzige andere Junge, der keine Geschwister hatte, war Gerard Boyle, von dem alle wußten, daß er adoptiert war, und der einem deshalb leid tat.

Aber die großen Familien waren fast alle arm, und die Kinder trugen gebrauchte Kleider und waren ständig hungrig. Allmählich glaubte ich, daß Sarah vielleicht nicht mehr Kinder haben wollte, weil sie zu viel kosteten.

Eines Tages sagte ich zu ihr: »Warum schenkst du mir nicht wenigstens einen kleinen Bruder? Nur damit ich Gesellschaft habe? Alle anderen haben Brüder und Schwestern, nur ich habe niemand.«

Sarah sah mich an. Ich glaube, sie war traurig. Sie griff nach dem Taschentuch und schneuzte sich.

»Martin«, sagte sie. »Ich habe es dir bisher noch nicht erzählt, aber jetzt bist du alt genug. Du hast schon Geschwister.«

»Und wo sind sie?«

»Sie sind im Himmel. Sie schauen auf dich runter. Sie sind deine kleinen Schutzengel.«

Ich wußte, was das bedeutete. Das bedeutete, daß sie tot waren.

»Was ist passiert, Mama?«

»Sie sind einfach zu früh gekommen. Das gibt es manchmal. Sie waren noch nicht bereit für diese Welt. Also hat Gott sie zurück in den Himmel geholt.«

»Haben sie Namen?«

»Ja, deine Schwester heißt Margaret. Und dein Bruder heißt Peter. Margaret ist jetzt vierzehn, und Peter ist zwölf. Und sie sind da oben im Himmel und beten jeden Tag für uns.«

Ich schaute Sarah an und sah die Tränen, die ihr in den Augen standen. Egal, was es war, es machte sie traurig, und das wollte ich nicht, deshalb gab ich ihr einen Kuß auf die Wange.

»Das sind ja tolle Neuigkeiten, Mama«, sagte ich.

Kapitel vier

Zu Beginn des neuen Schuljahres hielt Bruder Delargey eine kleine Ansprache. »Dieses Jahr ist sehr wichtig, Jungs. Es ist eines der wichtigsten Jahre in eurem Leben. In diesem Jahr werden wir nämlich den qualifizierenden Abschluß machen, der euch ein Stipendium sichert.«

Er holte seinen großen Lederriemen heraus und legte ihn, für alle sichtbar, vor sich auf das Pult.

»Der qualifizierende Abschluß ist euer Zugang zum Erfolg. Wenn ihr diesen Abschluß bekommt, könnt ihr aufs Gymnasium, und damit öffnen sich euch die Türen zu allen guten und gutbezahlten Stellen wie zum Beispiel in der Bank oder im Staatsdienst. Er ermöglicht euch auch den Besuch einer Universität, an der ihr studieren und Ärzte, Juristen oder Ingenieure werden könnt. Oder ihr könntet sogar, wenn Gott euch dazu beruft, Priester oder Mönch werden.

Aber, Jungs, die Leute, die in der Regierung das Sagen haben, wären hoch erfreut, wenn ihr den qualifizierenden Abschluß nicht schafft. Sie wollen euch nämlich klein halten, so, wie sie es auch schon mit euren Eltern gemacht haben. Sie wollen, daß ihr die undankbaren Jobs bekommt, während ihre eigenen Leute aus den Oranier-Orden und den Freimaurerlogen die besten Jobs für sich behalten.

Sie wollen nicht mit ansehen müssen, wie ein katholischer Junge Erfolg hat. Nichts tut ihnen mehr weh. Wenn ihr nach England oder Amerika auswandert, werden sie euch dafür lieben. Sie würden euch sogar die Überfahrt bezahlen, nur um euch von hinten zu sehen.«

Er knallte den Riemen auf das Pult, daß es wackelte und wir alle hochfuhren.

»Aber den Gefallen werden wir ihnen nicht tun, oder, Jungs?«

»Nein, Sir«, antworteten wir im Chor.

»Das werden wir nicht, Jungs. Wir werden alle den qualifizierenden Abschluß schaffen. Auch wenn ich dem dümmsten Jungen der Klasse das Fell gerben muß, werden wir die Prüfung ihnen zum Trotz bestehen. Wir werden alle den Abschluß machen, und wehe dem Knaben, der mir in die Quere kommt.«

Er ließ uns wie Sklaven schuften. Aufsätze, Essays, Allgemeinwissen. Erdkunde, Geschichte, Addition, Subtraktion, Division. Wir lernten die Multiplikationstabellen auswendig. Wir lernten die Hauptstädte der ganzen Welt. Wir lernten Verben, Adjektive, Substantive und Pronomen.

Er hatte verschiedene ältere Examensunterlagen in petto, und wir schrieben jeden Monat eine Testprüfung, und jeden Monat korrigierte er die Blätter und sagte uns, wer bestanden hätte. Er konzentrierte sich auf die schwächeren Schüler, behielt sie nach der Schule noch da und besprach mit ihnen die Fehler, die sie gemacht hatten, bis sie den Stoff beherrschten. Bruder Delargey war ein Mann mit einer Mission.

Larry Devine sagte mal zu mir: »Verdammter Mist. Lieber geh ich nach Amerika.«

Die ganze Lernerei bedeutete natürlich, daß ich kaum noch Zeit für meine Freunde hatte. Sarah gefiel das sehr gut. Wenn Kinder an unsere Tür kamen und fragten, ob ich zum Fußballspielen kommen könne, antwortete sie: »Er kann leider nicht. Er lernt für den qualifizierenden Abschluß.«

Aber am Wochenende hatte ich frei. Samstag nachmittags gingen Aly und ich ins Forum-Kino. Der Eintritt kostete vier Pennys, und im Publikum herrschte wildes Durcheinander, bis der Hauptfilm begann. Der Platzanweiser hieß Paddy Mallarkey und war ein großer, dünner Mann mit einem struppigen Bart.

Er rannte durch die Reihen, zog die Kinder an den Ohren und schleppte sie zurück an ihre Plätze. Ständig stieß er Flüche und Verwünschungen aus. »Jesus Christus«, brüllte er. »Können se nicht still sitzen? Se sind wie 'n Schwarm Spatzen. Wenn ich Mäuse heil über 'ne Kreuzung bringen müßte, wär das 'n einfacherer Job.«

Endlich wurde es dunkel, und es gab lauten Applaus. Wenn der Vorspann begann, wurde es ganz ruhig im Kino. Dann holte Paddy Mallarkey seine Woodbines raus, lehnte sich über die hintere Brüstung und rief: »Se sind gewarnt worden. Jeder, der sich von seinem Platz wegrührt, fliegt raus.«

Nach dem Kino gingen wir zu Freddie Fusco's Chip-Shop und kauften uns eine Tüte Chips und eine Coca-Cola. Freddie hatte in dem Winter eine Jukebox bekommen, eine große, silberne Maschine mit glänzendem Chrom und blinkenden Lichtern. Man konnte eine Platte für sechs Pennys oder drei für einen Schilling spielen. Viele ältere Jungen hingen daraufhin bei Freddie rum. Sie trugen enge Jeans und lange Jacken, die ihnen bis zu den

Knien reichten. Sie ließen sich dicke Koteletten wachsen und nannten sich Teddy Boys.

An einem Samstagnachmittag, als wir bei Freddie Fusco's unsere Chips aßen, steckte ein Teddy Boy Geld in die Jukebox, und eine wunderbare Musik ertönte. Ich fragte Aly, ob er wüßte, wie der Song hieß, und er sagte, das sei »Heartbreak Hotel« und der Mann, der das sang, hieße Elvis Presley. Ich hatte den Rock 'n' Roll entdeckt.

Wenn ich abends mit den Hausaufgaben fertig war, drehte ich so lange am Radio, bis ich einen Sender mit dieser aufregenden Musik fand. Einer aus meiner Schule hatte einen Plattenspieler, und manchmal ging ich abends zu ihm, und dann hörten wir Elvis Presley und Little Richard und einen neuen Sänger, der gerade groß rauskam und Buddy Holly hieß.

Sarah haßte die Musik. Sie fand sie unmoralisch. Sie nannte sie Teufelsmusik und sagte, sie wäre von schlechten Menschen in Amerika erfunden worden, um die Jugend zu verderben und vom rechten Weg abzubringen. Bruder Delargey haßte diese Musik sogar noch mehr als Sarah. Er sagte, das sei ein Komplott zur Zerstörung unserer eigenen Kultur, die zu den wertvollsten der Welt gehörte, wie jedermann wußte, man denke nur an John McCormack. Er sagte, jeder Junge, der in seiner Klasse Rock 'n' Roll erwähnte, könnte mit sechs Hieben vom Feinsten rechnen.

Bald trugen alle Jeans wie die Teddy Boys, nur ich mußte in diesen weiten Flanellhosen herumlaufen, die zur vorgeschriebenen Schuluniform gehörten. Ich schämte mich, damit gesehen zu werden. Also fragte ich Sarah eines Tages, ob sie mir nicht vielleicht eine Jeans kaufen könnte, woraufhin sie beinahe einen Herzanfall bekam.

Sie sagte, Jeans wären nur was für die Unterschicht und passend für Nichtsnutze und ihr Kind würde niemals in so einem Straßenjungen-Aufzug herumlaufen, solange sie am Leben war.

Isaac sagte: »Och, also Sarah. Schau doch mal, sie haben alle solche Hosen an.«

Sarah sagte, von ihr aus könnten alle die Hand ins Feuer halten, ohne daß ich das auch tun mußte.

Aber ich ließ nicht locker, bis sie aufgab und mich widerstrebend in ein Geschäft in der North Street mitnahm, wo ich meine erste Jeans bekam.

Der Winter ging langsam vorbei, und endlich kam der Frühling. Die Tage wurden länger. Die Narzissen, die Isaac im Vorgarten gesetzt hatte, schoben ihre grünen Spitzen durch die Erde. Ich sah den Spatzen zu, wie sie unter der Dachrinne am Haus ihre Nester bauten.

Bruder Delargey quälte uns wie ein Irrer. Als das Examen näher rückte, mußten wir auch noch Samstag vormittags zum Unterricht. Wir waren die einzigen in der kalten, leeren Schule. Es war ein komisches Gefühl, auf den Bänken zu hocken und Bruder Delargey die Verben, Partizipien und Satzkonstruktionen nachzuplappern, während draußen vor dem Fenster der Verkehr durch die Donegall Street brauste.

Der Prüfungstag kam. Erster Teil der Prüfung war ein Intelligenztest, dann folgte die Hauptprüfung. Es gab zwei Aufgaben. Eine in Englisch und eine in Mathematik.

Was die Englischprüfung betraf, so war ich sehr zuversichtlich, weil ich für meine Aufsätze immer gute Noten bekommen hatte. Bei Mathe war ich mir nicht so sicher, aber Bruder Delargey hatte uns geraten, nach Möglichkeit alle Fragen zu beantworten und auf die Uhr zu achten, damit wir rechtzeitig fertig wurden. Ich befolgte seinen Rat und war einige Minuten vor dem Abgabetermin mit den Aufgaben fertig.

Nach der Prüfung mußten wir auf die Ergebnisse warten. Das Schulregime änderte sich vollkommen, und Bruder Delargey war auf einmal ein ganz anderer Mensch. Der Lederriemen verschwand. Anstelle des üblichen Unterrichts gab es fast nur noch Geschichte Irlands. Über die großen Schlachten, die wir gewonnen hatten, über Patrick Pearse und die Leute von 1916 und die Opfer, die sie gebracht hatten, um Irland zu befreien. Er nahm uns sogar mit ins Kino, wo *Das Lied der Bernadette* lief, und alle jubelten, als unsere liebe Frau auf der Leinwand erschien.

Am Tag, an dem die Ergebnisse bekanntgegeben wurden, marschierten wir ins Klassenzimmer und saßen nervös an unseren Schultischen. Die Jungen stießen sich gegenseitig an und sagten: »Kopf hoch, um Gottes willen. Das ist nur ein verdammtes Examen und nicht das Ende der Welt.« Aber wir wußten alle, daß es sehr schnell dazu werden konnte. Bruder Delargey kam herein, und wir sahen sofort, daß er sehr zufrieden war.

»Jungs«, sagte er. »Ich habe wichtige Neuigkeiten. Wir haben die besten Ergebnisse aller Belfaster Schulen erzielt. Zweiunddreißig von den vierzig Jungen haben die Prüfung bestanden.«

Er leckte sich die Lippen.

»Das ist das beste Ergebnis, das unsere Schule je erzielt hat, und ich bin stolz auf euch alle. Ihr habt gezeigt, daß katholische Jungs aus den ärmeren Vierteln Belfasts sich durchaus mit den feinen Schnöseln vom Methodisten College messen können.«

Dann las er die Namen derjenigen vor, die bestanden hatten. Mein Name war auch darunter. Ich war sehr erleichtert und konnte es kaum erwarten, nach Hause zu laufen und es Sarah und Isaac zu erzählen.

Ich sah mich im Klassenzimmer um. Ein paar Jungs hatten die Köpfe gesenkt und waren den Tränen nahe. Dazu gehörte auch Larry Devine. Später auf dem Schulhof ging ich zu ihm.

»Tut mir leid, daß du's nicht geschafft hast«, sagte ich. »Vielleicht kannst du die Prüfung ja nächstes Jahr wiederholen.«

Er lächelte verkrampft.

»Alle können es nicht schaffen. Ein paar müssen immer durchfallen, sonst heißt es, die Prüfung sei getürkt.«

»Trotzdem tut es mir leid«, sagte ich und legte ihm den Arm um die Schultern, aber er schob mich weg.

»Macht nichts. Ich will sowieso nicht aufs Gymnasium. Da muß man sich mit nur noch mehr Paukern wie Delargey rumschlagen, die einen bis aufs Blut quälen. Mein Bruder Jim besorgt mir einen Job in der Fabrik, wenn ich vierzehn bin.«

Eines Morgens im August wachte ich auf und hörte Isaac im Bad singen:

I am the wee Faloorie Man, a rattling roaring
Irishman.
I will do whatever I can, for I am the wee
Faloorie Man.

Der Geruch von Frühstückseiern wehte herauf. Ich schaute auf die Uhr neben meinem Bett und sah, daß es schon zehn nach acht war. Mist, ich hatte verschlafen. Heute war nämlich der Tag, auf den ich schon den ganzen Sommer gewartet hatte, heute fuhren wir für zwei Wochen nach Portstewart in Ferien.

Rasch rieb ich mir den Schlaf aus den Augen und zog mich an. Sarah hatte mir am Abend zuvor ein frisches Hemd und ein Paar neue Jeans herausgelegt. Ich warf einen Blick ins Badezimmer, Isaac stand mit Rasiermesser und eingeseiftem Gesicht vor dem Spiegel.

Er drehte sich um und zwinkerte mir zu.

»Na, Marty, klar zur Abreise?«

»Ja.«

»Ausgezeichnet«, sagte Isaac und rasierte sich weiter.

Unten verteilte Sarah Speck und Eier, Toast und lange, dicke Würste auf Teller, aber ich war nicht hungrig. Dazu war ich viel zu nervös. Ich setzte mich an den Tisch, und sie schenkte mir einen Becher Tee ein.

»Ts-ts-ts«, machte sie. »Dein Vater wartet immer bis zur letzten Minute. John Rea kommt um neun Uhr, und Isaac ist noch nicht mal rasiert.«

Doch das gehörte zum Ritual. Wie jedes Jahr würde John Rea um fünf vor neun aus dem Haus treten, am Tor stehenbleiben und die frische Luft einatmen. Dann ging er zu seinem Taxi, das bereits gegenüber von unserem Haus parkte. Er putzte die Windschutzscheibe, setzte sich ins Auto und fuhr bis zum Ende der Straße, wendete dort und fuhr wieder zurück, so daß er Punkt neun Uhr vor unserem Haus stand.

Nur wenn es nach Portstewart ging, fuhren wir mit dem Taxi. In unserem Viertel galt Taxifahren als Geldverschwendung, auch wenn uns John Rea einen Rabatt gab, weil wir Nachbarn waren. Aber zur Ferienzeit warf Isaac alle Vorsicht über Bord und ließ sich im großen Stil zum Bahnhof fahren.

»Zur Hölle mit der Armut«, sagte er. »Wir sind noch nie verhungert oder erfroren. Außerdem kann man sein Geld nicht mit ins Grab nehmen.«

John Rea öffnete die Wagentüren, und wir kletterten hinein, setzten uns auf die weichen Polster und rochen den schweren Lederduft, denn John Reas Taxi war immer tipptopp in Schuß. Er nahm Isaac die Koffer ab und verstaute sie im Kofferraum, stieg ein, hupte einmal und los ging die Fahrt.

Ich schaute in den Spiegel und sah die sehnsüchtigen Blicke der Kinder, die am Straßenrand standen, während uns das Taxi unseren Ferien näher brachte.

»Prächtiges Wetter, Isaac«, sagte John Rea, wenn wir in die Flax Street mit den hohen Fabrikschloten einbogen.

»Gott sei Dank, John«, antwortete Isaac dann immer.

»Für richtige Ferien braucht man auch anständiges Wetter, Isaac.«

»Für mich ist alles andere viel wichtiger.«

»Aber das Wetter muß schon stimmen. Schlechtes Wetter kann einem die ganzen Ferien verderben.«

»Nur wenn du es zuläßt. Ich finde, das mit dem Wetter ist reine Einbildung. Manche Leute sind einfach nie zufrieden. Die würden sich in der Sahara noch beschweren, daß es ihnen zu kalt ist.«

»Da hast du mal wieder recht, Isaac.«

Dann schwatzten sie ein Weilchen, während mir tausend Bilder durch den Kopf schossen: Ich sah den strahlend weißen Strand von Portstewart, die Nebelschwaden um den Gipfel des Inishowen, die Taucher vom Herring Pond und die weißen Segel auf der glatten See hinter Portrush. Am York-Street-Bahnhof parkte John Rea am Taxistand, sprang raus, öffnete den Kofferraum und holte unser Gepäck heraus. Isaac gab ihm fünf Schilling und sagte, er solle das Wechselgeld behalten. John Rea schüttelte Isaac wie immer die Hand und wünschte uns alles Gute, und wenn gerade ein weiterer Zug kam, blieb er in der Hoffnung auf neue Kundschaft noch ein Weilchen am Taxistand.

Isaac und ich trugen die Koffer in die Bahnhofshalle. Dort herrschte stets geschäftiges Treiben. Wir setzten uns unter die Bahnhofsuhr, und Sarah ging die Fahrkarten kaufen.

Isaac war bester Laune. Er rieb sich die Hände, griff nach seinen Woodbines, zündete sich eine an und sagte: »Jeder braucht mal eine Pause, Marty. Ein alter Gaul kann nicht ewig schuften. Manche Leute plagen sich ihr Leben lang wie die Sklaven, und dann sind sie noch zu geizig, an Weihnachten etwas auszugeben.«

Wenn der Zug einfuhr, gingen Isaac und ich auf der Suche nach einem eigenen Abteil den Bahnsteig entlang. Die Abteile waren klein, boten nur Platz für etwa acht Leute, und Sarah hatte immer Angst, wir müßten uns zu irgendwelchen Rowdys oder Tagedieben zwängen, die vielleicht auch noch betrunken waren und die ganze Fahrt bis Portstewart sangen.

Ich löste dann immer den großen Lederriemen, der das Fenster hielt, und schaute auf das geschäftige Treiben hinaus. Ich beobachtete den Schaffner, der den Bahnsteig herunterkam und alle Türen zuwarf. Er nahm seine Taschenuhr heraus und kontrollierte die Zeit. Wenn die Signale auf freie Fahrt standen, schwenkte er seine rote

Fahne und pfiff, und die Lokomotive pfiff ebenfalls und stieß dicke Dampfwolken aus, und wir zuckelten langsam aus dem dunklen Bahnhof an der York Street in die warme Sommersonne.

»Geh weg vom Fenster«, sagte Sarah jedesmal. »Sonst fliegt dir noch ein Rußstückchen ins Auge.«

Aber Isaac wies sie zurecht: »Hör auf, ihn zu betütteln, Sarah. Schließlich hat der Junge jetzt Ferien.«

Der Zug fuhr nun schneller an den Ufern des Lough entlang, passierte Greencastle und Whiteabbey und bog dann vom Meer weg ins Landesinnere, ratterte durch das flache Weideland der Grafschaft Antrim. Hier roch es stark nach Viehdung. Isaac rümpfte die Nase und sagte: »Allmächtiger Gott. Was für ein Gestank. Das haut einen ja glatt um.«

In Ballymena und Coleraine stiegen noch mehr Fahrgäste zu, und dann war es nicht mehr weit bis Portstewart. Isaac stand auf, streckte sich und holte die Koffer aus dem Gepäcknetz, und wir stiegen aus und nahmen den Bus in die Stadt.

Wir wohnten immer bei Mrs. McMahon. Sie hatte eine große verwinkelte Pension an der Coleraine Road. Mrs. McMahon war eine Witwe mittleren Alters und hatte vier Töchter im Teenageralter, die ihrer Mutter beim Kochen und Putzen halfen. Jedes Jahr bekamen wir das gleiche Zimmer, hinten hinaus. Von dort sah man auf einen Schuppen und ein paar verwilderte Gärten, in denen einige vom Mehltau befallene Rosenbüsche ums Überleben kämpften.

Mrs. McMahon begleitete uns hinauf zu dem Zimmer mit dem großen Doppelbett für Sarah und Isaac und dem einzelnen für mich und sagte: »Bestimmt wollen Sie sich etwas frisch machen, Mrs. McBride, und dann ein

Schlückchen Tee trinken, nach der langen Reise müssen Sie ja halb verdurstet sein.«

Und Isaac sagte: »Seien Sie bloß sparsam mit dem Tee, Mrs. McMahon. Es ist medizinisch erwiesen, daß Tee schlecht für die Nieren ist.«

Sarah schüttelte den Kopf, und Mrs. McMahon lachte und sagte: »Sie haben sich kein bißchen verändert, Mr. McBride. Immer noch der gleiche alte Spaßvogel.«

Und dann ging sie wieder die Treppe hinunter, und wir hörten, wie sie den Teekessel aufsetzte.

Wir bekamen Tee und Scones, danach machten wir einen Spaziergang über die Promenade, und Isaac atmete tief durch und sagte: »Riecht ihr die Seeluft? Seeluft ist großartig, reinigt die Bronchien. Seeluft und Ziegenmilch. Junge, Junge, ich habe das Gefühl, diese Ferien tun mir jetzt schon gut.«

Wir gingen bis zum Hafen und sahen den Fischern zu, wie sie die Kisten mit Fischen aus ihren Booten hoben, und auf dem Rückweg schauten wir bei Morelli's vorbei, und Isaac blieb stehen und kaufte Eis mit Nüssen und Sirup obendrauf.

Wenn wir zum Montague Hotel kamen, sagte er: »Weißt du was, Sarah? Ich glaube, eine Flasche Stout könnte mir nicht schaden. Es würde mich jedenfalls beruhigen.«

»Dich beruhigen, Isaac? Bist du nicht ganz richtig im Kopf?«

»Dann würde ich auch nicht mehr so frieren.«

»Nicht mehr so frieren? Wovon redest du eigentlich? Die Sonne brennt vom Himmel.«

Isaac schniefte und sagte: »War ja nur so 'ne Idee, Sarah.«

Mrs. McMahon servierte uns vier Mahlzeiten am Tag. Ich habe mich oft gefragt, wie wir das alles essen konnten und wieso wir nicht platzten. Um halb neun gab es Frühstück, Cornflakes oder Porridge, und danach eine große Pfanne mit Eiern und Speck und Tomaten und Blutwurst und geröstetes Brot und Tee und Toast. Wenn man das nicht mochte, briet einem Mrs. McMahon statt dessen einen Räucherhering.

Um ein Uhr wurde zu Mittag gegessen. Zuerst Suppe und dann Roastbeef oder Speck und Kohl oder Hühnchen mit Kartoffeln und Erbsen und Rosenkohl und Karotten. Hinterher gab es Nachtisch. Mrs. McMahon buk den Apfelkuchen selbst. Manchmal bekamen wir Eis oder Brotpudding. Freitags kochte sie Fisch für die katholischen Gäste wie uns, die an diesem Tag kein Fleisch essen durften. Vom Hafen bekam sie oft frische Schollen, die sie panierte und in Butter briet.

Um sechs wurde das Abendessen serviert. Das war eine weitere ausgiebige Mahlzeit. An manchen Abenden gab es Steak- oder Nierenpie, manchmal Fish and Chips oder Schäferpie und Schinkensalat für diejenigen, die nicht mehr konnten. Und immer standen dickbauchige silberne Kannen voller Tee und große Platten mit Mrs. McMahons selbstgebackenen Scones auf dem Tisch. Um neun Uhr servierte sie noch einmal Tee und noch mehr Scones. Im Laufe der Woche fand sie dafür immer weniger Abnehmer.

Bei Mrs. McMahon schlief ich immer gut, wegen der Seeluft, die laut Isaac so gut für die Bronchien war, oder auch aus reiner Erschöpfung nach all den Ausflügen, die wir unternahmen. Manchmal liefen wir die vier Meilen bis nach Portrush, ein andermal die ganze Bucht entlang bis Bar Mouth, wo der Fluß Bann ins Meer mündet. Wir sahen den Anglern beim Fangen von Klieschen zu und beobachteten, wie die großen Schiffe aus der Foyle-Mündung dampften.

Schwimmen gingen wir im Herring Pond oder *Port na hAppail*. Wir spielten Minigolf. Wir segelten mit Dingis im Bootshafen. Wir gingen zu Barry's, und Isaac und ich fuhren Autoskooter und Achterbahn. Nach dem Abendessen setzten wir uns auf die Terrasse vor Mrs. McMahons Haus, und Sarah las in ihrem Buch, aber nach einem Weilchen wurde Isaac immer unruhig.

Dann stand er auf und sagte: »Ich glaube, ich geh mir mal die Beine vertreten. Ein kleiner Spaziergang ist gut für die Verdauung.«

Und er verschwand die Straße hinunter in Richtung der Anchor Bar, und wenn er einige Stunden später wiederkam, roch er nach Guinness.

Ich hatte bald herausgefunden, wo es Rock 'n' Roll zu hören gab. Auf der Promenade neben dem Kino war eine Spielhalle, und dort stand eine Jukebox. Am Abend, wenn Sarah las und Isaac sich die Beine in der Anchor Bar vertrat, machte ich mich allein auf den Weg zur Spielhalle. Es gab eine beachtliche Auswahl an Flippergeräten, aber die glänzende Jukebox zog mich magisch an. Ich lungerte in der Nähe herum und wartete, daß jemand Geld einwarf. Wenn keiner kam, gab ich manchmal etwas von meinem Taschengeld aus und spielte Elvis Presley oder Buddy Holly.

Zwei dünne Mädchen aus Ballymena, Avril und Violet, trafen sich auch jeden Abend in der Spielhalle.

Sie rochen gut und waren geschminkt, und Avrils Fingernägel waren rot lackiert. Wenn ich nicht hinsah, schubste Avril Violet gegen mich, und ich mußte die Arme ausbreiten und sie auffangen. Dann sah mir Violet in die Augen, und Avril sagte, Violet sei in mich verknallt, und dann kicherten sie beide.

Ich blieb in der Spielhalle, bis ich nach Hause mußte, und später im Bett, in Mrs. McMahons Haus, dachte ich an Avril und Violet und was ich auf den Wiesen hinter der Coleraine Road alles mit ihnen machen könnte. Während ich noch darüber nachdachte, ob ich das wohl alles bei der nächsten Beichte dem Pfarrer erzählen mußte, schlief ich ein.

Jedes Jahr kamen die gleichen Gäste in die Pension, daher kannten wir uns alle. Da waren die McCloskeys aus Swatragh, die Mackens aus Draperstown und die McAuleys aus Cookstown. Sie hatten alle jede Menge Kinder und begrüßten Sarah und Isaac mit ihrem merkwürdigen Dörfleraksent. Beim Tee erzählten sie sich gegenseitig, was sie seit den letzten Ferien erlebt hatten.

An einem Samstagnachmittag, als ich auf der Terrasse auf Sarah und Isaac wartete, fuhr ein Wagen vor, aus dem die McCloskeys ausstiegen. In ihrer Begleitung war eine seltsame, mir unbekannte Frau.

Mrs. McCloskey begrüßte mich und fragte, wie es meiner Mama und meinem Daddy ginge und ob mir die Ferien gefielen. Dann gingen sie ins Haus, und Mr. McCloskey schwitzte unter dem Gewicht der Koffer. Ich blieb sitzen und wartete weiter auf Sarah und Isaac. Wir wollten nach Portrush gehen, wo eine Musikparade stattfinden sollte. Isaac mochte die Dudelsackkapellen aus Schottland. Er meinte, wir hätten bestimmt Spaß und es wäre auf alle Fälle eine nette Abwechslung.

Aus dem geöffneten Fenster über mir drangen Gesprächsfetzen. Mrs. McCloskey wies ihre Kinder an, sich anständig zu benehmen, da sie hier nicht zu Hause waren, und ermahnte sie, sich nicht vor den anderen Gästen zu produzieren.

Und dann hörte ich eine andere Stimme. Sie mußte der seltsamen unbekannten Frau gehören, die mit Mrs. McCloskey eingetroffen war.

»Wer war denn der Junge da unten? Der, den Sie begrüßt haben?« fragte die Stimme.

»Das ist Mrs. McBrides kleiner Junge«, sagte Mrs. McCloskey.

»Ach, der ist das? Der kleine Kerl, den sie adoptiert haben?«

Die Zeit blieb stehen. Das Blut dröhnte in meinem Kopf.

Mrs. McCloskey sagte: »Psst, ja doch. Das ist er. Er heißt Martin. Ein netter kleiner Junge. Aber lassen Sie sich um Himmels willen nichts anmerken. Das soll niemand erfahren.«

Ich war wie betäubt. Ich sah die Autos auf der Straße vorbeifahren, die Menschen, die in der Nachmittagssonne spazieren gingen, die Muscheln, die im Beton um die Terrasse herum ein Muster ergaben. Ich hörte das Kreischen der Möwen auf dem Dach, das Tuckern eines Motorbootes draußen auf dem Meer, irgendwo hinter dem Hafen. Irgendwie muß ich das alles in diesem Augenblick registriert haben, weil ich mich so genau daran erinnern kann, als wäre es erst gestern gewesen. Aber an diesem Augustnachmittag konnte ich nur noch an diese schrecklichen Worte denken, die ich gerade gehört hatte. Ich war ein Adoptivkind. Sarah und Isaac waren nicht meine richtigen Eltern. Ich war adoptiert, genau wie Gerard Boyle.

Am liebsten wäre ich reingerannt und hätte Mrs. McCloskey zur Rede gestellt. Warum sagte sie solche schrecklichen Dinge über mich? Jeder wußte doch, daß ich Sarahs und Isaacs Kind war. Und dann kam mir eine rettende Idee: Vielleicht hatte ich es falsch verstanden. Vielleicht hatten sie gar nicht über mich gesprochen. Vielleicht gab es noch einen anderen Jungen, irgendeinen Fremden aus Swatragh, den ich nie gesehen hatte.

Aber in meinem Kopf dröhnte das Echo der Worte und ich wußte auch, daß es eigentlich kein Mißverständnis sein konnte.

»Ach, der ist das? Der kleine Kerl, den sie adoptiert haben?«

»Psst, ja doch. Das ist er. Er heißt Martin.«

Mir stiegen Tränen in die Augen, und ich versuchte verzweifelt, sie zurückzuhalten. Ich durfte nicht weinen. Ich durfte keine Erregung zeigen. Ich durfte Sarah und Isaac nicht merken lassen, was ich gerade gehört hatte. Und die ganze Zeit über wiederholte etwas in mir dieses Wort, wie bei einer hängengebliebenen Platte. Adoptiert. Adoptiert. Adoptiert. Ich war anders als andere Kinder. All die Jahre hatten Sarah und Isaac mich belogen. Sie waren gar nicht meine Eltern.

Ich weiß nicht mehr, wie lange ich auf der Terrasse saß. Ich habe keine Erinnerung daran, nur an dieses kalte, leere Gefühl, das nicht enden wollte. Schließlich kamen Sarah und Isaac herunter, und wir machten uns auf den Weg nach Portrush. Ich weiß nicht, wie ich diesen Ausflug überstanden habe. Bis heute begreife ich nicht, wie ich mit ihnen den gewundenen Weg am Golfplatz und am Meer entlanggehen konnte, ohne mit der schrecklichen Wahrheit herauszuplatzen, die ich eben erfahren hatte.

Wir kamen nach Portrush. Dort wimmelte es von Freunden und Anhängern der Musikkapellen, die aus ganz Ulster angereist waren, um an dem Dudelsackwettbewerb teilzunehmen. Meine Erinnerung an diesen Tag ist nur bruchstückhaft. Ich kann mich noch an das Pfeifen der Dudelsäcke erinnern, an die schmucken Uniformen, die stämmigen Beine der Musiker in ihren Schottenröcken und an das glänzende Leder ihrer Schuhe. An eine Gruppe von Musikern, die mit Bierkrügen in der Hand bei der Signalanlage am Bahnhof für die Fotografen posierten; an ein Kind, das nach seiner Mutter schrie; an ein betrunkenes Mädchen mit einem kaputten Schuh, das hysterisch lachte, während ihm seine Freunde die Causeway Street hinunterhalfen.

Diese Bilder haben sich mir für immer eingeprägt, aber an meine Gedanken und Gefühle während dieses Tages kann ich mich kaum erinnern. Ich muß wohl unter Schock gestanden haben, so wie auch andere Menschen reagieren, wenn sie von einer schrecklichen Tragödie erfahren oder furchtbare Nachrichten bekommen.

Ich muß traurig oder abwesend gewirkt haben, weil ich noch weiß, daß Isaac sagte: »Du bist ja heute wie ausgewechselt, Marty.«

Ich schüttelte den Kopf.

»Was ist los mit dir, mein Sohn?«

Ein bitterer Gedanke schoß mir durch den Kopf: Ich bin nicht dein Sohn. Warum sagst du das, wenn du doch weißt, daß es eine Lüge ist?

»Er ist erledigt. Das ist mit ihm los«, antwortete Sarah.

»Von dieser ganzen Rumrennerei. Das nimmt ihn zu sehr mit.«

Isaac sah mich an und schürzte die Lippen: »Kopf hoch, Marty, komm.«

Und dann nahm er mich mit in Barrys Vergnügungspark und bezahlte einen Schilling für eine Fahrt mit dem Thunderclipper, und danach kaufte er mir Eis, während wir auf den Bus zurück nach Portstewart warteten.

In dieser Nacht schlief ich nicht. Das Gespräch, das ich mit angehört hatte, wiederholte sich ständig in meinem Kopf, und ich konnte es nicht loswerden. Ich suchte verzweifelt nach einer Erklärung, die alles plausibel machen und meine Welt wieder in Ordnung bringen würde. Und dann krochen die Zweifel wieder in mir hoch, die sich über Jahre eingeschlichen hatten, unterdrückte und versteckte Gedanken. Gedanken, die ich nicht zulassen wollte, aus Angst, sie könnten wirklich werden.

Ich prüfte die Fakten. Ich war ein Einzelkind. Ich hatte keine Brüder oder Schwestern. Sarah und Isaac waren älter als die meisten Eltern mit Kindern in meinem Alter. Und dann war da noch dieser Quatsch, den mir Sarah erzählt hatte, von meinem Bruder und meiner Schwester, Peter und Margret, die zu früh gekommen und jetzt meine Schutzengel im Himmel waren.

Ergab das nicht alles einen Sinn? War das nicht alles Teil einer Wahrheit, die so offensichtlich war, daß ich sie schon längst hätte erkennen müssen? Und ich dachte wieder an Gerard Boyle, wie still und ängstlich er an seinem Pult gesessen hatte. An das Mitleid, das ich für ihn verspürt hatte und das ich jetzt für mich selbst empfand.

Ich schloß die Augen und betete, intensiver als ich je

zuvor gebetet hatte. Ich bat Gott, alles wieder in Ordnung zu bringen. Ich versprach ihm alles, was er wollte. Ich wollte jeden Tag zur Messe gehen. Ich wollte zur Kommunion gehen. Ich wollte nie wieder sündigen. Ich flehte ihn an, mich am nächsten Morgen aufwachen zu lassen, wie ich an diesem Morgen aufgewacht war. Alles in Ordnung und alles am rechten Fleck, unsere kleine Familie wieder intakt.

Schließlich schlief ich doch ein, als die ersten Strahlen der Morgensonne durchs Fenster drangen. Aber als ich erwachte, war das schreckliche Geheimnis immer noch da und lag schwer wie ein lebloses Ding auf meiner Brust.

Zweites Buch

Kapitel fünf

Irgendwie gelang es mir, die restlichen Ferien zu überstehen, bis wir wieder nach Hause fuhren. Vielleicht blendete ich das alles einfach aus und legte es im hintersten Teil meines Gehirns ab. Jedenfalls tat ich nie, was eigentlich auf der Hand lag. Ich fragte Sarah und Isaac nie danach. Vielleicht glaubte ich, alles würde sich als Irrtum erweisen, wenn ich sie nicht fragte.

Aber von nun an beobachtete ich sie genau. Ich wollte sie ertappen, wenn sie nicht darauf gefaßt waren, und suchte in ihren Gesichtern nach verräterischen Anzeichen, die mich überzeugen würden. In den folgenden Tagen wurde ich zwischen den unterschiedlichsten Gefühlen hin- und hergerissen. Zorn auf Mrs. McCloskey, Ärger über Sarah und Isaac, Enttäuschung, Verwirrung, Selbstmitleid und Verlassensein.

Sie müssen etwas bemerkt haben, weil sie mir mehr Aufmerksamkeit schenkten als sonst. Sarah verhätschelte mich, kochte meine Leibgerichte. Isaac versuchte auf seine einfache Art, mich zu verwöhnen. Abends ging er mit mir ins Kino, was vorher undenkbar gewesen war. Er brachte mir dicke Stapel Comics aus dem Krankenhaus mit und gab mir Geld und Süßigkeiten. Mit den wenigen

Mitteln, die ihm zur Verfügung standen, versuchte er mich wieder zu dem glücklichen Jungen zu machen, der ich vorher gewesen war.

Ich muß sie schrecklich gequält haben. Ich wurde mürrisch und ungehorsam. Es bereitete mir ein perverses Vergnügen, Dinge zu tun, von denen ich wußte, daß sie die beiden verletzen würden. Eines Nachmittags hatten Sarah und ich einen heftigen Streit, und ich brachte sie zum Weinen. Ich verspürte keine Reue, nur perverse Freude darüber, daß ich sie verletzt hatte.

Ein andermal, als sie nicht zu Hause waren, holte ich alle Bilderbücher, die ich seit meiner Kindheit sorgsam gesammelt hatte, und verbrannte sie im Kamin. Ich schnitt mir mit dem Taschenmesser in den Arm, und Isaac reagierte entsetzt. Er bat mich eindringlich, so etwas Schreckliches nie wieder zu tun.

Ich wurde ein stilles Kind. Ich weigerte mich zu sprechen. Ich war viel unterwegs und redete nicht mit ihnen. Ich wurde zum Lauscher, hörte geflüsterten Vertraulichkeiten oben von der Treppe aus zu. Ich hörte, wie Sarah Isaac gestand, daß sie aus Sorge um mich bald verrückt würde und was sie denn nur tun sollten?

Und Isaac versuchte sie zu beruhigen, sagte: »Ach, Sarah, der Junge macht einfach eine schwierige Phase durch. Er ist in der Pubertät.«

Mein Herz schwoll vor Freude über ihren Schmerz.

Sarah und Isaac mußten sich in diesem Sommer vor mir in acht nehmen. Anstelle der Disziplin, die vor den Ferien in Portstewart geherrscht hatte, nahm ich mir jetzt bisher ungeahnte Freiheiten.

Morgens blieb ich lange im Bett, abends kam ich nach Hause, wann ich wollte, unternahm ausgedehnte einsame

Spaziergänge in die Hügel über Ligoniel und erschien zum Essen, wann es mir paßte. Sarahs sorgsam aufgebaute Ordnung im Haus wurde in Anarchie verwandelt. Trotzdem beklagten sie sich nie.

Ich begann, Sarah und Isaac zu testen, ließ hin und wieder Bemerkungen über das Thema Adoption fallen, beobachtete ihre Reaktion.

»Heute habe ich Gerard Boyle getroffen. Wußtet ihr, daß er adoptiert ist?«

Isaac warf Sarah einen nervösen Blick zu.

»Nein«, antwortete er. »Das wußte ich nicht.«

»Aber es stimmt. Er ist adoptiert. Er lebt bei irgendwelchen Leuten in Holmdene Gardens, aber die sind nicht seine richtigen Eltern. Das weiß jeder.«

»Ach du liebe Zeit«, sagte Isaac.

»Warum machen die Leute so was?«

»Was denn?«

»Ihre Kinder weggeben. Machen sie das, weil sie das Kind nicht wollten? Oder weil sie es sich nicht mehr leisten konnten?«

Isaac machte einen unbehaglichen Eindruck.

»Wer weiß?« sagte er. »Vielleicht sind seine richtigen Eltern tot. Da gibt es verschiedene Gründe.«

»Welche zum Beispiel?«

Da stand Sarah plötzlich vom Tisch auf, ging in die Küche und sagte: »Ich habe eben einen schönen Apfelkuchen gebacken, Marty. Soll ich dir nicht ein Stück abschneiden?«

Inzwischen war ich überzeugt, daß die Unterhaltung, die ich vor Mrs. McMahons Pension mitgehört hatte, den Tatsachen entsprach. Ich fragte mich, wer noch davon wußte. Ich dachte an Tante Minnie und Onkel Paddy und forschte nach Anhaltspunkten, die mich überzeugen würden, suchte Hinweise, Worte, die in einem unbeobachteten Moment gefallen waren. Ich dachte an die Nachbarn, meine Lehrer, die Kinder aus unserer Straße. Vielleicht wußten sie es alle, redeten hinter meinem Rücken über mich, hatten Mitleid mit mir, so wie ich Mitleid mit Gerard Boyle gehabt hatte. Vielleicht hatten sie im Klassenzimmer über mich genauso geflüstert?

Der Gedanke an meine richtigen Eltern verfolgte mich. Wer waren sie? Ich hatte nicht daran gedacht, daß sie tot sein könnten. Ob ich Brüder oder Schwestern hatte? Ich fragte mich, warum mich meine Eltern weggegeben hatten. Ich wollte wissen, ob sie je an mich dachten.

Eines Tages fragte ich Isaac: »Kommt es vor, daß Eltern ein Kind weggeben, weil sie es nicht geliebt haben?«

Er sah mich erstaunt an.

»Wie kommst du denn darauf?«

»Kommt es vor?« insistierte ich.

»Och, das glaube ich nicht.«

»Aber wenn sie es geliebt haben, hätten sie es doch bestimmt behalten. Oder?«

»Das nehme ich an. Aber manchmal ist es einfach nicht möglich.«

»Warum nicht?«

Isaac griff nach seinen Woodbines und ließ das Patronenfeuerzeug aufschnappen.

»Was ist denn los mit dir, Marty? Du stellst in letzter Zeit furchtbar viele Fragen.«

»*Du* würdest aber doch nie ein Kind weggeben, das du liebst, oder?«

»Nein, natürlich nicht.«

»Und falls du ein Kind adoptieren würdest, würdest du es ihm sagen. Stimmt's?«

Isaac stieß eine blaue Rauchwolke aus und ließ sich mit der Antwort Zeit.

»Bestimmt«, sagte er langsam. »Das würde ich ganz bestimmt.«

Im September kam ich in eine neue Schule, St. Mary's Christian Brothers Grammar School. Es lag in der Barrack Street, am unteren Ende der Falls Road. Ich mußte eine Schuluniform tragen, die Sarah für mich in einem Laden in der Castle Street kaufte: schwarzer Blazer mit Abzeichen, graue Hosen, weißes Hemd und Krawatte.

Alle Jungen aus meiner alten Schule, die die Prüfung bestanden hatten, gingen aufs St. Mary's. Alle außer einem. Henry McAstocker meldete sich eines Tages und erzählte Bruder Delargey, daß ihn seine Mutter aufs St. Malachy's College schicken wollte. St. Malachy's war das andere katholische Jungsgymnasium in Belfast. Es wurde von Priestern geführt und galt als protziger als St. Mary's.

Bruder Delargey starrte Henry McAstocker einen Augenblick an, als hätte er nicht richtig gehört.

»Sagtest du St. Malachy's College?«

»Ja, Sir. Meine Ma meint, das is praktischer.«

»Soso, meint sie das?«

»Ja, Sir. Sie sagt, dann muß ich nich Bus fahren.«

Bruder Delargeys Gesicht verfinsterte sich. Seine Finger zuckten, raschelten in den Falten seiner Soutane.

»Du bist ein undankbarer Lauser, McAstocker. Und deine Mutter ist auch nicht besser.«

Henry McAstocker senkte den Blick.

»Ja, Sir«, sagte er.

»Nach all der Arbeit, die ich damit hatte, genug Wissen in deinen dicken Schädel einzubimsen, um dich durch das Examen zu zerren. Und kaum hast du bestanden, fällt dir nichts Besseres ein, als aufs St. Malachy's College zu verschwinden. Ist das der Dank, den ich für meine Mühe bekomme? Sind die Christian Brothers vielleicht nicht mehr gut genug für dich?«

»Nein, Sir. Das is es überhaupt nich, Sir.«

»Da, wo sonst ein Kopf hingehört, hast du Beton zwischen den Ohren, McAstocker. Es hat mich Monate geduldiger Arbeit gekostet, da durchzukommen. Na gut, dann lauf nur gleich los zum St. Malachy's College und nimm deine Undankbarkeit gleich mit, und bevor du gehst, kriegst du noch etwas von mir, was dich an mich erinnern soll.«

Und schon kam der Riemen heraus, und Bruder Delargey fing an, ihn Henry McAstocker um die Beine zu hauen, während der schrie: »Bitte, Sir. Es liegt überhaupt nich an mir, Sir. Das is meine Ma.«

Wir mußten Englisch, Mathe, Geschichte, Geographie, Latein, Französisch, Gälisch, Physik, Chemie und Religion lernen und hatten für jedes Fach einen eigenen Lehrer. Der Direktor war ein grimmig dreinschauender Mann und hieß Bruder Comerford. Er trug immer eine lange Soutane, die über den Boden rauschte, wenn er ging, und allein sein Anblick lehrte einen Gottesfurcht.

Am ersten Schultag hielt er eine kleine Rede. Er sagte, wir sollten stolz darauf sein, Schüler von St. Mary's sein zu dürfen, weil es die beste Schule von ganz Belfast sei, und wenn wir alle hart arbeiteten und immer unseren Lehrern gehorchten, könnten wir jedes nur erdenkliche Examen bestehen und einmal Großes leisten. Er sagte, wir sollten dankbar dafür sein, in den Genuß einer guten Ausbildung zu kommen, was unseren Eltern verwehrt worden war, denn Bildung sei der Schlüssel zur Zukunft und öffne einem alle Türen. Er sagte, wir müßten unseren Lehrern immer Respekt erweisen und uns auch gegenseitig respektieren, in St. Mary's gäbe es keine Eseleien oder unanständige Ausdrücke, andernfalls bekämen wir es mit ihm zu tun, und bei Gott, das würden wir nicht vergessen, ob das klar sei?

Eine Stimme neben mir sagte: »Das ist doch ein Scheißspiel!« Ich drehte den Kopf und sah einen kleinen Jungen mit zerzausten Haaren, der mich angrinste.

Bruder Comerford wies uns als nächstes unseren Klassen zu. Die Klassen wurden nach dem Alter zusammengestellt, und da ich einer der Jüngsten war, landete ich schließlich in der ID, der untersten Klasse in dieser Schule.

Der Junge mit den zerzausten Haaren wurde neben mich gesetzt. Er hieß Fergus Brennan und kam aus Pound Loney, einem Viertel unten an der Falls Road.

»Warst du vorher schon bei diesen Typen?« fragte er.

»Bei den Brüdern?«

»Ja, Mann.«

Ich erzählte ihm, daß ich vorher in die St.-Patrick School in der Donegall Street gegangen war.

»Die sollen bloß nicht versuchen, irgendwelches Harte-Männer-Zeugs mit mir zu machen, sonst hol ich meinen Dad und der knöpft sie sich vor. Dann werden wir ja sehen, wer hier ein Esel ist.«

Die meisten Lehrer hatten Spitznamen. Sie hatten sie schon, bevor wir in diese Schule kamen, und die Namen wurden Jahr für Jahr unter den Schülern weitergereicht. Unser Lateinlehrer war ein großer, dicker Mann namens Biffo Brankin. Laut Fergus Brennan bedeutete das Blöder Idiotischer Fiesficker von Omagh. Mr. O'Grady, den wir in Französisch hatten, wurde Schleifer genannt. Bruder Healy, ein ernster, blasser junger Bruder, der uns in Religion unterrichtete, lief unter dem Namen Dr. Death. Mr. Breen, den wir in Gälisch hatten, wurde Amo genannt, als Abkürzung von *amadán*, dem gälischen Wort für Dummkopf, was er zu jedem sagte, der seine Fragen nicht beantworten konnte.

Der Mann, der uns in Geschichte unterrichtete, wurde Schweinchen Dick genannt. Er war klein und fett und hatte kleine, tief eingesunkene Schweinsäugelchen. Er sagte, das Fatale an der Geschichte sei, daß sie ausnahmslos von dem Haufen geschrieben wird, der gewonnen hat, deshalb müßte man immer auf der Hut sein. Er sagte, Geschichte gebe die Belange und Interessen der herrschenden Klasse wieder, weshalb man nie etwas über die armen Leute erfuhr, außer wenn sie Ärger machten, wie zum Beispiel bei den Bauernkriegen. Das gleiche gelte im übrigen auch für die Frauen.

Bruder McGrath hatten wir in Physik und in Chemie, und sein Spitzname war Gorilla. Ein sehr passender Name. Bruder McGrath war der haarigste Mensch, den ich je gesehen hatte. Er hatte Haare auf der Nase und in den Ohren und auf den Handrücken, und sie bedeckten sein halbes Gesicht und ragten aus seinem Hemdkragen heraus. Es hieß, er sei so geworden, weil er nach Schulschluß im Labor Experimente an sich selbst durchgeführt hatte.

Angeblich hatte er Chemikalien gemixt und sie dann aus Reagenzgläsern getrunken, wenn es keiner sah, so wie Dr. Jekyll und Mr. Hyde.

Gorilla McGrath war der sanfteste Lehrer an der ganzen Schule. Er bestrafte niemals, und er kontrollierte nie die Hausaufgaben. Er stellte uns Aufgaben und ging sie am folgenden Tag mit uns an der Tafel durch. Immer wenn eine Frage beantwortet war, sagte er: »Wer von euch hatte das richtig?« Und dann schoß ein Wald von Armen in die Höhe, und der Gorilla lächelte und sagte: »Brave Jungs.«

Nach einiger Zeit machte fast niemand mehr Hausaufgaben, und die meisten hoben nur noch die Hand, wenn der Gorilla die Antworten an die Tafel geschrieben hatte, denn man mußte schon ein ziemlicher Idiot sein, Hausaufgaben zu machen, die keiner kontrollierte.

Er sagte, das Entscheidende an der Wissenschaft sei, daß sie einem die Geheimnisse des Universums eröffne. Sie lehre uns, woraus die Welt entstanden ist und wie sie sich entfaltet und entwickelt hat. Er sagte, die Welt würde von unverrückbaren Gesetzen bestimmt, von denen die Wissenschaftler einige noch immer nicht erforscht hätten.

Beinahe jeder Lehrer war der Meinung, daß sein Fach das wichtigste sei. Bruder Healy sagte, Religion sei am wichtigsten, weil wir dort Recht von Unrecht unterscheiden lernten, und daß wir, wenn wir unsere Religion nicht hätten, kein bißchen besser wären als die Wilden, die Kühe und Bäume anbeteten und sich vor ihrem eigenen Schatten fürchteten.

Mr. Breen sagte, Gälisch wäre unser wichtigstes Fach, weil es eine der schönsten europäischen Sprachen und unsere Muttersprache sei, und daß die Engländer Gälisch seit Hunderten von Jahren auszulöschen versucht hatten, denn Sprache sei das entscheidende Merkmal jeder Nationalität und man könne jemanden zum Sklaven machen, wenn man ihm seine Sprache wegnimmt.

Schweinchen Dick fand, Geschichte sei am wichtigsten, weil sie uns zeigte, daß sich nie etwas ändern würde, die menschliche Natur immer gleich bliebe und die Menschen immer und immer wieder die gleichen Fehler machten.

Der einzige Lehrer, der nicht meinte, daß sein Fach das wichtigste sei, war Gorilla McGrath. Er sagte immer: »Seid aufmerksam, Jungens, und hinterfragt alles. Ihr werdet sehen, daß euch die Wissenschaft die Geheimnisse des Universums eröffnet.«

In den ersten Wochen schleppte ich fast jeden Tag Bücher aus der Schule nach Hause. Hefte mit Millimeterpapier, linierte Hefte und Notizbücher, Wörterbücher für Gälisch und Wörterbücher für Französisch, Lateinfibeln, Lehrbücher für Physik und Chemie, Geschichtsbücher, Gedichtanthologien, Romane, Theaterstücke, Atlanten, Tabellen und Logarithmentafeln. Isaac hatte im ganzen Leben noch nicht so viele Bücher außerhalb einer Bibliothek gesehen.

»Junge, Junge«, sagte er. »Wie wird dein Kopf bloß mit der ganzen Lernerei fertig? Kriegst du keinen Brummschädel davon?«

Ein andermal sagte er, daß ich nach all dieser unglaublichen Lernerei bestimmt mal einen schönen leichten Job bekäme, wo ich den ganzen Tag auf dem Hintern sitzen und andere Leute herumscheuchen könnte und dafür ein dickes, fettes Gehalt kassieren würde.

Er interessierte sich sehr für meine neue Schulausbildung. Er nahm die Bücher vom Tisch und blätterte darin und untersuchte sie und verzog vor Staunen das Gesicht. Doch obwohl ich stolz darüber war und mich geschmeichelt fühlte, ermutigte ich ihn nicht und behandelte ihn weiterhin kühl.

Eines Samstagnachmittags Ende September ging er nach Smithfield und kam mit verschiedenen Brettern zurück. Den Rest des Nachmittags blieb er oben in meinem Zimmer hinter geschlossener Tür, wo ich ihn sägen und hämmern und nageln hörte. Dann rief er mich hoch.

Vor dem Fenster hatte er einen Schreibtisch und darüber einige Regalfächer für meine Bücher gebaut. Ich sah, wie zufrieden er mit seinem Werk war.

»Was sagst du dazu?«

»Nicht schlecht.«

»Nicht schlecht? Hervorragend, das ist es. Schau dir das an. Das hält felsenfest.«

Er packte den Schreibtisch und rüttelte daran, um mir zu zeigen, wie gut er ihn zusammengebaut hatte.

»Er ist gut«, sagte ich.

Isaac lächelte. Dann schaltete er einen elektrischen Heizofen an, der eine angenehme Wärme ausstrahlte.

»So, Marty. Wenn du hart arbeiten mußt, braucht dein Kopf konstante Temperaturen. Hier hast du es schön gemütlich. Besonders jetzt, wo der Winter kommt.«

An einem Morgen im März wachte ich auf und hatte auf meiner Pyjamahose lauter klebriges Zeug. Ich hatte von einem Mädchen geträumt, das ich in einem Film gesehen hatte. Sie zog sich Stück für Stück aus, und als sie gerade dabei war, ihren BH auszuziehen, spürte ich dieses wunderbar erleichternde Gefühl, das meinen ganzen Körper durchströmte und mich mit einem Ruck aufwachen ließ.

Ich war mir nicht ganz sicher, was eigentlich passiert war, aber ich wußte, es war ein angenehmes, warmes Gefühl gewesen, und ich hatte es genossen. Allerdings hatte ich aber auch den vagen Verdacht, es könnte vielleicht unrecht sein. Als ich hörte, daß sich Sarah auf den Weg in die Frühmesse machte, ging ich ins Bad, wusch den Pyjama aus und bügelte ihn trocken. Bei meiner nächsten Beichte erzählte ich Vater Gabriel davon.

Er überlegte einen Augenblick und fragte: »Hast du das selbst ausgelöst?«

Ich verstand nicht genau, was er meinte, also sagte ich nein.

»Hast du dich irgendwie selbst berührt?«

»Nein, Vater. Ich hab ja geschlafen.«

»Wie alt bist du, mein Kind?«

»Ich bin zwölf, Vater.«

»Bist du schon aufgeklärt worden? Hat jemand mit dir über diese Dinge gesprochen? Dein Vater vielleicht?«

»Nein, Vater.«

Vater Gabriel machte eine Pause, dann sagte er: »Mein Kind, du bist in der Pubertät. Da passiert so etwas manchmal ungewollt, ohne daß man irgend etwas dazu getan hat, und dann ist es keine Sünde. Aber wenn du etwas unternimmst, damit es passiert, ist es eine Sünde. Man nennt das Masturbation. Das ist die Sünde der Selbstbefleckung.«

»Ist das eine Todsünde, Vater?«

»Könnte sein.«

»Und dieses Zeug, das dabei rauskam, Vater? Was ist das?«

Ich hörte Vater Gabriel husten.

»Es ist eine Flüssigkeit, mein Sohn. Dein Körper produziert sie. Das ist vollkommen normal. Es bedeutet, daß du bald ein Mann bist.«

»So ist das also, Vater.«

Vater Gabriel machte wieder eine Pause und sagte: »Bete drei Ave-Maria für mich. Und, mein Kind, bitte deinen Vater, daß er dich aufklärt.«

Ich verließ den Beichtstuhl wie benommen, weil ich zu viele Dinge im Zeitraum von wenigen Sekunden erfahren hatte. Bald würde ich ein Mann sein; mein Körper produzierte diese Flüssigkeit. Wenn sie von selbst herauskam, war alles in Ordnung, aber wenn ich auf unerklärliche Weise etwas dazu beitrug, war das die Sünde der Selbstbefleckung, eine neue Sünde, von der mir bisher noch niemand erzählt hatte und die auch nicht in den Zehn Geboten erwähnt wurde. Schließlich war da noch diese Aufklärung, um die ich Isaac bitten sollte.

Was immer das auch war, ich begriff sofort, daß ich es mir mit Sicherheit nicht von Isaac erklären lassen konnte. Ich hatte das kurze Zögern in Vater Gabriels Stimme bemerkt; anscheinend war es ihm unangenehm, darüber zu sprechen. Egal, was diese Aufklärung sein mochte, offensichtlich war es etwas Unappetitliches, und wenn ich mehr darüber erfahren wollte, mußte ich das irgendwie anders anfangen.

Fergus Brennan oder Danny Morgan oder einen anderen der Neunmalklugen aus meiner Klasse, die immer so taten, als wüßten sie bereits über alles Bescheid, konnte ich nicht fragen, weil ich mich sonst vollkommen lächerlich gemacht hätte. Außerdem hatte Vater Gabriel ja gesagt, daß ich bald ein Mann sein würde, also würde das

Wissen vermutlich von allein kommen. Und dann, an einem Samstag bei der Matinee im Forum-Kino, geschah etwas sehr Merkwürdiges.

An diesem Tag war ich allein ins Kino gegangen und ich erinnere mich noch, daß ich ziemlich weit hinten saß. Der Hauptfilm war eine Komödie. Etwa nach der Hälfte kam ein Mädchen herein und setzte sich neben mich. Ich konnte sie im Dunklen nicht richtig erkennen, aber sie wirkte älter als ich. Auf der anderen Seite neben ihr saß ein kleinerer Junge, von dem ich annahm, daß er ihr Bruder war.

Das Mädchen war mollig und hatte blonde Haare und schien den Film sehr zu genießen. Sie lachte ständig laut und schlug sich auf die Knie. Immer wieder bemerkte ich, wie sie mich verstohlen ansah. Und dann, wie aus Versehen, schlug sie auf einmal nicht auf ihr eigenes, sondern auf mein Knie. Sofort verspürte ich ein sehr angenehmes Gefühl. Ihre Hand blieb vielleicht eine Sekunde lang auf meinem Knie; dann war sie wieder weg.

Ich saß ganz still und starrte auf die Leinwand und hoffte, ihre Hand würde wiederkommen. Neben mir lachte das Mädchen laut. Minuten schienen zu vergehen, und dann berührte ihre Hand wieder mein Knie. Diesmal blieb sie. Das angenehme Gefühl kehrte zurück. Ihre Hand zögerte einen Moment, dann wanderten ihre Finger langsam meinen Schenkel hinauf.

Ich hielt den Atem an. Das Mädchen drehte den Kopf nicht zu mir, sah mich nicht an, aber ich spürte, wie ihre Finger an den Knöpfen meines Hosenschlitzes hantierten und wie ihre Hand in meine Hose glitt. Und sofort spürte ich, wie mein Penis anschwoll.

Ich konnte nicht glauben, was da geschah. Wir saßen

Seite an Seite und schauten beide auf die Leinwand, ohne uns anzusehen, und um uns herum lachten die Leute über den Film. Ich wagte nicht, mich zu bewegen, aus Angst, sie könnte aufhören. Von meiner Magengrube breitete sich wohlige Wärme aus. Ich fühlte, wie ihre Finger meinen Penis streichelten, dann zogen sie langsam und behutsam die Vorhaut zurück.

Sie nahm meine Hand und legte sie auf ihr Knie, dann führte sie die Hand ihr Bein hinauf und schob meine Finger unter das Gummi ihres Slips. Ihre Beine umklammerten meine Hand und ich hörte sie stöhnen, sie kam immer näher, bis ihr Kopf beinahe meinen berührte.

Ich weiß nicht, wie lange wir so dasaßen, aber ich erinnere mich, daß ich hoffte, es würde nie aufhören. Mir war es egal, ob uns jemand beobachtete oder Paddy Mallarkey kommen und uns mit der Taschenlampe anleuchten könnte. Ich wollte einfach nur, daß dieses wunderbare Gefühl ewig dauerte.

Ganz plötzlich endete es. Ich spürte ein Kitzeln in meinen Lenden und eine enorme Gefühlsaufwallung, und dann verströmte ich Flüssigkeit, wie damals im Traum.

Alles schien voll davon, meine Unterhosen und meine Jeans. Sie zog ihre Hand zurück, nahm ein Taschentuch und wischte sich sauber. Dann nahm sie meine Hand von ihrem Bein und setzte sich wieder gerade hin, als wäre nichts geschehen. Keiner sprach ein Wort.

Als der Film zu Ende war und das Licht anging, sah sie mich an und lächelte. Sie war etwa vierzehn oder fünfzehn, ein ganz normal aussehendes Mädchen mit dünnem blonden Haar. Sie schob ihren Bruder vor sich her, und zusammen verließen sie das Kino.

Ich kam am nächsten Samstag wieder und setzte mich

auf denselben Platz, aber sie erschien nicht. Wochenlang dachte ich ständig an sie; wartete sehnsüchtig auf das Wochenende, damit ich wieder ins Forum gehen und sie dort treffen könnte. Aber ich sah sie nie wieder. Das schmerzte wie ein Verlust. Doch ich wußte auch, daß ich jetzt etwas über die Aufklärung erfahren hatte, von der Vater Gabriel gesprochen hatte. Und ich hatte das Masturbieren entdeckt.

In den folgenden Monaten erfuhr ich dann den ganzen Rest, wofür auf eigenartige Weise Gorilla McGrath verantwortlich war. Er hatte eine Biologiestunde übernommen und sprach über Pflanzen. Er sagte, daß Pflanzen genauso wie menschliche Wesen wären, daß sie Nahrung und Feuchtigkeit und Luft brauchten. Und daß sie sich natürlich auch fortpflanzen müßten, weil sie sonst völlig ausstarben und es sie nicht mehr geben würde.

Er erklärte, daß sich die Pflanzen auf unterschiedliche Art fortpflanzen, manche durch das Wasser oder den Wind. Andere brauchten dafür die Vögel. Vögel? Das war erstaunlich. Zum ersten Mal, seit ich in dieser Klasse war, hatte der Gorilla meine Aufmerksamkeit geweckt.

Er erzählte uns, daß blühende Pflanzen zu ihrer Fortpflanzung Farbe und Duft benutzten, um so Insekten wie zum Beispiel die Bienen anzulocken. Die Biene krabbelte auf der Suche nach Nektar über die Blüte, und dabei sammelte sie den Pollen von den Staubfäden. Der Gorilla erklärte weiter, daß die Biene dann zur nächsten Blüte weiterflog, der Pollen der ersten Pflanze in die Narbe dieser Pflanze gestreift wurde, wodurch die zweite Pflanze befruchtet wurde und die Fortpflanzung sichergestellt war.

Davon schrieb ich soviel wie möglich mit und ging am

Nachmittag nicht nach Hause, sondern in die Zentralbibliothek in der Royal Avenue und dort direkt zu den Nachschlagewerken. Die Dame am Schalter bat ich um eine Enzyklopädie und das Oxford Dictionary.

Ich fühlte mich ein wenig schuldbewußt und hatte Angst, sie könnte irgendwie meine Gedanken lesen und mich vielleicht fragen, wie alt ich war und wofür ich diese dicken Bücher brauchte. Aber es schien sie nicht zu interessieren.

Im Lesesaal war es still wie in einer Kirche. An den langen Tischen saßen viele Schüler und lernten oder machten Hausaufgaben. Nach einigen Minuten kam ein Mann in einer Portieruniform und brachte mir die Bücher, die ich bestellt hatte. Ich setzte mich zurecht und schlug das Wörterbuch auf. Als erstes schlug ich »befruchten« nach. Dort hieß es: »fruchtbar oder produktiv machen.« – »Fruchtbar machen« klang vielversprechend, also suchte ich dort weiter. Im Wörterbuch stand: »befruchten, schwängern.« Das paßte zu schwanger, dem Zustand, in dem eine Frau war, wenn sie ein Baby bekam, also wußte ich, daß ich auf der richtigen Spur war.

Ich sah unter »schwängern« nach. Dort hieß es: »(eine Frau) schwanger machen; erfüllen, durchtränken.« Aber im Wörterbuch fand sich kein Hinweis darauf, wie das vor sich gehen sollte. Ich merkte, daß ich mich nur im Kreis drehte.

Ich öffnete die Enzyklopädie, schlug das Inhaltsverzeichnis am Ende des Buches auf und schaute dort unter »befruchten« nach. Hier gab es einen Verweis auf ein anderes Kapitel, und als ich die angegebene Seite aufschlug, wußte ich sofort, daß ich gefunden hatte, wonach ich suchte.

Mir fielen fast die Augen aus dem Kopf. Unter der Überschrift »Fortpflanzung« fand ich Abbildungen, Diagramme und fremde Begriffe, die ich nie zuvor gehört hatte, wie zum Beispiel Eierstock, Uterus oder Vagina. Oder Testikel, Sperma, Follikelsprung, Menstruation und Orgasmus. Ich schaute zu der Frau von der Ausleihe, wollte sehen, ob sie mich vielleicht beobachtete, aber sie war sehr mit einem anderen Kunden beschäftigt, also holte ich tief Luft und fing an zu lesen. Auf Seite 304 fand ich dann die Antwort. Unter der Überschrift »Koitus und Befruchtung« las ich folgendes:

Während des Geschlechtsverkehrs oder auch Koitus wird der erigierte Penis in die Vagina eingeführt, wo dann rhythmische Bewegungen zum Orgasmus und zur Ejakulation des Samens führen.

So was Ähnliches hatte mir Larry Devine damals auf dem Schulhof von St. Patrick's erzählt. Das war also eine Nummer. Nur daß Larry Devine alles falsch verstanden hatte. Er dachte, es sei dazu da, daß das Baby herauskommt. Jetzt wußte ich aber, daß man so das Baby hineinkriegt.

Ich las weiter, bis die Bibliothek um acht Uhr schloß. Am nächsten und am übernächsten Nachmittag ging ich wieder hin, und am Ende der Woche hatte ich die ganze Enzyklopädie verschlungen. Es gab nichts mehr über Fortpflanzungsorgane oder die Zeugung von Babys, was ich nicht wußte.

Plötzlich fühlte ich mich sehr wichtig. Wie ein Erleuchteter ging ich durch die Straßen. Ich fragte mich, wie ich so naiv und unschuldig gewesen sein konnte. Und ich wußte, daß ich das alles Gorilla McGrath verdankte.

Er hatte die Wahrheit gesagt. Die Wissenschaft eröffnete einem die Geheimnisse des Universums.

Nachdem ich jetzt alles über Aufklärung und die Dinge des Lebens erfahren hatte, wollte ich das auch unbedingt ausprobieren. Aber dazu mußte ich erst ein Mädchen finden, mit dem sich das machen ließ. In der Schule mußte ich mir immer anhören, wie Fergus Brennan Montag morgens damit prahlte, was er am Wochenende alles mit Mädchen angestellt hatte. Nach dem zu urteilen, was er erzählte, waren seine Wochenenden eine einzige lange Sexorgie.

»Ich war mit der einen zusammen, die ich beim Tanzen kennengelernt hatte, und die hat mich beinahe bei lebendigem Leib aufgefressen«, prahlte er. »Ich war zwei geschlagene Stunden bei ihr, und sie wollte immer noch mehr. Schau, ich habe den ganzen Hals voller Knutschflecken.«

Und dann zog er seinen Kragen runter und zeigte mir diese roten Flecken, die aussahen wie irgendwelche Draculaspuren, und ich war höllisch eifersüchtig. Den ganzen Tag grübelte ich über Fergus Brennan und seine Mädchen und fragte mich, was ich eigentlich falsch machte, daß ich überhaupt nichts abbekam. Wenn er so schwadronierte, ermunterte ich ihn noch dazu, in der Hoffnung, irgendwie von ihm zu erfahren, wie man das Ganze anfing.

»Das Geheimnis ist, sie soweit zu kriegen, daß sie sich entspannen. Nach außen hin tun sie gern so, als wären sie sauber und anständig, aber darunter sind sie brodelnde Vulkane der Lust. Es ist wissenschaftlich erwiesen, daß Frauen geiler sind als Männer. Das kommt alles von der Fortpflanzung der Arten.«

Ich mußte noch mal in die Bibliothek und die Enzyklopädie ausleihen, aber ich konnte nichts über brodelnde

Vulkane der Lust finden, lediglich Kapitel über Ovulation und Schwangerschaft, also fragte ich ihn.

»Ja, Mann«, sagte er. »Da mußt du aufpassen. Wenn du sie schwängerst, zahlst du dich dumm und dämlich. Am besten benützt du einen Pariser.«

»Einen was?«

»Ein Kondom. Das ist eine Art Ballon. Du ziehst ihn über deinen Schwanz.«

Das war erstaunlich.

»Und wo kriegt man die?«

»In der Drogerie. Aber erst, wenn du achtzehn bist. Man kann aber einen älteren Jungen fragen, ob er einem welche besorgt.«

Ich wußte, das hatte keinen Zweck. Was sollte ich mit Parisern, wenn ich niemanden hatte, um sie auszuprobieren? Immer wieder mußte ich an das Mädchen im Forum-Kino denken, und manchmal versetzte mich das nachts im Bett derart in Erregung, daß ich einen alten Socken nahm und die Sünde der Selbstbefleckung beging. Und dann mußte ich beichten gehen und mir von Vater Gabriel oder einem der anderen Priester den Kopf abreißen lassen, weil sie alle total gegen Selbstbefleckung waren. Man hätte in den Beichtstuhl kommen und ihnen erzählen können, daß man gerade jemand ermordet hatte, und das hätte sie bei weitem nicht so aufgeregt. Vater Alexander war am schlimmsten. Er war ein alter Mann und fast taub, und ich haßte es, zu ihm gehen zu müssen, aber manchmal war er der einzige Priester, der zur Verfügung stand, und ich hatte keine Wahl.

»Weißt du eigentlich, was du dir da antust?« brüllte er. Ich hatte immer schreckliche Angst, daß man von draußen alles mitanhören konnte.

»Du verunreinigst deinen Körper. Und du verunreinigst deinen Geist. Du zerstörst deinen Verstand. Möchtest du als Idiot enden?«

»O nein, Vater.«

»Dann hör sofort mit diesen scheußlichen Praktiken auf, sonst wirst du es bereuen.«

»Aber manchmal kann ich einfach nicht anders, Vater. Diese Gedanken kommen mir in den Kopf, und dann muß ich es einfach tun.«

»Rede keinen Unsinn. Du mußt überhaupt nichts tun, was du nicht willst. Menschen sind gemartert worden, sie mußten die schrecklichsten Todesqualen erleiden, man hat ihnen die Fingernägel mit Zangen ausgerissen und sie mit rotglühenden Eisen gebrandmarkt, und sie hätten zu ihrer Rettung weiter nichts tun müssen, als ihre Religion zu verleugnen. Und haben sie es getan? Nein, sie haben es nicht getan.«

»Ja, Vater.«

»Wenn dir also das nächste Mal diese Gedanken kommen, wirst du sie sofort vertreiben. Kannst du nicht kalt duschen?«

»Wir haben keine Dusche, Vater.«

»Dann nimm eben ein kaltes Bad. Oder setz dich hin und lies etwas Vernünftiges. Kennst du das *Leben der Heiligen*?«

»Nein, Vater.«

»Du kannst dir hinten in der Kirche ein Exemplar von der Gesellschaft der Katholischen Wahrheit kaufen. Ich würde es dir sehr empfehlen. Und behalte beim Schlafen die Hände über der Bettdecke.«

»Ja, Vater.«

Spa Doherty war schwer zugange mit der Selbstbeflekkung. Er sagte, er machte es sich manchmal fünfmal pro Nacht und hätte Angst, daß er bald blind würde.

»Ich kann nicht damit aufhören. Ich denke die ganze Zeit an Gina Lollobrigida und ihre phantastischen großen Brüste. Und dann muß ich nur noch an meinem Ding rummachen. Es ist wie ein Zwang. Wahrscheinlich bin ich süchtig. Und wenn ich dann morgens aufwache, sehe ich das ganze Zimmer verschwommen.«

Ich fand, daß seine Augen okay waren.

»Vielleicht brauchst du eine Brille«, meinte ich.

»Ich werde blind, verstehst du. Wegen der Wichserei.«

»Wer sagt das denn?«

Er sah mich entnervt an.

»Das muß mir keiner sagen. Es ist eine bekannte Tatsache. Das riskierst du dabei. Und jetzt kann ich nicht damit aufhören und werde blind und muß irgendwann für den Rest meines Lebens mit einem weißen Stock herumlaufen, und jeder wird wissen, woher das kommt.«

Ich fand das sehr beunruhigend. Bei der erstbesten Gelegenheit ging ich wieder in die Zentralbibliothek und holte mir die Enzyklopädie. Ich las das ganze Kapitel über Fortpflanzung noch einmal, konnte aber nichts darüber finden, daß man von Selbstbefleckung erblindet. Weil ich aber nichts dem Zufall überlassen wollte, hörte ich eine Zeitlang damit auf.

Dann traf ich eines Nachmittags Eileen Toner auf dem Heimweg von der Schule. Sie trug ihre Schuluniform, einen kurzen Rock und weiße Kniestrümpfe, und ich bemerkte, daß sie plötzlich erwachsen geworden war. Sie hatte sehr schöne Beine bekommen. Aber am erstaunlichsten waren ihre Brüste. Sie waren unter der Schulbluse gut zu sehen, schmiegten sich wie zwei weiße Kugeln in Eileens BH. Ich konnte sogar die Träger des BHs sehen. Bisher hatte ich ihre Brüste nie bemerkt. Wie konnte ich sie übersehen haben? Bestimmt waren sie ihr nicht über Nacht gewachsen.

Wir gingen ein Stück zusammen, später sah ich sie dann draußen auf der Straße mit ihren Freundinnen. Jetzt trug sie Jeans und einen Pullover, und ich sah, wie sie mit den Hüften wackelte und was für einen netten, runden Hintern sie hatte. Aber am meisten beeindruckten mich ihre Brüste, die sich wie zwei saftige Melonen unter ihrem Pullover wölbten.

In dieser Nacht lag ich im Bett und mußte unaufhörlich an sie denken. Ich erinnerte mich an Vater Alexanders Rat und versuchte, mich gedanklich auf Leute zu konzentrieren, denen man die Fingernägel ausgerissen hatte und die man mit rotglühenden Eisen gebrandmarkt hatte. Aber ich konnte nur noch an Eileen Toners Brüste denken. Ich stellte mir vor, daß ich sie anfaßte. Wie fühlten sie sich an? Wie war es, wenn man sie berührte?

Auf einmal kam mir die Idee. Eileen Toner war das Mädchen, nach dem ich schon so lange suchte. Sie war ganz offensichtlich diejenige, an der ich üben konnte. Sie hatte mich schon fasziniert, als wir noch Kinder waren. Vor allem, seit ich sie damals dazu gebracht hatte, im Luftschutzbunker ihren Schlüpfer auszuziehen. Ich mußte sie nur fragen, ob sie mit mir spazieren gehen wollte, oder sie ins Kino einladen oder so was, und bestimmt wäre sie sehr erfreut und würde mir erlauben, meine Hand in ihren BH zu schieben und ihre großen weißen Titten zu befühlen.

Ich spürte, wie mein Penis beim Gedanken an all die

schlimmen Dinge, die ich mit Eileen Toner machen würde, gegen die Pyjamahose drückte. Vielleicht würde sie mir ja sogar erlauben, noch einmal ihren Schlüpfer herunterzuziehen und eine Nummer zu machen, und dann könnte ich endlich Fergus Brennan erzählen, daß wir zum gleichen Verein gehörten. Schließlich hielt ich es nicht länger aus. Und weil es mir um diese Zeit unmöglich war, aufzustehen und ein kaltes Bad zu nehmen, dachte ich: »Verdammter Mist, Vater Alexander. Da wären wir wieder«, und langte nach einem Socken. Als ich einschlief, träumte ich von Eileen Toner und ihren wunderschönen Brüsten.

Es kostete mich Wochen, eine geeignete Strategie auszuarbeiten. Ich war noch nie mit einem Mädchen ausgegangen und wußte nicht genau, wie man es am besten anfing, deshalb fragte ich Fergus Brennan, was ich machen sollte.

»Geh mit ihr zum Tanzen«, empfahl er mir.

»Aber ich kann nicht tanzen.«

»Du mußt auch nicht tanzen können. Du mußt sie nur bei den langsamen Nummern fest umschlungen halten und ihr etwas ins Ohr flüstern. Das bringt sie auf Touren.«

In der Ardoyne-Halle in der Nähe der Kirche wurde jeden Samstagabend getanzt, aber ich war mir nicht sicher, ob ich alt genug war, überhaupt reinzukommen. Ich beschloß es zu riskieren. Wenn ich meine Jeans anhatte, den Kragen hochschlug und die Haare zurückkämmte, konnte man mich für fünfzehn halten.

Ich wartete bis Samstagnachmittag, und als ich Eileen Toner die Straße heraufkommen sah, fing ich sie ab. Sie trug ein Partykleid mit Rüschen und hatte Nylonstrümpfe und hochhackige weiße Schuhe an. Ihr Haar hatte sie zu einem Pferdeschwanz hochgebunden. Ich fand, daß sie wunderschön aussah, und konnte gar nicht begreifen, wie ich sie so viele Jahre lang hatte übersehen können.

»Was hast du vor?« begann ich.

»Oh, alles mögliche.«

»Was denn, zum Beispiel?«

»Ach, du weißt schon. Mädchensachen.«

»Ich dachte, ich frag mal, ob du vielleicht heute abend mit mir zum Tanzen gehen willst.«

Ich wußte, sie würde ja sagen. Auf der Stelle. Ich wußte, sie würde die Gelegenheit ergreifen. Aber sie lächelte mich nur an.

»Ich kann nicht, Marty. Ich habe schon was vor.«

»Was soll das heißen?« stotterte ich.

»Das soll heißen, daß ich etwas anderes vorhabe.«

»Wie wär's dann mit nächster Woche?«

»Ich glaube nicht.«

»Nein?«

»Nein.«

Wir kamen zu ihrem Gartentor.

»Bis dann«, sagte sie und ging durch den Garten zur Haustür.

Ich war wie vor den Kopf geschlagen. Wie ein begossener Pudel stand ich da und sah ihr zu, wie sie den Schlüssel rausholte, aufsperrte und das Haus betrat. Sie drehte sich nicht mal mehr um.

Dieser Rückschlag entmutigte mich schrecklich. Ich versuchte herauszufinden, was ich falsch gemacht hatte. Vielleicht war ich zu lässig aufgetreten, nicht feinfühlig genug. Dann kam mir die entsetzliche Idee, daß vielleicht mit mir irgendwas nicht stimmte. Vielleicht hatte ich Mundgeruch oder so was.

Sofort ging ich nach Hause, sperrte mich im Bad ein und putzte meine Zähne, bis das Zahnfleisch blutete. Und ich untersuchte mein Gesicht im Spiegel. Ich drückte alle kleinen Pickel und Mitesser aus, die ich fand.

Ich versuchte verzweifelt, eine vernünftige Erklärung für Eileen Toners Zurückweisung zu finden. Und auf einmal kam ich darauf. Sie tat so, als wäre sie nicht leicht rumzukriegen. Das machten die Mädchen, damit man nicht auf den Gedanken kam, sie wären zu scharf auf einen. Der Gedanke gab mir neuen Mut, und ich beschloß, einen weiteren Versuch zu wagen.

Jeden Abend nach der Schule trödelte ich auf der Straße rum und wartete auf eine Gelegenheit, sie anzusprechen. Aber sie war wie vom Erdboden verschwunden. Daraufhin beschloß ich, ihr zu schreiben und den Brief einer ihrer Freundinnen zu geben. Das würde bestimmt funktionieren.

In meinem Zimmer brütete ich über diesem Brief. Liebe Eileen, schrieb ich, dann strich ich es wieder durch. Das klang zu kühl und zu förmlich. Einfach nur Eileen, das sah besser aus. Dann änderte ich wieder meine Meinung und entschied mich für etwas ganz Tolles. Was Mädchen beeindruckte. Ich kannte das aus den Filmen, die ich im Forum sah.

Der Fall verlangt nach Sanftheit und Romantik, dachte ich mir. Also schrieb ich einen schönen, langen Brief über Rosen und Mondlicht und darüber, wie sich mein gebrochenes Herz aus der Ferne nach ihr sehnte. Auf die Weise mußte es einfach klappen. Ich steckte den Brief in einen Umschlag und gab ihn Eileens Freundin Mary Bannister.

Jetzt war ich sehr zuversichtlich. Spätestens am Wochenende würden Eileen und ich uns im hohen Gras von Crow's Glen wälzen. Aber es kam keine Antwort.

Ein paar Tage später traf ich Mary Bannister auf der Straße.

»Hast du ihr meinen Brief gegeben?«

»Ja.«

»Und was hat sie gesagt?«

»Sie sagte, vielleicht kapierst du es ja irgendwann.«

»Was denn?«

»Sie sagt, sie will nichts mit dir zu tun haben. Sie sagt, du bist ihr viel zu unreif.«

Das machte mich völlig fertig. Zu unreif? Ich ging nach Hause, sperrte mich wieder im Bad ein, nahm Isaacs Rasierer und schabte an dem Flaum in meinem Gesicht rum. Ich sah mich im Spiegel an, machte Grimassen, versuchte stark und lässig auszusehen. Ich übte Redewendungen ein, Ausdrücke, die ich bei meiner nächsten Begegnung mit Eileen anbringen könnte.

Ich war wie besessen von ihr und dachte Tag und Nacht nur an sie. Egal, wie sehr ich mich bemühte, es gelang mir nicht, Eileen Toner aus meinen Gedanken zu vertreiben. Ich beschloß, es noch einmal zu versuchen. Dieses Mal mußte es einfach klappen. Bestimmt würde sie sich von meinem lockeren Geplauder hinreißen lassen, und wenn sie dann erst verrückt vor Liebe nach mir war, würde ich sie für das bezahlen lassen, was ich jetzt wegen ihr durchmachen mußte.

Ich wartete bis Samstagabend gegen sieben Uhr. Ich hatte mich zurechtgemacht, meine Jeans und die lässige Jacke angezogen, und lungerte bei Larkin's Wall herum. Einige der älteren Jungen waren bereits unterwegs zum

Tanzlokal. Nach einiger Zeit sah ich, daß Eileen Toner das Haus verließ. Ich beschloß, ihr zu folgen und die Sache ein für allemal auszumachen.

Ich lief hinter ihr her, aber als sie an den Durchgang zur Herbert Street kam, sah ich, daß dort jemand auf sie wartete. Er trug eine lange, taillierte Jacke mit Samtkragen und dazu Spangenschuhe. Ich hörte, wie sie lachten, als er ihr den Arm um die Schultern legte und sie auf die Wange küßte, und als sie losgingen, sah ich sein Gesicht im Licht der Straßenlaterne. Es war Locky Power.

Ich konnte es nicht fassen. Eileen Toner und Locky Power. Ich hatte das Gefühl, daß meine Welt in tausend Stücke zerbrach. Mit schmerzerfülltem Herzen tauchte ich in der Dunkelheit unter. Als ich davonschlich, konnte ich ihr Gelächter hören, das mich den ganzen Weg nach Hause verfolgte.

Kapitel sechs

Plötzlich fand ich Sarah und Isaac altmodisch und schlecht gekleidet. Ich betrachtete Sarah in ihrer geblümten Kittelschürze oder Isaac mit seiner Wolljacke und den Pantoffeln und dachte mir, daß sie schlampig geworden waren. Ich fing an, mich für sie zu schämen. Ich versuchte, meinen Freunden Besuche bei mir zu Hause auszureden, damit sie ihnen nicht begegneten.

Einmal kam Aly McVeigh unangemeldet zu mir nach Hause. Ich hörte, wie er an der Tür klopfte, aber noch bevor ich öffnen konnte, eilte Isaac schon in Hemdsärmeln und Hosenträgern die Treppe hinunter. Er sang gerade eines seiner albernen Lieder.

Als Aly wieder gegangen war, ließ ich meinem Zorn freien Lauf.

»Mach das ja nie wieder.«

»Was denn?«

»Sing ja nicht noch mal dieses blödsinnige Zeug, wenn einer von meinen Freunden hier ist.«

Er sah mich entgeistert an.

»Du machst wohl Scherze, Marty. Was spricht denn gegen ein kleines Lied?«

»Es ist mir peinlich. Das spricht dagegen. Mach das nicht wieder. Ich mag das nicht. Und zieh deine Jacke an. Schau dich doch mal an. Du siehst ja aus wie eine Vogelscheuche.«

Die Worte waren mir irgendwie rausgerutscht, was ich sofort bedauerte. Aber da war es schon zu spät. Ich sah, daß ich ihn verletzt hatte. Er wandte sich ab, sein Gesicht war rot, und er hatte den Blick gesenkt wie ein verschüchtertes Tier.

»Ich möchte bloß mal wissen, was an einem harmlosen kleinen Lied so schlimm sein soll«, murmelte er.

Manchmal versuchte Isaac dann auf seine ungeschickte Art eine Geste der Versöhnung. Er setzte sich zum Beispiel nach dem Abendessen hin, um den Belfast Telegraph zu lesen, blätterte darin herum und sagte: »Ich les gerade, die Celtics sind hinter einem neuen Stürmer her. Vielleicht ist das genau der Junge, den sie brauchen. Was meinst du, Marty? Wird er ein paar Bälle ins Netz kriegen?«

Aber ich knurrte nur und sagte nichts.

Als er einmal sonntags zu seinem gewohnten Spaziergang aufbrechen wollte, blieb er an der Haustüre noch mal stehen und wandte sich an mich.

»Heute ist ein sehr schöner Tag«, sagte er und deutete auf den wolkenlosen Himmel. »Warum gehst du nicht mit? Die frische Luft wird dir guttun.«

Ich sah den bittenden Ausdruck in seinen Augen.

»Ich muß lernen.«

»Man kann auch zuviel lernen, Marty. Ein kleiner Spaziergang würde dir bestimmt nicht schaden.«

»Ich kann nicht«, antwortete ich standhaft.

Isaac zuckte nur die Schultern und klopfte auf seine Tasche, vergewisserte sich, daß er seine Woodbines dabeihatte.

»Es ist noch gar nicht lange her, da warst du ganz versessen auf einen Spaziergang mit deinem alten Dad«, sagte er traurig und schloß die Tür hinter sich.

Isaac rauchte zuviel und hustete deshalb seit einiger Zeit. Ich hörte, wie Sarah mit ihm in der Küche darüber stritt. Sie sagte: »Meine Güte, Isaac. Wirst du denn nie die Zigaretten aufgeben? Deine Lunge ist bestimmt schon ganz schwarz.«

»Still jetzt, Frau, und betüttel mich nicht so«, antwortete Isaac.

Eines Morgens, nachdem er zur Arbeit gegangen war, entdeckte ich ein paar Tropfen Blut auf dem weißen Rand der Waschschüssel. Ekel überkam mich. Isaac entwickelte sich zu einem richtigen Schwein. Er konnte sich nicht mal mehr rasieren, ohne sich dabei zu schneiden.

Jedes Jahr hatten wir eine Schulmission. Ein fremder Priester kam zu uns und sprach eine Woche lang mit uns über Gott und die Sünde und was einen zu einem guten katholischen jungen Mann machte, der den gottgefälligen Männern aus dem Orden der Christlichen Brüder zur Ehre gereichte, die sich mit vereinten Kräften um unsere Erziehung bemühten. Nach dem ersten Jahr, als wir alle sehr beeindruckt waren, verlor die Sache den Reiz des Neuen, und wir hakten die Veranstaltung ungerührt ab.

In diesem Jahr bekamen wir aber einen ganz besonderen Priester. Vater Begley kam Ende November an unsere Schule und schlug ein wie ein Blitz. Dieser Priester war jung und hatte einen Bürstenhaarschnitt, der damals sehr modern war. Er trug einen gutgeschnittenen, schwarzen Anzug und glänzende Schuhe und setzte sich in unserem Klassenzimmer äußerst lässig auf die Tischkante, was keiner unserer Lehrer bisher je gemacht hatte.

»Ihr seht aus wie ein Haufen Banditen«, sagte er zur Begrüßung, und in der hinteren Reihe kicherte jemand. »Ich nehme an, hier gibt es sicher welche, die rauchen oder trinken. Stimmt's?«

Er sah uns an, und einige Jungen wichen seinem Blick aus.

»Und einige von euch rennen abends bestimmt den Mädels hinterher, anstatt eure Hausaufgaben zu machen, was?«

Verlegenes Schweigen entstand, und Danny Morgan und Fergus Brennan grinsten wie die Affen.

Vater Begley beugte sich vor. »Mich könnt ihr nicht reinlegen. Ich weiß, was ihr treibt. Schließlich habe ich das auch gemacht, als ich so alt war wie ihr.«

Und jetzt grinste er selbst. Wir starrten ihn an. So einem Priester waren wir noch nie begegnet. Mit seinem kurzen Haar und dem schicken Anzug hätte er wunderbar zu den Teddy Boys in Freddie Fusco's Fish and Chips gepaßt.

»Ich nehme mal an, daß ihr auf Swing und Rock 'n' Roll steht. Du da.« Er deutete auf mich. »Wie heißt du?«

»Martin McBride, Vater.«

»Wer ist dein Lieblingssänger?«

»Elvis, Vater. Und Buddy Holly.«

»Ja, der arme Buddy. Der ist viel zu jung gestorben. Wenn er noch lebte, wäre er besser als die ganzen anderen. Sogar besser als Elvis. Wie viele Jungen in dieser Klasse haben schon mal was getrunken?«

Keiner meldete sich.

»Wollt ihr, daß ich euch das abnehme?« sagte Vater Begley mißbilligend und mit gespielter Verzweiflung. »Die meisten von euch sind vierzehn, und keiner hat bisher was getrunken?«

Wieder wurde gekichert, und Danny Morgan hob zögernd die Hand.

»Bitte, Vater. Wir hatten einmal abends zu Hause eine Party, und jemand hat eine halbe Flasche Stout stehengelassen, und ich habe sie ausgetrunken.«

»Warst du betrunken?«

»Nein, Vater.«

»Um so besser, sonst hätte dir dein Dad den Arsch versohlt.«

Die ganze Klasse lachte.

»Also, Jungs, das ist alles ganz normal. Keiner erwartet von euch, daß ihr die reinsten Heiligen seid. Ihr seid in einem schwierigen Alter. Ihr verspürt seltsame Begierden und wollt experimentieren und alles selbst herausfinden. Ihr wollt nicht nur von diesen Sachen lesen oder sie im Film sehen. Ihr wollt sie selbst machen. Stimmt's, Jungs?«

»Ja, Vater.«

»Niemand ist perfekt. Einige der größten Heiligen waren auch die größten Sünder. Sie taten schreckliche Dinge. Aber schließlich kehrten sie zu Gott zurück, und er vergab ihnen. Denkt nur an den heiligen Paulus, er hat die ersten Christen *verfolgt*. Er hielt es zunächst für seine Lebensaufgabe, die Lehren Christi auszumerzen.

Oder nehmen wir den heiligen Augustinus. Er war ein furchtbarer Sünder. Alles, was man kaum auszusprechen wagt, hat der heilige Augustinus gemacht. Er betete einmal zu Gott, er möge ihn rein werden lassen, aber noch nicht gleich. Er wollte ein gutes, sauberes Christenleben führen, aber auch gleichzeitig nicht die Sünden des Fleisches und des Teufels aufgeben, versteht ihr. Und das ist vollkommen verständlich. Diese Sünden sind sehr angenehm, deshalb begehen die Menschen sie auch. Weil sie Spaß machen. Denkt mal darüber nach. Es macht viel mehr Spaß, Sünden zu begehen, als ein anständiges Leben zu führen.

Die Leute machen sich lustig über einen Jungen, der sich um ein anständiges Leben bemüht. Der versucht, Gottes Gebote zu befolgen und seinen Eltern zu gehorchen und rein zu bleiben. Aber ich will euch mal was sagen, es braucht viel mehr Mut, die Gebote Gottes zu befolgen, als gegen sie zu verstoßen. Jeder Idiot kann sündigen, aber man muß ein mutiger Junge sein, um das Gesicht wegdrehen und nein sagen zu können.«

So ging das eine geschlagene Woche lang, jeden Tag eine Stunde vor dem Nachmittagsunterricht. Vater Begley kam herein, setzte sich auf die Tischkante und erzählte uns Witze, oder er redete mit uns über Rock 'n' Roll, als wäre er einer von uns.

Nie zuvor hatten wir einen Priester so reden hören. Er kam nie auf den Glauben oder die Messe auf dem Felsen oder die Penal Days oder die ganze Verfolgung zu sprechen, die wir wegen unserer Religion jahrhundertelang erlitten hatten. Er erwähnte auch nicht die Hölle oder die Verdammnis oder das Schmoren im Fegefeuer bis in alle Ewigkeit. Satt dessen sprach er von Mitleid und den Armen und den Benachteiligten. Er sprach von Christi Opfer am Kreuz und seiner großen Liebe zu uns allen. Er sagte, es käme darauf an, ernsthaft zu versuchen, ein christliches Leben zu führen. Jeder strauchelte mal. Es ging darum, wieder auf die Füße zu kommen.

Am Ende der Woche hatte er alle außer den schlimmsten Zynikern unter uns für sich gewonnen. Danny Morgan sagte: »Ich glaube, das ist alles nur vorgetäuscht. Er versucht bloß, an unsere gute Seite zu appellieren. Der ist auch nicht besser als die anderen, nur viel raffinierter.«

Aber Fergus Brennan widersprach ihm: »Was sabbelst du da rum, Morgan? Gute Seite? Da kann er bei dir aber lange suchen, weil ganz klar ist, daß du keine hast.«

Alle lachten.

Am Freitag gingen wir mit Vater Begley in Bruder Comfords Büro zur Beichte. Ich wartete mit den anderen Jungen, bis ich an der Reihe war. Vater Begley saß hinter dem Schreibtisch und hatte seine rote Stola umgelegt. Ich wollte mich hinknien, aber er winkte ab und wollte, daß ich mich setzte.

»Gibt es etwas, das dich quält, Martin?«

Ich haspelte die Routinesünden herunter und beichtete dann die Selbstbefleckung.

Er hörte verständnisvoll zu und sagte: »Ein Junge, der diese Sünde nicht beichtet, ist einer, der nicht die Wahrheit sagt.«

»Ich kann nichts machen, Vater. Immer wieder habe ich diese Gedanken. Ist das eine schlimme Sünde, Vater?«

Jetzt kam der erhobene Zeigefinger.

»So was wie eine gute Sünde gibt es nicht. Wie oft machst du das?«

»Das kommt darauf an, Vater. Manchmal jede Nacht.«

»Hast du schon einmal eine Unreinheit mit einer anderen Person begangen?«

»Einmal, Vater. Aber das habe ich schon gebeichtet. Das meiste spielt sich nur in meinem Kopf ab.«

Er nickte.

»Unreinheit ist eine sehr egoistische Sünde. Du könntest dadurch ein Mädchen schwängern, ihr Leben und dein eigenes Leben ruinieren. Ein unschuldiges kleines

Kind in die Welt setzen. Außerdem ist es auch eine Gewohnheitssünde, und man kann mit allen Gewohnheiten brechen, wenn man es nur versucht. Erinnerst du dich, daß ich gesagt habe, es ist viel angenehmer zu sündigen und viel schwerer, anständig zu sein?«

»Ja, Vater.«

»Du kannst etwas dagegen unternehmen. Vermeide Gelegenheiten zur Sünde; die Orte und die Gefährten, die dich zur Sünde verleiten. Gib sie auf. Warum wählst du nicht zur Abwechslung mal den steinigen Weg?«

»Das werde ich, Vater.«

»Dadurch unterscheiden sich am Ende Männer von Jungen. Gib dir Mühe, Martin. Du schaffst es, wenn du dich anstrengst. Gott will, daß du gut bist. Er möchte dich im Himmelreich sehen. Aber er hat dir den freien Willen gegeben, so daß du selbst zwischen Gut und Böse wählen kannst. Wähle das Gute. Das ist viel gescheiter.«

»Ja, Vater.«

»Und bete. Beten ist ein großer Trost, wenn du in Versuchung gerätst.«

»Das werde ich, Vater.«

»Ist da noch etwas, was du mir sagen willst?«

Ich zögerte einen Augenblick, überlegte, ob ich mich von dem schrecklichen Geheimnis befreien sollte, das ich mit mir herumtrug. Ob ich ihm erzählen sollte, daß ich ein Adoptivkind war und wie sehr ich das Sarah und Isaac übelnahm. Aber mit dem Moment des Zögerns war die Chance vertan. Ich merkte, daß er mich ansah, und schüttelte den Kopf.

»Nein, Vater.«

»In Ordnung, Martin. Jetzt kannst du dich hinknien, und ich erteile dir die Absolution.«

An diesem Sonntag ging ich mit Isaac zur Messe. Nachdem ich die Kommunion empfangen hatte, vergrub ich den Kopf in den Händen und betete intensiv. Ich bat Gott, mich stark zu machen, damit ich gut sein konnte. Ich war tief beeindruckt von Vater Begley und fest entschlossen, seinem Rat zu folgen und die Gelegenheiten zur Sünde zu meiden, zu beten und einen neuen Weg zu gehen.

Nach der Kirche fragte ich Isaac, ob wir Tante Minnie besuchen würden, aber er verneinte, meinte, er fühle sich nicht besonders, also gingen wir direkt nach Hause und aßen zu Mittag. Danach saß er eine Zeitlang am Fenster, blätterte ohne großes Interesse in der Sonntagszeitung herum. Ich fand, er sah niedergeschlagen aus, nicht so munter wie gewohnt, deshalb fragte ich, ob er Lust zu einem Spaziergang hätte.

»Junge, Junge«, sagte er und versuchte ein Lächeln. »Ich kenn dich gar nicht wieder, Marty.« Aber er nahm seine Jacke von der Stuhllehne, und wir gingen hinüber zur Ziegelei und schauten eine Weile beim Fußballspiel zu, dann kehrten wir nach Hause zurück.

Ich hielt mich streng an meine guten Vorsätze. Jeden Abend vor dem Schlafengehen kniete ich mich neben mein Bett und sagte meine Gebete. Dasselbe tat ich morgens, nach dem Aufstehen. Wenn mir ein schlechter Gedanke kam, verjagte ich ihn mit einem Kopfschütteln. Wenn ein Junge auf dem Schulhof eine unanständige Geschichte anfing, drehte ich mich um und ging weg. Jeden Samstagnachmittag ging ich zur Beichte und jeden Sonntagmorgen zur Kommunion.

Ich überlegte nun immer erst, bevor ich etwas sagte oder tat, aus Angst, daß ich jemand beleidigen oder verletzen könnte. Ich mied Klatsch und Tratsch. Meine Hausaufgaben erledigte ich gewissenhaft, hörte in der Schule aufmerksam zu und strengte mich besonders an, freundlich zu sein, vor allem zu Sarah und Isaac, die ich in letzter Zeit so oft verletzt hatte. Das bemerkten sie wohl auch, denn Sarah sagte mal zu mir: »Du hast dich seit einiger Zeit ziemlich verändert, Martin. Es ist noch gar nicht lang her, da haben wir kaum ein höfliches Wort aus dir rausgebracht.«

Aber dafür mußte ich auch teuer bezahlen. Meine Klassenkameraden machten sich lustig über mich. Wenn ich auftauchte, tuschelten sie und sahen mich an, als würde ich komisch ausschauen. Ich beobachtete, wie die Jungen sich gegenseitig anstießen und hämisch grinsten. Das tat mir weh. Ich mußte mir immer wieder Vater Begleys Worte vor Augen halten: Dadurch unterscheiden sich Männer von Jungen.

Vor allem unterließ ich die Sünde der Selbstbefleckung. Ich mied sämtliche Gelegenheiten zu sündigen; Zeitschriften, Filme, schlechte Gesellschaft und sogar Reklameplakate. Wenn ich Werbung für Damenwäsche sah, schaute ich weg. Wenn ich auf der Straße einem hübschen Mädchen begegnete, ging ich in eine andere Richtung. Mir war vorher gar nicht bewußt gewesen, wie schwierig das war, denn die Versuchung schien überall zu lauern, selbst an den unschuldigsten Orten.

An einem Samstagnachmittag entschloß ich mich zu einem Besuch im Ulster-Museum in Stranmillis. Seit der Grundschulzeit war ich nicht mehr dort gewesen. Im Museum wurden hauptsächlich alte landwirtschaftliche Geräte und die Geschichte der Leinenindustrie gezeigt, aber in einem Raum entdeckte ich eine Gemäldeausstellung, und einige der Gemälde waren Aktbilder. Sie zogen meine Blicke instinktiv an, und mein Herz schlug heftig. Sofort kehrte ich um und verließ den Raum, aber die Erinnerung an diese Bilder holte mich nachts im Bett ein, und ich mußte die Augen zukneifen und intensiv beten, bis sie wieder verschwanden.

Ich hatte mir ein Exemplar vom *Leben der Heiligen* besorgt und las es von vorn bis hinten. Dabei entdeckte ich, daß die Heiligen aus allen Gesellschaftsschichten stammten. Manche waren Aristokraten gewesen, die ihre weltlichen Güter aufgegeben hatten, um Christus nachzufolgen, andere waren Bauern gewesen. Einige waren Märtyrer, die für ihren Glauben einen schrecklichen Tod gestorben waren, andere hatten sich in Lepra-Kolonien oder mit den Armen abgeplagt. Die Lektüre inspirierte mich, und ich beschloß, diesen Heiligen auf meine bescheidene Art nachzueifern.

Durch das Buch konnte ich schließlich auch etwas mit dem Gedanken der Buße anfangen, ich kasteite meinen Körper für die Sünden, zu denen er mich verführt hatte, und als Wiedergutmachung an Gott für das Unrecht, das ich ihm angetan hatte. Ich fastete, ließ das Frühstück ausfallen und verzichtete manchmal sogar auf das Mittagessen. Ich fügte mir selbst Schmerz zu, bohrte zum Beispiel die Fingernägel in mein Fleisch, bis es blutete, oder gönnte mir so lange keinen Schlaf, bis meine Augen vor Erschöpfung zufielen. Ich beschloß, noch mehr zu beten. Ich begann mit einem Rosenkranz-Gesätz am Morgen und einem am Abend, dann folgten zwei, und bald war ich bei vollen fünf Rosenkranz-Gesätzen angelangt. Ich betete auch tagsüber, beim Angelus-Läuten um neun und um sechs Uhr.

Ich fing an, mir Aufgaben zu stellen: zu drei Menschen am Tag freundlich zu sein, etwas vom Taschengeld an Wohltätigkeitsvereine oder Bettler auf der Straße zu geben, Sarah kleine lästige Hausarbeiten abzunehmen, möglichst nicht auf die Spalten im Bürgersteig zu treten.

Ohne daß ich mir dessen bewußt war, entwickelte ich allmählich eine Obsession. Die ganze Welt war für mich nur noch Quelle des Bösen und der Versuchung. Egal, wohin ich blickte, überall lauerte das Böse. Alles war verdorben, alles versuchte mich nach unten zu ziehen. Sogar während der Sonntagsmesse wollten sich schlechte Gedanken in meinen Kopf einschleichen. Wenn ich der Sünde wirklich erfolgreich aus dem Weg gehen wollte, mußte ich mich von den anderen Menschen isolieren. Ich kam auf die Idee, Priester zu werden und mein Leben irgendeiner fernen Mission zu widmen, wo ich den Kranken und Sterbenden dienen könnte.

Ich betete immer mehr, manchmal stand ich bereits um halb sieben auf, und kniete mich vors Bett. Wenn es den Heiligen gelungen war, warum sollte es mir nicht auch gelingen? Inzwischen hatte ich einen nervösen Tick, weil ich immer die schlechten Gedanken aus dem Kopf zu schütteln versuchte. Eines Tages stand ich während des Unterrichts auf und teilte Gorilla McGrath mit, daß ich meine Hausaufgaben nicht gemacht hatte. Wie alle anderen auch schaute er mich sehr erstaunt an.

»Wieso erzählst du mir das? Ich habe dich doch gar nicht danach gefragt.«

»Weil ich wollte, daß Sie es erfahren. Ich wollte nicht, daß Sie denken, ich hätte meine Hausaufgaben gemacht, wenn das nicht zutrifft. Man hätte mein Schweigen als Lüge auslegen können.«

Gorilla rieb sich das Kinn und sah mich prüfend an.

»Warum hast du sie denn nicht gemacht?«

»Weil ich zu beschäftigt war.«

»Und womit, bitte?«

»Mit beten.«

Ich hörte, wie die ganze Klasse den Atem anhielt.

»In Ordnung«, sagte Gorilla. »Jetzt hast du es mir ja gesagt. Setz dich wieder.«

Ich war inzwischen der festen Überzeugung, daß ich ständig im Zustand der Sünde lebte und meine ewige Seele verdammt war, egal, was ich tat. Wenn ich morgens aufwachte, fühlte ich als erstes eine schreckliche Last von Schuld und Hoffnungslosigkeit. Manchmal hatte ich keine Kraft mehr, weiterzumachen. Ich blieb einfach völlig erschöpft im Bett liegen, als hätte ich die ganze Nacht kein Auge zugetan.

Zusätzlich entwickelte ich auch noch einen Sauberkeitswahn. Sobald ich etwas berührte, hatte ich das Gefühl, mich mit Bakterien infiziert zu haben. Wenn ich mir nicht die Hände wusch, würde ich diese Bakterien an jemand anderen weitergeben, und der könnte dann krank werden oder sterben. Ich wäre dafür verantwortlich, und das wäre auch wieder eine Sünde. Ich wusch mich ständig, manchmal zwanzigmal am Tag, hatte aber nie das Gefühl, wirklich sauber zu sein.

Immer öfter ging ich zur Beichte. Wenn ich auf eine Spalte im Fußweg getreten war, glaubte ich, ich hätte gesündigt, weil ich Gott mein Wort gegeben hatte, nicht auf die Spalten zu treten. Eines Sonntagmorgens ging ich zu Vater Gabriel, und er hörte sich geduldig an, was wie das Gefasel eines Verrückten klingen mußte.

Er erteilte mir die Absolution, aber kaum war ich aus

dem Beichtstuhl heraus, als mir der Gedanke kam, er hätte mich gar nicht richtig verstanden und ich hätte eine schlechte Beichte abgelegt und so eine weitere Sünde begangen. Also stellte ich mich wieder ans Ende der Schlange und wartete, bis ich an der Reihe war.

»Vergib mir, Vater. Es ist zehn Minuten her, daß ich zum letzten Mal gebeichtet habe.«

Vater Gabriel hörte mir still zu, während ich ihm zu erklären versuchte, was mich so plagte.

»Du bist doch der Junge, der vor ein paar Minuten schon einmal bei mir war?«

In der Enge des Beichtstuhls roch ich seinen unangenehmen Mundgeruch.

»Ja, Vater.«

»Mein Sohn, du hast eine einwandfreie Beichte abgelegt. Du mußt aufhören, dich selbst zu quälen. Diese Dinge, die du für Sünden hältst, sind gar keine Sünden.«

»Aber Sie verstehen mich nicht, Vater.«

Vater Gabriel holte tief Luft.

»Mein Sohn, ich bin jetzt seit vierzig Jahren Priester. Ich habe in dieser Zeit Tausende von Beichten gehört. Du kannst mir glauben, daß ich dich sehr wohl verstehe. Sprich ein Vaterunser und ein Ave-Maria und bete für mich.«

»Ja, Vater.«

Doch damit gab ich mich nicht zufrieden. Ich fühlte mich noch immer im Zustand der Sünde, selbst nach zwei Beichten. Ich wollte, daß mir jemand sagte, ich hätte gefehlt und sei ein unwürdiger Sünder. Ich wollte, daß man streng mit mir sprach und mir eine schwere Buße auferlegte. Also machte ich mich auf den Weg zur Sacred-Heart-Kirche hinter der Ziegelei.

Vater McEvoy hatte Beichtdienst, und ich war noch nie zuvor bei ihm zum Beichten gewesen. Ich betrat den Beichtstuhl und wartete, bis das Gitter zur Seite geschoben wurde. Dann beichtete ich meine Sünden, berichtete ihm von den beiden vorhergegangenen Beichten und erklärte ihm, daß mich Vater Gabriel nicht verstanden hätte.

Er hatte einen seltsamen ländlichen Akzent, sprach lange mit mir und versuchte, meine Ängste zu zerstreuen; zur Buße erlegte er mir drei Vaterunser und drei Ave-Maria auf. Ich verließ den Beichtstuhl und fühlte mich endlich gereinigt, mir war vergeben worden, und meine Seele war rein. Aber als ich am nächsten Morgen aufwachte, lag wieder diese schreckliche Last der Schuld auf meiner Brust wie ein schweres Gewicht, und mittags fühlte ich mich bereits wieder sündig.

Mein Zustand verschlimmerte sich stetig. Ich trieb mich selbst ruhelos an und hatte nie Frieden. Der nervöse Tick hatte sich inzwischen so verselbständigt, daß ich dauernd den Kopf schüttelte. Meine Freunde ließen mich einer nach dem anderen im Stich. Alle außer dem treuen Aly, der mich nach wie vor regelmäßig besuchte, bis ich es ihm eines Tages verbot. Das war der Preis, den ich aufbringen mußte, wenn ich ein gutes Leben führen wollte, und ich brachte es Gott als Opfer dar.

Isaacs Husten war immer schlimmer geworden, so daß er Brustkrämpfe bekam und große schwarze Schleimklumpen erbrach. Er lief immer mit einem Taschentuch vor dem Mund herum, hörte aber trotz Sarahs Drohungen und Ermahnungen nicht auf zu rauchen. Ich war so damit beschäftigt, ein gutes Leben zu führen und das Böse zu meiden, daß mir Isaacs Zustand völlig entgangen war, aber ihm war meine Situation nicht verborgen geblieben.

»Marty, was ist los mit dir? Ich glaube, es geht dir nicht gut.«

Es war Samstagnachmittag, und wir hatten gerade zu Mittag gegessen. Sarah war in der Küche beim Abwaschen, aber ich merkte, daß sie ihre Arbeit immer wieder unterbrach, um uns zuzuhören.

»Mir geht es gut.«

»Das stimmt nicht. Du schläfst nicht richtig. Ich höre dich oft mitten in der Nacht im Haus rumlaufen.«

Ihn anzulügen, das wäre eine Sünde gewesen, also sagte ich nichts.

»Außerdem ist mir noch etwas aufgefallen. Du triffst dich überhaupt nicht mehr mit deinen Freunden. Du sperrst dich immer in deinem Zimmer ein. Du benimmst dich irgendwie komisch.«

Er blickte mir ins Gesicht, und plötzlich fiel mir auf, wie alt und abgespannt er aussah.

»Das ist nur, weil ich versuche gut zu sein, Dad, und das ist sehr schwer.«

»Vielleicht versuchst du es zu sehr.«

»Das kann man gar nicht. Man muß es immer versuchen. Das Böse lauert überall und wartet darauf, uns zu Fall zu bringen.«

Er sah mich eigenartig an.

»Tu mir bitte einen Gefallen«, bat er. »Du weißt, ich verlange nicht viel von dir.«

»Was denn?«

»Komm mit mir und sprich mal mit Vater Denis.«

Es war ein grauer Tag. Am Himmel hingen schwere Regenwolken, und der Gipfel des Divis Mountain schaute grünbraun durch den Nebel auf Crow's Glen hinunter. Isaac und ich gingen die menschenleere Straße entlang, ohne viel zu reden; Sarah war aus diplomatischen Gründen zu Hause geblieben.

Vater Denis lebte zusammen mit den anderen Priestern seines Ordens in dem großen Kloster neben der Kirche. Es waren ungefähr zwanzig Priester, und sie nannten sich die Passionist Fathers. Sie trugen schwarze Soutanen, die wie lange Röcke um ihre Knöchel schlabberten, und auf der Brust hatten sie ein Bild des Herz Jesu mit einem Kreuz darüber.

Das Kloster lag nicht direkt an der Straße und war hinter Bäumen versteckt. Vor dem Gebäude befand sich eine runde Rasenfläche, und Stufen führten zur Eingangstür hinauf. Isaac drückte auf die Klingel und sah sich um. Ich merkte, daß er sich nicht wohl fühlte. Er holte sein Päckchen Woodbines heraus und nahm eine Zigarette, überlegte es sich anders und steckte die Schachtel wieder weg. Nach einiger Zeit öffnete ein älterer Bruder in Sandalen die Tür.

»Wir möchten zu Vater Denis«, erklärte Isaac.

»Erwartet er euch?«

»Ja.«

»Kommt herein und wartet im Sprechzimmer.«

Ich war noch nie in dem Kloster gewesen. Es roch nach Bohnerwachs und Schimmel. An den Wänden hingen Porträts von Pfarrern und Heiligen und ein Bild von Jesus, unter dem ein rotes Licht brannte, genau wie bei Sarah. Der Bruder führte uns in einen Raum mit einem großen Tisch und vielen Stühlen, wo wir uns setzten und warteten.

»Hast du mit Vater Denis gesprochen?« fragte ich schließlich.

Isaac ließ den Kopf hängen.

»Ja.«

»Über mich?«

»Ja.«

»Und warum?«

»Weil ich mir Sorgen mache.«

Ich wußte nicht, was ich sagen sollte. Einerseits war ich verärgert, daß Isaac das ohne meine Zustimmung getan hatte. Andererseits war ich aber auch glücklich darüber. Er zog sein Taschentuch heraus und hustete lange hinein. Dann wischte er sich den Mund ab, faltete das Taschentuch wieder ordentlich zusammen und steckte es in die Tasche.

»Die olle Brust«, sagte er entschuldigend. »Sie plagt mich mal wieder.«

Ich sah ihn an, und er zuckte die Achseln.

»Reg dich nicht auf, Marty. Manchmal ist es eine große Hilfe, wenn man mit jemand reden kann.«

Die Tür ging auf, und Vater Denis kam herein. Er war ein schmächtiger Mann mit rotblondem Haar und kleinen, hellen Vogelaugen. Um seine Soutane hatte er einen Gürtel gebunden, in dem an der Seite ein Kruzifix steckte. Er sah erst Isaac und dann mich an.

»Bist du Martin?« fragte er mit sanfter Stimme.

»Ja.«

»Es freut mich, dich kennenzulernen.«

Isaac stand auf und tappte unbeholfen zur Tür.

»Ich glaube, ich warte draußen und lasse euch erst mal allein.«

»Wie Sie wollen, Mr. McBride.«

Als er gegangen war, begann Vater Denis: »Dein Vater hat mir erzählt, daß du gerade ein paar Probleme hast.«

Ich fing an zu erklären.

»Ich versuche gut zu sein, Vater, aber wohin ich auch schaue, überall sind Sünde und Versuchungen. Es ist sehr schwer.«

»Dein Vater hat mir erzählt, daß du um Mitternacht aufstehst, um zu beten.«

»Aber Gott erwartet doch von uns, daß wir beten.«

»Er erwartet auch von uns, daß wir schlafen. Du lernst für deine Prüfungen. Wann finden sie statt?«

»Im Juni.«

»Du solltest mehr schlafen. Du brauchst Ruhe.«

»Ich bete wegen der ganzen Sünden, die ich begangen habe. Um Gottes Vergebung zu erbitten.«

»Welche Sünden hast du denn begangen?«

»Die Sünde der Selbstbefleckung.«

»Aber du hast sie doch gebeichtet?«

»Ja.«

»Dann sind sie dir auch vergeben.«

»Aber ich will sie nicht wieder begehen. Ich will ein gutes Leben führen, so wie es Gott gefällt.«

Vater Denis lächelte.

»Martin, Gott erwartet von den Menschen nichts Unmögliches. Er möchte nur, daß sie ihr Bestes tun.«

»Ich tue mein Bestes, Vater.«

»Welche Sünden begehst du noch?«

Ich erzählte ihm davon, daß ich auf die Spalten im Fußweg trat, daß ich ständig meine Hände wusch und von den unreinen Gedanken, die mir in den Kopf kamen, wohin ich auch ging. Ich berichtete ihm von dem ständigen Kampf, den ich von morgens bis abends führte, um in einer Welt, die durch und durch schlecht war, gut bleiben zu können.

Als ich fertig war, dachte Vater Denis erst einmal eine Weile nach. Dann fragte er mich: »Wie alt bist du jetzt?«

»Vierzehn.«

»Da bist du gerade mitten in einer schwierigen Phase deines Lebens. Hast du ältere Brüder?«

»Nein, Vater. Ich bin ein Einzelkind.«

»Ich glaube, du bist ein sehr guter Junge. Vermutlich ist Gott sehr stolz auf dich. Aber ich denke auch, daß du jetzt genug gelitten hast und daß Gott das bestimmt nicht wollte. Hast du schon einmal von Skrupeln gehört? Hat einer deiner Lehrer darüber mit euch geredet?«

»Nein, Vater.«

»Ich glaube, du leidest an Skrupeln. Das kommt bei Jungen in deinem Alter manchmal vor. Es kommt bei Jungen vor, die zu gut zu sein versuchen. Sie bemühen sich zu sehr, mehr als Gott will.«

»Aber man muß sich doch bemühen, Vater.«

»Natürlich muß man sich bemühen. Aber schau dir doch einmal an, was du für Sünden hältst – auf Spalten zu treten, ständig deine Hände zu waschen. Gott hat nie gesagt, daß das Sünden sind. Und was die unreinen Gedanken betrifft: Jeder Junge hat unreine Gedanken.

Es gibt unterschiedlich schwere Sünden, verstehst du, Martin? Manche Sünden sind viel schlimmer als andere. Eine Notlüge zum Beispiel ist nicht so schlimm wie ein Mord. Wenn man hin und wieder seine Gebete versäumt, ist das nicht so schlimm, wie wenn man seiner Mutter und seinem Vater große Sorgen macht.«

»Glauben Sie denn, daß ich ihnen Sorgen mache?«

»Ich fürchte ja. Sie sind ganz krank vor Sorge. Sie sind außer sich vor Sorge um dich.«

Ich senkte den Kopf.

»Das tut mir leid, Vater. Ich wollte ihnen nicht weh tun.«

»Bestimmt nicht. Das machst du ja nicht mit Absicht. Aber ihr Schmerz ist trotzdem echt.«

»Was soll ich denn tun?«

»Ich finde, du solltest dich fragen, was am wenigsten Kummer verursacht. Wenn diese nächtliche Beterei deine Eltern so aufregt, solltest du vielleicht einfach damit aufhören. Wenn es dich krank macht, daß du versuchst, gut zu sein, dann solltest du es vielleicht nicht so sehr versuchen. Du mußt dich fragen, was Gott von dir will. Glaubst du, Er möchte, daß du krank wirst?«

»Nein.«

»Und ich glaube das auch nicht. Gott ist ein liebender Gott. Er will nicht, daß du jeden Morgen so aufwachst, wie du es jetzt tust. Er weiß, daß du einen guten, harten Kampf geführt hast. Ich glaube, Gott möchte, daß du dich jetzt etwas bremst und dich auf das Lernen konzentrierst. Er hätte es bestimmt gerne, wenn du dein Examen bestehen und damit deine Eltern glücklich machen würdest.«

»Ja, Vater.«

»Ich glaube, Er möchte auch, daß du dich mit deinen Freunden triffst und dich hin und wieder vergnügst. Du mußt aufhören, dich selbst so zu quälen. Immer nur über Sünden nachzudenken, das ist nicht sehr gesund, das kannst du mir glauben. Anstatt die Welt immer nur als Ort der Sünde zu betrachten, solltest du auch all das Schöne sehen und beachten, das dich umgibt. Das hat Gott ebenfalls geschaffen, und Er hat es zu unserem Vergnügen geschaffen.«

»Ich weiß.«

»Und warum willst du es dann nicht genießen?«

»Ich werde es versuchen.«

»Denke nicht mehr dauernd an die Sünde. Dafür bist du zu jung. Du weißt noch gar nicht genau, was Sünde ist. Bete einfach morgens nach dem Aufstehen und abends, bevor du zu Bett gehst. Das ist mehr als genug. Wenn einige Leute, die ich kenne, auch so viel beten würden, wäre ich hoch erfreut.«

Er lächelte wieder, und ich merkte, daß ich auch lächelte.

»Geh einmal in der Woche zur Beichte. Das reicht. Was immer du getan hast, es kann eine Woche warten. In unserem Leben steht jeder in der Pflicht eines anderen. Du stehst in der Pflicht deiner Eltern. Überlege erst, bevor du etwas tust. Frage dich, ob du ihnen damit weh tun könntest. Hast du mich verstanden?«

»Ja, Vater.«

»Du kannst jederzeit kommen und mit mir sprechen. Du mußt nur läuten und nach mir fragen. Ich bin immer da. Und die Messe morgen werde ich für dich lesen.«

»Danke, Vater.«

»Jetzt knie dich hin, damit wir gemeinsam ein kleines Gebet sagen können.«

Das Gespräch mit Vater Denis war ein Wendepunkt. Aber es war nicht so einfach, monatealte Gewohnheiten abzulegen. Das war beinahe genauso schwer, wie gut zu sein. Jetzt mußte ich mir extra Mühe geben, auf Spalten zu treten und nicht jedesmal zum Waschbecken zu stürzen, wenn ich etwas angefaßt hatte. Und ich wurde weiterhin von schlechten Gedanken bestürmt, sogar mehr denn je, als hätte der Teufel seine Angriffe verdoppelt.

Ich mußte lernen, sie über mich ergehen zu lassen, wobei ich jedesmal voller Angst darauf wartete, daß mich Gott vernichtete.

Jeden Sonntag ging ich nach dem Mittagessen zu Vater Denis ins Kloster. Wir unterhielten uns ein wenig, dann kontrollierte er meine Fortschritte, nahm mir die Beichte ab und erteilte mir die Absolution. Nach jedem dieser Besuche fühlte ich mich ein bißchen leichter.

An einem Samstagnachmittag holte ich Aly ab und wir gingen zusammen ins Forum-Kino und hinterher zu Freddie Fuscoe's Chip-Shop. Ich war seit fast einem Jahr nicht mehr dort gewesen. Wir aßen Chips und tranken Coca-Cola und hörten Rock 'n' Roll aus der Jukebox. Es war wie früher.

Fergus Brennan kam auf dem Schulhof zu mir und sagte: »Verdammt, McBride, ich hab mir schon Sorgen um dich gemacht. Ich dachte, du hast 'nen Tick oder so.«

»Mir ging's nicht so gut«, antwortete ich. »Aber jetzt ist es wieder besser.«

Eines Morgens wachte ich gegen sieben auf und schaute aus meinem Schlafzimmerfenster. Die Sonne strahlte auf das Dächergewirr von Ardoyne. Ich sah bis zur Crumlin Road den Rauch, der sich aus den Schornsteinen kräuselte. Die Schwäne waren in den Teich hinter unserem Haus zurückgekehrt, und an dem Baum in Toners Hof entrollten sich die Blätter.

Ich stand am Fenster, lauschte dem Rattern aus den Fabriken und schaute den Spatzen zu, die sich unter den Giebeln zankten. Ich wußte, daß etwas anders war als sonst. Und auf einmal merkte ich, daß das schwere Gewicht nicht mehr auf meine Brust drückte und ich zum ersten Mal seit Monaten glücklich war.

Kapitel sieben

Isaac ging es immer schlechter. Morgens hörte ich ihn im Badezimmer husten. Er schien jetzt ununterbrochen Husten zu haben und hielt sich ständig das Taschentuch vor den Mund. Im Wäschekorb entdeckte ich eines seiner Taschentücher, das voller Blutflecken war.

»Laß dich doch mal untersuchen, Isaac. Mach das, um Himmels willen, bevor es zu spät ist«, schimpfte Sarah mit ihm.

»Och, Sarah, hör doch endlich damit auf. Das ist nur ein kleiner Husten, weiter nichts. Der wird von allein besser.«

»Es ist deine Lunge, und es wird überhaupt nicht besser, wenn du nicht zum Doktor gehst. Das kommt alles von den verflixten Zigaretten. Die bringen dich noch um.«

Isaac schien zu schrumpfen. Mein Vater, der früher so kräftig gewirkt hatte, war jetzt nur noch ein Gerippe. Seine Muskeln waren verschwunden und seine Brust eingefallen, seine Hände sahen wie Klauen aus. Sein Gesicht war bleich, und die Haut spannte über seinen Wangenknochen.

Eines Morgens konnte er zum ersten Mal nicht mehr aufstehen und zur Arbeit gehen. Ich hörte, daß er im Bett bellte und hustete und Sarah zwischen Schlafzimmer und

Badezimmer hin- und herrannte und Wasser ins Waschbecken laufen ließ. Dann kam sie zu mir und sah sehr besorgt aus.

»Deinem Dad geht's nicht gut. Du mußt zu Toners gehen und Doktor Caldwell anrufen.«

Ich zog mich an und ging ins Nachbarhaus, fragte Lizzie Toner, ob ich bei ihr telefonieren dürfte.

»Der arme Isaac«, sagte sie. »Ich dachte mir schon, daß es ihm ziemlich schlechtgeht.«

Doktor Caldwell kam kurz nach elf Uhr. Er legte seinen Mantel ab und ging zu Isaac hinauf. Einige Zeit später kam er wieder herunter und machte ein ernstes Gesicht.

»Wir müssen ihn ins Krankenhaus bringen, Mrs. McBride. Wie lange geht das denn schon so?«

Sarah rang die Hände und knüllte ihre Schürze zusammen.

»Seit Monaten, Herr Doktor.«

»Ihr Mann ist sehr krank. Wieso hat er sich nicht untersuchen lassen?«

»Er wollte nicht.«

Doktor Caldwell ließ seine Tasche zuschnappen und zog den Mantel wieder an.

»Aber er wird doch wieder gesund?« fragte Sarah.

Mit bangem Herzen wartete ich auf die Antwort.

»Ich weiß es nicht, Mrs. McBride. Er muß zu einem Spezialisten. Je eher wir ihn ins Krankenhaus bringen, desto besser.«

Gegen Mittag wurde Isaac mit dem Krankenwagen abgeholt. Er war aufgestanden und hatte sich rasiert und seinen Sonntagsanzug angezogen. Sarah hatte eine Tasche mit Pyjama, Handtuch, Seife und einigen Büchern für ihn gepackt. Ich half ihm den Weg entlang, und als wir den wartenden Krankenwagen erreichten, umklammerte er mein Handgelenk und zog mich an sich. Ich roch den Zigarettenrauch in seinen Kleidern. Isaac senkte die Stimme und flüsterte: »Du mußt dich um deine Mutter kümmern, Marty. Sie macht sich immer so schnell Sorgen.«

Wie ein kranker, alter Mann stieg er in den Krankenwagen. Sarah setzte sich neben ihn, und ich sah dem Wagen nach. Als ich mich umdrehte und ins Haus zurückgehen wollte, sah ich, daß sich ein paar Nachbarn eingefunden hatten. Maggie McAllister nahm mich am Arm.

»Er wird schon wieder gesund«, tröstete sie mich. »Gott ist gut. Sie bringen ihn nur hin, damit sie ein paar Untersuchungen machen können. Du wirst dich wundern, wie schnell er wieder zu Hause ist. Sag deiner Mutter, daß sie zu mir kommen soll, wenn sie irgendwas braucht.«

Ich ging in das leere Haus zurück. Sarah hatte das Radio in der Küche angelassen, und ich schaltete es aus. Plötzlich war es ganz still in den Räumen, die immer so voller Leben gewesen waren. Ich holte meine Tasche und machte mich auf den Weg zur Schule.

Als ich nach Hause kam, saßen Sarah und Tante Minnie McCrory vor dem Kamin und tranken Tee. An ihren geröteten Augen konnte ich sehen, daß sie beide geweint hatten.

»Wie geht es ihm?« fragte ich.

»Er ist im Sanatorium.«

»Haben sie dir gesagt, was ihm fehlt?«

»Sie glauben, er hat TBC.«

»Ist das schlimm?«

Die beiden Frauen sahen sich kurz an.

»Es könnte schlimm sein. Der dumme alte Kerl wollte ja nicht auf mich hören. Er hätte sich schon längst untersuchen lassen müssen.«

Sarah und ich besuchten ihn am Wochenende. Er lag im Musgrave Park Hospital, und wir mußten zwei Busse nehmen; einen bis in die Stadtmitte und einen zweiten, der auf der anderen Seite wieder aus der Stadt hinausfuhr. Sarah packte Obst und Schokolade in eine braune Papiertüte.

Als wir uns am Empfang meldeten, ließ uns die Schwester erst einmal warten. Sie griff zum Telefon, rief irgendwo an, und kurz darauf kam ein junger Arzt auf uns zu. Sein Gesicht war schmal und ernst. Er führte uns in ein Zimmer und stellte sich vor.

»Ich habe schlechte Nachrichten, Mrs. McBride. Ihr Mann hat Tuberkulose.«

Sarahs Hände zitterten, und sie biß sich auf die Lippen.

»Aber er wird doch wieder gesund?«

»Das kann man jetzt noch nicht sagen, aber die Krankheit ist äußerst ansteckend, deshalb kann ich Ihnen leider nicht erlauben, ihn auf der Station zu besuchen.«

»Heißt das, wir können ihn nicht sehen?«

»Nicht auf der Station, Mrs. McBride. Wir können aber sein Bett ans Fenster rollen, und Sie können von draußen mit ihm sprechen.«

Sarah stand auf, und ich sah, daß sie größte Mühe hatte, sich zu beherrschen.

»Ich habe ihm ein paar Kleinigkeiten mitgebracht. Darf ich sie ihm geben?«

Sie hielt ihm die Papiertüte mit dem Obst und der Schokolade hin, und der Arzt warf einen Blick hinein.

»Das ist in Ordnung, Mrs. McBride.«

»Wohin müssen wir gehen?«

»Wenn Sie mir bitte folgen wollen.«

Er führte uns durch das Hauptgebäude des Krankenhauses. Ich sah die verschiedenen Stationen, die langen Reihen von Betten und weißen Laken, Leute, die im Bett saßen oder miteinander plauderten, Schwestern in gestärkten Uniformen, die die Gänge auf und ab liefen. Als wir eine Station nach der anderen hinter uns ließen, fragte ich mich allmählich, wann wohl Isaacs Station kam, und plötzlich merkte ich, daß ich schreckliche Sehnsucht nach ihm hatte.

Der Doktor öffnete eine Tür, und wir traten nach draußen in den Park des Krankenhauses. Dort standen Reihen von Wellblechhütten, deren geschwungene Dächer in der Nachmittagssonne glänzten.

»Mr. McBride ist auf der Isolierstation«, erklärte uns der Arzt. »Nummer neun.«

Wir gingen hinter ihm her, bis wir zum Fenster einer Hütte kamen, an dem er uns allein ließ. Dahinter standen wieder Betten. Ich schaute zu Sarah. Man konnte sich hier nirgends setzen, also mußten wir auf dem Kiesweg stehen bleiben und warten, bis eine Schwester kam und das Fenster öffnete. Ich sah zwei Pfleger, die ein Bett vor sich her schoben, und plötzlich war Isaac da, auf Kissen gestützt, und er sah sehr müde aus. Er trug einen grauen Morgenmantel vom Krankenhaus und hatte Bartstoppeln am Kinn.

Sarah wußte zunächst gar nicht, was sie sagen sollte.

»Kümmern sie sich hier auch gut um dich, Isaac?« fragte sie.

Er nickte.

»Haben sie dir gesagt, wie lange du bleiben mußt?«

»Nein, noch nicht.«

»Und was machst du den ganzen Tag?«

»Och, morgens werden wir mit einer Tasse Tee geweckt, und dann gibt's Frühstück. Dann machen sie den ganzen Vormittag irgendwelche Untersuchungen mit mir, und dann ist auch schon wieder Zeit zum Mittagessen.«

Seine Brust verkrampfte sich, er hustete in das Taschentuch und wischte sich den Mund ab.

»Haben sie dir nichts gegen den Husten gegeben, Isaac?«

»Doch, Sarah, sie haben mir Tabletten gegeben. Aber die scheinen nicht besonders gut zu sein.«

Sarah schüttelte den Kopf.

»Wenn du doch nur zum Doktor gegangen wärst, als ich es dir gesagt habe, Isaac.«

Er versuchte zu lächeln.

»Jetzt hör dir das an, Marty. Immer muß sie schimpfen. So wie die sich hier um mich kümmern, bin ich garantiert kerngesund, wenn sie mich rauslassen.«

Wir unterhielten uns etwa zehn Minuten, bis die Schwester kam und sagte, sie müsse Mr. McBride jetzt wieder zurückbringen. Sarah gab ihm die braune Papiertüte und winkte zum Abschied, und die Schwester schloß das Fenster und zog die Vorhänge zu.

Auf dem Weg zum Bus in die Stadt war sie den Tränen nahe. Ich legte meinen Arm um sie.

»Er wird wieder gesund«, tröstete ich sie.

Sie sah mich an.

»Ach, Marty. Auf der Isolierstation. Das ist ein schrecklich einsamer Ort. Ich kann den Gedanken kaum ertragen, daß er da ist, ganz allein.«

Sarah wollte etwas für Isaac backen, und jeden Nachmittag, wenn ich aus der Schule kam, duftete das Haus warm nach gedünsteten Äpfeln. Sie buk Obsttorten und Kuchen und Scones und einen Hefekuchen mit Korinthen. Tante Minnie McCrory brachte zwei Flaschen Limonade von Ross und ein zerfleddertes Westernheftchen mit einem Cowboy auf dem Umschlag. Am Sonntag machten wir uns wieder auf den Weg, um Isaac zu besuchen.

Diesmal sah er besser aus.

»Sag mal, Marty, hast du mitgekriegt, daß die Russen irgend so ein Ding in den Weltraum schießen wollen?« fragte er mich.

Es war im Radio gemeldet worden und stand in allen Zeitungen. Alle sprachen davon.

»Ich hab's gesehen.«

»Ich frage mich, was sie wohl als nächstes machen? Weißt du was? Das ist kein gutes Zeichen. Mit den Russen kann keiner mithalten. Die sind schlauer als ein Sack voller Affen. Früher haben die alten Leute bei uns immer gesagt, wenn die Russen ihre Pferde hinter Cavehill tränken, geht die Welt bald unter.«

Er schaute Sarah an, die neben mir auf dem Kiesweg vor dem Fenster stand.

»Wie geht's dir, meine Liebe?«

»Großartig, Isaac. Und wie geht's dir?«

»Och, ganz gut.«

Er wandte sich wieder an mich, diesmal ganz aufgeregt.

»Stell dir vor, Marty. Hier bei uns ist einer aus Sandy Row, und der ist ein Fan von den Blue Noses, und ich hab viel Spaß dabei, ihn mit den Celtics aufzuziehen.«

»Bist du mit den Ergebnissen auf dem laufenden?«

»Na klar, schließlich gibt es ja das Radio, und abends wird immer die Zeitung durchgereicht.«

»Dann weißt du also, daß die Celtics letzte Woche die Hearts geschlagen haben?«

»Na klar. Zwei zu null.«

Er kicherte und rieb sich die Hände.

»Die werden Meister, Marty. Verlaß dich drauf.«

»Alle fragen nach dir, Isaac«, sagte Sarah. »Alle deine alten Kumpels. Und Vater Gabriel liest eine Messe für dich.«

»Wirklich? Na, dann muß es mir ja bald bessergehen.«

Isaac lachte, aber aus dem Lachen wurde schnell ein Husten, und das Taschentuch kam wieder zum Vorschein. Sarah und ich sahen zu, wie er um jeden Atemzug rang, hörten seine Lunge ächzen und keuchen wie eine alte Orgel.

»Was sagen denn die Ärzte, Isaac?«

»Och, du kennst doch die Ärzte, Sarah. Von denen was rauszukriegen, ist ungefähr so schwer, wie einen Zahn zu ziehen.«

»Haben sie gesagt, wie lange du noch hierbleiben mußt?«

»Sie haben gesagt, daß ich Fortschritte mache, und mit ein bißchen Glück bin ich in ein paar Wochen wieder zu Hause.«

So redeten wir noch eine Weile, dann war es Zeit zu gehen. Sarah reichte die Tasche durch das Fenster.

»Ich hab dir ein paar Kleinigkeiten gebacken, Isaac, und Minnie schickt dir zwei Flaschen Limonade.«

Er nahm die Tasche und schaute hinein.

»Och, ich vermisse deinen Kuchen, Sarah.« Dann machte er eine Pause und sagte: »Wär's vielleicht möglich, daß du mir das nächste Mal ein paar Woodbines mitbringst?«

»Woodbines?« Sarah machte ein entsetztes Gesicht. »Du darfst nicht rauchen, Isaac. Davon kommt das doch alles.«

Aber Isaac zuckte nur die Schultern.

»Hier drin rauchen alle. Ich hab den Doktor gefragt, und er hat gesagt, das wär in Ordnung.«

»Der Doktor hat gesagt, es ist in Ordnung, wenn du rauchst?«

»Wenn ich es dir doch sage.«

Sarah riß sich zusammen. Sie wirkte nicht sehr erfreut.

»Na ja«, meinte sie dann. »Wenn es der Doktor sagt.«

Auf der Heimfahrt im Bus war sie sehr still. Sie saß nur da und schaute auf die großen Häuser und den vorbeirollenden Verkehr. Als wir am Rathaus ausstiegen, fragte ich sie, was los sei.

»Er darf rauchen«, seufzte sie. »Und das, obwohl er TBC hat. Wenn der Doktor erlaubt, daß Isaac raucht, muß es ihm viel schlechter gehen, als ich dachte.«

Sarah und ich mußten in die Klinik in der Durham Street und uns untersuchen lassen, weil der Doktor meinte, die TB sei so ansteckend, daß man das lieber überprüfen sollte. Wir bekamen die Ergebnisse nach einer Woche, und sie waren negativ. Wir machten weiter unsere Besuche bei Isaac und dann, an einem Sonntag im Mai, erfuhr Sarah, daß er nach Hause durfte. Im Hospital hieß es, man würde ihn mit dem Krankenwagen nach Hause bringen, aber davon wollte sie nichts hören.

»Er fährt mit dem Taxi nach Hause«, sagte sie und ging sofort über die Straße, zu John Rea.

Sie war so aufgeregt. Ich wurde zu Tante Minnie geschickt, um es ihr zu erzählen, und sollte es auch allen

Nachbarn sagen, denen ich zufällig begegnete; Sarah wirbelte währenddessen durchs Haus.

»Alles soll gut aussehen, wenn er kommt«, sagte sie und fing an zu putzen und zu wienern, obwohl das ganze Haus bereits vor Sauberkeit glänzte. Während der Arbeit schaute sie immer wieder auf die Uhr und ging um zehn vor elf nach oben, zog ihren Kamelhaarmantel an und machte sich für den Besuch im Krankenhaus zurecht. Ich mußte zu Hause bleiben und auf die McCrorys und alle anderen warten, die vielleicht zu Isaacs Empfang kommen würden.

Um fünf vor elf sah ich, daß John Rea das Haus verließ und bewundernd vor seinem Taxi stehenblieb. Dann stieg er ein, fuhr die Straße hinauf, wendete, kam wieder herunter, und um elf Uhr hupte er vor der Tür. Sarah küßte mich auf die Wange.

»Könntest du vielleicht Feuer im Kamin machen?« fragte sie. »Wärm das Haus gut für ihn durch. Schaffst du das?«

»Na klar«, sagte ich.

»Und vielleicht kannst du auch noch zu Tessie Donegan rüberlaufen und schauen, ob sie eine Karte oder irgend etwas hat, was wir auf den Kaminsims stellen können.«

Dann war sie auch schon aus der Tür und den Weg durch den Garten hinunter und stieg ins Taxi, und sie brausten davon. Jetzt war ich auch aufgeregt, obwohl ich versuchte, es nicht zu zeigen. Ich hatte Isaac vermißt, während er im Krankenhaus war. Ich machte Feuer, wie Sarah mich gebeten hatte, dann ging ich durch die Herbert Street zu Tessie Donegans Zeitungskiosk in der Crumlin Road, um eine Begrüßungskarte für Isaac zu besorgen. Viel Auswahl gab es nicht, weil auf allen Karten

Häuschen mit Kletterrosen an der Tür oder Katzen vor einem Fenster abgebildet waren, und auf der Innenseite standen immer die gleichen dumme Sprüche. Ich suchte eine Karte aus, von der ich dachte, sie könnte ihm gefallen.

»Wer kommt denn nach Hause?« fragte Tessie Donegan, als sie die Karte in eine Papiertüte steckte.

»Mein Daddy«, antwortete ich.

»Wo war er denn?«

»Er war im Krankenhaus.«

»Und was hat ihm gefehlt?«

»Er hat TB«, sagte ich.

Tessie Donegans Gesichtsausdruck veränderte sich.

»Ach, das tut mir aber schrecklich leid. Dein Daddy ist was Besonderes. Du solltest stolz auf ihn sein. Aber wenn er nach Hause darf, ist bestimmt wieder alles in Ordnung.«

Und sie gab mir die Karte und wollte kein Geld dafür nehmen, weil die McBrides immer gute Kunden gewesen seien und nichts dabei wäre, wenn sie mir eine kleine Karte für Isaac schenkte, der ein anständiger Mann war und auf der Straße nie ohne zu grüßen an einem vorbeiging.

Als ich nach Hause kam, wartete Tante Minnie schon mit Onkel Paddy vor der Tür. Sie hatte einen Kuchen mitgebracht, und Onkel Paddy hatte eine braune Tüte dabei, die klapperte, als wären Flaschen drin.

»Das sind nur ein Dutzend Stouts und eine Flasche Sherry für die Damen. Der arme alte Isaac hat in den letzten zwei Monaten bestimmt nicht mal an einem Stout gerochen, Gott helfe ihm. Das baut ihn jedenfalls auf.«

Wir gingen ins Haus, und Onkel Paddy stellte die Flaschen in die Küche. Tante Minnie füllte den Wasserkessel und deckte den Tisch. Es klopfte an der Tür, und als ich öffnete, stand Maggie McAllister mit einer Platte belegter Brote vor mir.

»Ich dachte mir, ich helf deiner armen Mutter ein bißchen«, sagte sie. »Sie hat bestimmt alle Hände voll zu tun, wenn dein Daddy heimkommt.«

»Komm rein, Maggie«, sagte Tante Minnie. »Trink doch einen Schluck Tee. Isaac muß jeden Moment kommen. Mit dem Taxi, wenn ich mich nicht irre. Sarah ist zu John Rea gegangen und hat sein Taxi gemietet.«

Maggie McAllister kam herein und nach ihr Willie Toner mit Lizzie und Chucky Clark und noch ein paar von Isaacs alten Kumpels aus unserer Straße. Als wir John Reas Taxi kommen hörten, war das Haus voll und alle Stühle waren besetzt, man bekam nur noch einen Stehplatz.

Ich sah, wie er aus dem Taxi stieg und den Weg zum Haus heraufkam. Obwohl es angenehm mild war, hatte ihm Sarah einen Überzieher mitgebracht, in dem er zu ertrinken schien. Er wirkte so winzig, wie er da unsicher an Sarahs Arm ging, hinter ihm John Rea, der ihn ebenfalls stützte. Als Isaac zur Tür hereinkam, standen alle auf, und Onkel Paddy fing an zu singen: »For He's a Jolly Good Fellow«, und dann stimmten alle ein. Isaac stand mit offenem Mund da und schaute von einem zum anderen.

»Komm her, Isaac, setz dich ans Feuer«, sagte jemand. »Nach der langen Zeit im Krankenhaus brauchst du sicher ein bißchen Wärme.« Der große Lehnstuhl wurde vor den Kamin geschoben, und man half Isaac hinein.

»Junge, Junge«, sagte Isaac. »Was macht ihr denn alle hier?«

»Wir feiern ein Willkommensfest für dich, Isaac.«

»Ein Fest?«

»Wir haben dich alle vermißt, Isaac«, sagte Maggie McAllister. »Ohne dich fehlt hier einfach was.«

Sie reichte die Platte mit den belegten Broten herum, und Tante Minnie schnitt den Kuchen an, und Onkel Paddy verteilte die Stout-Flaschen und schenkte den Frauen Sherry ein. Lizzie Toner fand, Isaac hätte noch nie besser ausgesehen, was wohl von der vielen frischen Luft da oben im Musgrave Park Hospital kommen mußte, und fragte, ob es jemand stören würde, wenn sie eine Prise Schnupftabak nahm, weil sie Sherry nicht vertrug. Jemand schenkte Isaac ein Stout ein, und er leckte sich die Lippen und schnupperte, als wäre es ein Glas guten Weins.

»Junge, Junge«, sagte er immer wieder. »Junge, Junge.«

John Rea bat Onkel Paddy, noch was zu singen; der räusperte sich, warf sich in die Brust und sang: »Oh, Let me Like a Soldier Fall.«

Alle klatschten, und Willie Toner fragte, was denn mit ihnen los sei und ob sie kein richtiges Widerstandslied singen könnten? Chucky Clark wollte ein paar Strophen von »Johnson's Motor Car« zum besten geben, aber er hatte das Lied schon lange nicht mehr gesungen und wenn ihm die Worte nicht einfallen würden, müßten ihm die anderen aushelfen. Sarah runzelte mißbilligend die Stirn, sagte aber nichts. Chucky Clark sang das Lied zu Ende und trank seine Flasche Stout aus, und Willie Toner meinte, daß solche Lieder gar nicht mehr geschrieben würden, diese guten irischen Lieder, auf die man stolz sein konnte, und Onkel Paddy gab ihm noch eine Flasche Stout, und irgendeiner bat Isaac um ein Lied.

»Och nein«, entgegnete der. »Das kann ich bestimmt nicht.«

»Ach, komm schon, Isaac«, beharrten sie, und ich merkte, daß er überredet werden wollte.

»Na gut«, gab er schließlich nach. Er wischte sich den Schaum vom Mund und begann mit brüchiger Stimme zu singen:

When first to this country, a stranger I came,
I placed my affection on a maid that was young.
She being young and tender, her waist small
and slender,
Kind nature had formed her, for my overthrow.

Alle schwiegen, und Isaac wandte sich zu Sarah, die in der Nähe der Küchentür saß, und prostete ihr zu.

On the Banks of the Bann, where I first beheld her,
She looked like fair Juno or a Grecian queen.
Her eyes shone like diamonds, her hair softly twining,
Her cheeks were like roses or blood drops in snow.

Alle klatschten, und John Rea fand, daß Isaac eine sehr schöne Tenorstimme hätte, und Lizzie Toner meinte, daß man in der Oper viel dafür bezahlen müßte und auch nichts Besseres zu hören bekam. Ich blickte zu Sarah und sah, daß sie still in ihr Taschentuch weinte.

Wir stellten ein Bett für Isaac in das kleine Zimmer hinter der Küche, damit er nur die Treppe hinaufmußte, wenn er auf die Toilette wollte. Er verbrachte fast den ganzen Tag im Bett. Abends stand er auf, zog seinen Morgenrock an und setzte sich an den Kamin, las im Belfast Telegraph oder hörte Radio.

Einmal in der Woche kam Doktor Caldwell mit seinem Auto vorgefahren und untersuchte ihn. Wenn Isaac irgendwas brauchte, schrieb Doktor Caldwell ihm ein Rezept, das ich dann zum Apotheker brachte.

Isaac hatte gute und schlechte Tage. Die Medizin, die Doktor Caldwell ihm gab, schien seinen Husten zu bessern, und manchmal hörte ich Isaac morgens im Badezimmer vor sich hin singen.

I am the wee Faloorie Man, a rattling roaring
Irishman.
I will do whatever I can, for I am the wee
Faloorie Man.

Aber er wurde allmählich schwächer und blieb immer länger im Bett. Eines Samstags zog Sarah nach dem Frühstück ihren Mantel an. Sie verkündete, sie müsse in die Stadt, würde aber nicht lange wegbleiben. Ich mußte jetzt sehr viel für mein Examen lernen, darum holte ich, als sie gegangen war, meine Schulbücher heraus und setzte mich auf einen Stuhl am Fenster, von dem aus ich mit Isaac reden konnte. Sarah kam etwa um ein Uhr zurück und lächelte verstohlen.

»Ich hab eine Überraschung für dich, Isaac«, sagte sie.

»Eine Überraschung?«

»Etwas, was dir gefallen wird.«

»Was ist es denn, Sarah?«

»Wart's ab.«

Isaac sah mich an und verdrehte die Augen.

»Allmächtiger Gott, Marty. Ist dir schon mal eine Frau über den Weg gelaufen, die einen Mann so auf die Folter spannt, noch dazu, wo er krank im Bett liegt?«

Aber ich merkte, daß es ihm gefiel.

Um halb drei hielt ein Lieferwagen vor unserem Haus, und zwei Männer in Overalls stiegen aus und trugen Kisten zum Haus. Sarah sprang auf und öffnete ihnen die Tür.

»Mrs. McBride?«

»Ja, das bin ich.«

Ich sah, daß sich Isaac im Bett aufrichtete und die Ohren spitzte.

»Wir bringen Ihren Fernseher, Madam. Wo sollen wir ihn hinstellen?«

Sarah führte sie zu Isaacs Zimmer.

»Du liebe Güte«, rief er. »Ein Fernseher? Wozu brauchen wir einen Fernseher?«

»Der ist für dich, Isaac.«

»Aber der muß ja ein Vermögen gekostet haben.«

»Ach was«, entgegnete Sarah. »Mach dir deshalb nur keine Gedanken. Die haben mir einen guten Preis gemacht, außerdem hab ich noch Rabatt bekommen, weil ich bar bezahlt habe.«

Sie schien sehr zufrieden mit sich, während die Männer Nägel einschlugen und Steckdosen und Kabel anbrachten und dann aufs Dach stiegen, um die Antenne zu montieren. Als sie wieder herunterkamen, gingen sie in Isaacs Zimmer und drückten auf einen Knopf. Auf dem Bildschirm erschien ein Fußballspiel. Sie stellten das Bild scharf und erklärten Isaac, wie er den Fernseher an- und ausmachen, die Lautstärke regeln und den zweiten Kanal einstellen konnte.

Isaac sah Sarah an und sagte: »Och, Sarah, meine Liebe, du sollst dein Geld nicht für mich verschwenden.«

»Pst, Isaac. Das Geld ist gut angelegt«, erwiderte Sarah.

Das Fernsehen faszinierte Isaac. Den ganzen Tag saß er im Bett und schaute sich Sendungen über Natur, Geschichte oder die Nachrichten an. Wenn ich nachmittags aus der Schule kam, rief er aus seinem Zimmer: »He, Marty, kennst du das Siebte Weltwunder?« Oder: »Wußtest du, daß ein Kamel vier Wochen vollkommen ohne Futter auskommen kann, Marty? Kannst du dir das vorstellen? Vier Wochen lang nicht mal einen Grashalm. Dem armen Vieh muß ja vor lauter Hunger der Bauch an den Rippen kleben.«

Aber am besten gefielen ihm die Sportreportagen am Samstagnachmittag. Er nahm die Irish News, breitete sie nach dem Frühstück auf dem Bett aus und studierte das Fernsehprogramm. Dann schaltete er ein Fußballspiel ein und war ganz in seinem Element.

Sarah sah sich lieber Spiel-Shows an, wie zum Beispiel »Der Preis ist heiß«, bei denen Kandidaten um Möbel- oder Bargeldpreise kämpften. Für Sonntagabend kaufte sie eine Tüte Süßigkeiten, und dann setzte sie sich zu Isaac, und sie schauten sich zusammen »Lehnstuhl-Theater« an. Sie taten so, als wären sie wieder jung und säßen in der ersten Reihe im Ritz-Kino.

Eines Nachmittags sagte Isaac: »Weißt du was, Sarah? Ich hab verdammten Appetit auf ein Stout.«

Ich saß am Fenster und las. Sarah warf mir einen besorgten Blick zu.

»Ich kann Marty zum Laden schicken«, schlug sie vor. »Er soll dir ein paar Flaschen holen.«

»Och, Sarah, meine Liebe, du verstehst mich nicht. Ich will ein Pint. Stout ist bestimmt nicht dazu da, daß man es in Flaschen füllt. In den Flaschen ist lauter Gas. Davon krieg ich bloß Sodbrennen.«

Sarah machte ein ängstliches Gesicht.

»Das schaffst du nicht, Isaac. Du mußt doch im Bett bleiben.«

»Ach, schimpf doch nicht schon wieder. Das schaffe ich sehr wohl. Und ein kleiner Spaziergang tut mir bestimmt gut.«

Ich merkte, daß Sarah ratlos war, und legte mein Buch aus der Hand.

»Ich könnte ja mit ihm gehen«, schlug ich vor.

Isaac strahlte vor Freude.

»Siehst du«, sagte er. »Wenn Gott eine Tür schließt, öffnet er dafür eine andere.«

Sarah packte ihn in seinen Überzieher und wickelte ihm einen Schal um den Hals, und dann machten wir uns auf den Weg. Alle paar Meter blieb jemand stehen, um ihm zu sagen, wie frisch er aussähe und wie gut erholt. Ich spürte, daß es ihm guttat, mal wieder aus dem Haus zu kommen. Bucky Stewart fand, Isaac sähe aus, als ob er sich pudelwohl fühle, was Isaac bestätigte, und er meinte, er könne bestimmt bald wieder arbeiten, weil es einfach erstaunlich sei, was die in den Krankenhäusern heutzutage fertigbrächten.

Wir gingen durch die Herbert Street und die Hooker Street entlang. Isaac mußte immer wieder stehenbleiben und sich zum Verschnaufen an ein Fensterbrett lehnen, aber er war anscheinend fest entschlossen, es bis zu dem Pub zu schaffen. Endlich kamen wir zur Crumlin Road, und da war Logue's Pub, breit und behäbig und nicht zu übersehen an der Ecke zur Disraeli Street.

Ich war bis dahin noch nie in einem Pub gewesen. Als ich die Tür aufstieß, schlug mir ein warmer Geruch nach Bier und Zigaretten entgegen. Ich sah eine lange Theke und Tische und Stühle und ein paar Männer, die am Ende des Tresens fernsahen.

Sie drehten sich zu uns um.

»Muttergottes, schaut doch nur«, rief einer von ihnen. »Wenn das nicht Isaac McBride ist.«

Sie umringten uns und reichten uns ihre großen, schwieligen Hände. Ich half Isaac auf einen Hocker an der Theke, und er zog eine Zehnschillingnote aus der Tasche. Der Barmann stellte das Glas weg, das er gerade abtrocknete, und sagte: »Ist schön, dich zu sehen, Isaac.«

»Gib ihnen allen was zu trinken, Hughie«, sagte Isaac und schob das Geld über die Theke. Die Männer standen um uns herum und tranken ihr Bier, und Isaac hob sein Glas und sagte: »Was würdet ihr machen, wenn der Topf überkocht?«

»Ihn wieder füllen«, antwortete einer, und alle lachten. Sie fragten ihn, wie es im Krankenhaus war und ob er gesehen hätte, wie die Celtics alle niedermachten, und daß es dieses Jahr ein Kinderspiel für sie sei, Meister zu werden. Isaac trank sein Glas aus und holte noch einen Geldschein aus der Tasche.

»Noch mal das gleiche, Hughie. Und für dich, was du willst.«

Und während der Barmann die großen, schaumigen Pints zapfte, wandte sich Isaac zu mir und fragte: »Wie ist es mit dir, Marty? Willst du nicht einen Schluck mit mir trinken?«

Ich wußte nicht, was ich sagen sollte, aber bevor ich antworten konnte, sagte Isaac zum Barmann: »Gib ihm ein Glas.«

Ich trank einen Schluck Bier. Es schmeckte bitter, aber ich schluckte es runter und spürte eine wohlige Wärme im Bauch. Aus den Augenwinkeln sah ich, daß mich Isaac stolz lächelnd beobachtete.

Wir blieben eine halbe Stunde, dann mußten wir gehen. Isaacs Kumpane begleiteten uns zur Tür und verabschiedeten uns. Als wir unser Haus erreichten, blieb Isaac stehen. Er holte tief Luft, und ich hörte seine Lunge rasseln und pfeifen.

»Laß dir eins gesagt sein, Marty. Sei nie kleinlich. Kleinlichkeit ist die schlimmste aller Sünden. Egal, was sie über mich reden, keiner kann behaupten, ich sei kleinlich gewesen.«

Meine erste Prüfung hatte ich am Morgen des 10. Juni. Es war das Englischexamen, und es lief gut. Ich schrieb einen Aufsatz zum Thema »Die Jugend verschwendet ihre Zeit«, in dem ich Teddy Boys und Rock 'n' Roll verteidigte. Ich beantwortete alle Fragen schneller als nötig und hatte noch zehn Minuten Zeit, in der ich meine Arbeit auf mögliche Fehler durchlas.

Am nächsten Tag war Geschichte an der Reihe, und ich schrieb wieder eine gute Arbeit. Dann folgten kurz aufeinander Französisch, Gälisch, Mathematik, Chemie und Geographie. In diesen Prüfungen ging es mir ganz unterschiedlich, aber ich war weiterhin zuversichtlich.

Vor den beiden letzten Prüfungen, Latein und Physik, hatten wir vier Tage Pause, also vertiefte ich mich in meine Bücher und versuchte, mir so viel wie möglich einzuprägen.

Meine letzten Prüfungen fanden am 20. Juni statt, vormittags Latein und nachmittags Physik. Es war ein schöner Tag. Sarah machte mir besondere Brote mit gekochtem Schinken und Tomaten. Dazu packte sie mir noch ein paar Scones und eine Orange ein. Als ich gerade gehen wollte, rief mich Isaac zu sich ins Schlafzimmer und drückte mir die Hand.

»Viel Glück, Marty. Ich hab ja immer gewußt, daß du ein schlauer Kerl bist. Lauf los und zeig ihnen, was du draufhast.«

Die Lateinaufgabe war einfach, und ich wußte, daß ich es geschafft hatte. In der Mittagspause ging ich mit ein paar Freunden zum Fahrradschuppen, wo wir unsere Brote aßen und zum letzten Mal unsere Physikkenntnisse auffrischten. Um zwanzig nach zwei klappten wir die Bücher zu und gingen zurück in den Prüfungsraum.

Als ich die Aufgaben sah, machte mein Herz einen erleichterten Sprung. Sechs Fragen waren zu beantworten. Ich merkte sofort, daß ich fünf davon ohne Schwierigkeiten lösen konnte und auch mit der sechsten irgendwie zurechtkommen würde. Eifrig schrieb ich los. Ich schrieb, bis mir die Hand weh tat, kramte all die halbvergessenen Informationen aus dem Unterricht und den Büchern aus meinem Gedächtnis hervor. Ich zeichnete Diagramme von Pflanzen und den inneren Organen. Ich wendete die Gesetze der Schwerkraft und der Dichte an. Ich schrieb Formeln auf. Auf die große Uhr an der Wand achtete ich nicht, beantwortete einfach zügig eine Frage nach der anderen, bis ich schließlich mit den Aufgaben fertig war und den Aufseher sagen hörte, daß alle aufhören müßten zu schreiben.

Beim Verlassen des Prüfungsraumes mußte ich blinzeln, weil mich das Sonnenlicht blendete. Gorilla McGrath wartete draußen. Er sah mich und fragte, wie es mir gegangen sei.

»Ich habe alle Fragen beantwortet«, antwortete ich.

Der Gorilla legte mir seinen großen haarigen Arm um die Schultern.

»Mehr kann man nicht tun, McBride. Man kann nur sein Bestes geben.«

Ich ging die Royal Avenue hinunter und nahm den Bus nach Hause. Jetzt war ich frei, und ein langer Sommer lag vor mir. Sarah hatte versprochen, mir nach dem Examen etwas Geld zu geben, und ich beschloß, heute abend Aly McVeigh abzuholen, mit ihm ins Kino zu gehen und danach vielleicht noch zu Freddie Fuscoe's, um zu feiern.

Dr. Caldwells Auto stand vor unserem Haus, aber ich achtete nicht darauf. Beschwingt öffnete ich die Gartentür und lief zum Haus. Durch das Fenster sah ich Leute, die in der Diele herumliefen, aber ich hielt sie für Freunde von Isaac, die zu Besuch gekommen waren. Vater Gabriel öffnete mir die Tür. Tante Minnie und Onkel Paddy und einige Nachbarn standen herum. Keiner sagte etwas. Sarah saß im Lehnstuhl am Kamin und hatte den Kopf in den Händen vergraben.

Da wußte ich, daß Isaac tot war.

Kapitel acht

Isaac starb an einem Bronchialkarzinom und Lungentuberkulose. Ein Bronchialkarzinom ist Lungenkrebs, hauptsächlich ausgelöst vom Zigarettenrauchen. Also hatte Sarah recht gehabt, wenn sie sich über Isaacs Raucherei aufregte, auch wenn ihre Anstrengungen vergeblich blieben. An welcher der beiden Krankheiten er schließlich gestorben war, kann ich nicht sagen, aber beide sind tödlich.

Er muß während seiner Krankheit ziemliche Schmerzen gehabt haben, aber er hat es nie gezeigt, denn ich hörte ihn nicht einmal klagen. Er war einer der Männer, die glauben, daß Schmerz unvermeidlich ist und man ihn am besten aushält, wenn man kein Aufhebens davon macht. Vielleicht waren die Rezepte, die Doktor Caldwell ihm ausstellte und die ich gutgläubig zur Apotheke in der Crumlin Road trug, Verschreibungen für Beruhigungsmittel oder Schmerzmittel. Ich hoffe es jedenfalls und wünsche mir, daß Isaac nicht zu sehr leiden mußte.

Isaacs Totenschein ist ein kurzes, förmliches Dokument, das wenig über sein Leben aussagt. Es enthält Geburtsdatum und Geburtsort, Name und Vorname, Geschlecht, Personenstand, Alter, Rang oder Beruf und Todesursache. Als Gewährsmann ist Patrick McCrory,

Schwager, wohnhaft Chatham Street Nr. 25 in Belfast, angegeben. Isaac starb mit sechsundfünfzig. Damals dachte ich, sechsundfünfzig wäre alt. Inzwischen weiß ich, daß das überhaupt nicht alt ist. Isaac war noch relativ jung, als er starb. Manchmal frage ich mich, was wohl gewesen wäre, wenn er weiter gelebt hätte, wie wir unsere Zeit des Älterwerdens gemeinsam verbracht hätten, was er mir vielleicht noch erzählt hätte. Jetzt erst wird mir klar, daß ich ihn kaum kannte. Ich weiß nichts über seine Kindheit, nur das wenige, woran sich ein paar Leute auf meine Fragen hin erinnerten, und diese Bruchstücke hüte und bewahre ich sorgsam.

Er wurde in einem Haus mit zwei Zimmern in der Nähe der North Queen Street in Belfast geboren. Es gab kein fließendes Wasser, und die Toilette war im Hof. Sein Vater arbeitete als Fuhrmann im Hafen, und seine Mutter brachte zehn Kinder zur Welt, von denen drei in früher Kindheit starben. Er verließ die Schule mit dreizehn und hatte dann verschiedene Aushilfsjobs, bevor er durch einen glücklichen Zufall die sichere Stelle als Dienstmann im City Hospital bekam.

Wie er Sarah kennengelernt hat, weiß ich, weil sie es mir selbst erzählt hat. Er traf sie bei einer Tanzveranstaltung in der St. Mary's Hall. Er war einundzwanzig, sie war achtzehn. Ich habe Fotos von damals gesehen. Isaac war ein sportlicher Bursche, hatte das Haar zurückgekämmt, war gründlich rasiert und trug eine gepunktete Fliege. Der Schalk blitzte ihm aus den Augen, und er strotzte nur so vor Selbstbewußtsein.

Drei Jahre später heirateten sie, im Juli 1929, an Sarahs einundzwanzigstem Geburtstag. Sie zogen in Belfast von einem Untermietzimmer ins nächste, und Sarah sparte die ganze Zeit, so daß sie 1935, als Glenard gebaut wurde, das erforderliche Kapital für ein eigenes Haus hatte.

Sie wünschten sich Kinder, aber es klappte nicht, statt dessen gab es eine traurige Reihe von Fehlgeburten und Frühgeburten, ein kleines Mädchen und dann ein kleiner Junge, die beide tot geboren wurden. Sarah wurde allmählich ganz verrückt nach einem Kind. Jede verheiratete Frau, die sie kannte, hatte Kinder; ihre Nachbarinnen, ihre Freundinnen, Isaacs Schwester. Warum bekam sie keine? Sie betete zum heiligen Judas, dem Schutzpatron für hoffnungslose Fälle, besuchte Novenen, stiftete Kerzen, ließ Messen lesen.

Schließlich nahm sie ein Frauenarzt des Mater Hospital zur Seite, ein älterer Arzt, der die Entbindungsstation leitete, und sagte: »Mrs. McBride, ich muß Ihnen leider sagen, daß Sie wohl keine Kinder haben werden. Sie können zwar empfangen, aber Sie können sie nicht austragen.«

»Kann ich nicht operiert werden?« flehte Sarah. »Kann man denn wirklich gar nichts tun?«

Doch der Mann schüttelte den Kopf. Er war ein freundlicher Mensch, aber Wunder vollbringen konnte er nicht.

»Es tut mir leid, Mrs. McBride. Manchmal ist es einfach so.«

Sarah fuhr mit der Trambahn zurück nach Glenard und erzählte es Isaac, und der sagte: »Och ja, Sarah. Es gibt Schlimmeres.« Und dann richteten sie ihr Leben mit dem Stoizismus ein, der für ihre Schicht und für diese Zeit typisch war. Isaac ging jeden Tag zur Arbeit, brachte Samstagnachmittag seinen Lohn nach Hause, zog sich um und ging einen trinken. Sarah kümmerte sich ums Haus, kochte, kaufte ein, spülte und wusch und hängte die Wäsche zum Trocknen auf die Leine im Hof.

All das habe ich erst lange nach Isaacs Tod erfahren, kleinste Teile seines Lebens, die in Gesprächen anderer zufällig erwähnt wurden, oder nach denen ich mühselig suchen mußte. Ich bereue vieles, vor allem aber die Tatsache, daß ich Isaacs Geschichte nicht von ihm selbst erfahren habe.

An dem Sommernachmittag, an dem ich nach Hause kam und erfuhr, daß er gestorben war, nahm mich Vater Gabriel mit ins Schlafzimmer, wo Isaac in seinem zerknitterten Pyjama auf dem Bett lag. Wir knieten uns hin und sagten ein Gebet. Dann stand Vater Gabriel auf und bekreuzigte sich. Ich tat es ihm nach. Er legte mir die Hand auf die Schulter.

»Du mußt jetzt sehr stark sein«, sagte er. »Dein Vater ist im Himmel. Er hat eine gute Beichte abgelegt und die Letzte Ölung erhalten. Er starb im Zustand der Gnade. Jetzt sitzt er zur Rechten Gottes. Du mußt dir keine Sorgen machen.«

Ich sah ihn ratlos an.

»Hast du mich verstanden?«

»Ja, Vater.«

»Gott segne dich, mein Junge.«

Sarah wollte zunächst keine Totenwache. Sie wollte nicht, daß irgendwelche Leute durch ihr Haus trampelten und neugierig ihre Möbel begutachteten. Sie wollte still und für sich trauern. Aber Tante Minnie McCrory und Onkel Paddy überzeugten sie, daß das merkwürdig aussehen würde. Die Leute würden es ihr vielleicht übelnehmen und hinter ihrem Rücken über sie herziehen.

Also ging Onkel Paddy zu O'Kane's, dem Leichenbestatter, und bestellte einen Sarg und kümmerte sich um die Beerdigungsangelegenheiten. Er kam mit einer großen schwarzen Schleife aus Krepp zurück, die er draußen am Türklopfer befestigte. Zwei ältere Frauen, Miss Dunlop, eine ehemalige Krankenschwester, und Mrs. McAuley, eine Witwe, erhielten den Auftrag, den Leichnam zu waschen und anzukleiden. Sie kamen nach fünf Uhr und verschwanden sofort in Isaacs Schlafzimmer. Sie brachten eine Schüssel, Seife, Schere und Bandagen mit und schlossen die Tür hinter sich. Eine Stunde lang blieben sie im Zimmer, und als sie wieder herauskamen, lag Isaac, in ein braunes Leichentuch gehüllt, ausgestreckt auf seinem Bett. Sein Haar war geschnitten, und er war rasiert und seine Augenbrauen waren gezupft. In den Ohren und Nasenlöchern steckte Watte, und um seine Hände wanden sich zwei Rosenkranzschnüre. Maggie McAllister kam und brachte zwei Kerzenleuchter aus Messing mit großen weißen Kerzen, die sie um die Ecke bei Sandy Brady ausgeliehen hatte und die zu beiden Seiten neben das Bett gestellt wurden.

Tante Minnie ging zu Andy Molloys Geschäft und kaufte zwei Pfund gekochten Schinken und ein Pfund Käse in Scheiben und sechs Laib Brot und zwei Früchtekuchen und ein Pfund Butter und machte belegte Brote. Onkel Paddy nahm mich mit zu Davy Bells Getränkeladen, und wir kauften vier Dutzend Flaschen Stout, eine Flasche Bushmill's Whiskey, eine Flasche Sherry und sechs Flaschen Limonade, die wir zu Hause in die Küche stellten. Onkel Paddy lieh sich Gläser bei John Rea, wusch sie im Spülbecken und ließ sie auf dem Abtropfgestell trocknen. Dann sah er sich prüfend um und rieb sich die Hände. »Haben wir irgendwas vergessen?« fragte er.

Die ersten Gäste kamen in kleinen Grüppchen. Zu Sarah, die in einem schwarzen Kleid und schwarzer Jacke am Kamin saß, sagten sie: »Herzliches Beileid, Mrs. McBride.« Dann drückten sie Onkel Paddy und mir die Hand und gingen hinein zu Isaac, der auf seinem Bett lag. Sie knieten nieder und beteten und ließen eine Meßkarte da. Jede Karte stand für eine Messe, die für Isaacs Seelenfrieden gelesen werden würde. Dann kamen sie wieder heraus, und Onkel Paddy bot ihnen etwas zu trinken an.

Die einen nahmen Tee und ein Sandwich oder ein Stück Kuchen. Andere tranken eine Flasche Stout. Die Frauen bevorzugten Sherry, und die Kinder bekamen Limonade. Der Whiskey wurde für abends aufgehoben, wenn die trinkfesten Männer kamen und die ganze Nacht wach bleiben würden, weil Onkel Paddy es respektlos fand, den Leichnam während der Totenwache allein zu lassen.

Zuerst kamen die Nachbarn. Sie kamen aus dem ganzen Viertel, bis das Bett schließlich von Meßkarten überhäuft war. Maggie McAllister brachte meinen Freund Bobby, zwei seiner Brüder und einen großen Topf Suppe mit. Willie Toner kam mit Lizzie und den Zwillingen und Eileen. Lizzie hatte belegte Brote mitgebracht und umarmte Sarah. »Ach, Sarah, meine Liebe, er war ein guter Mann. Dir muß ja das Herz brechen.«

Sie setzte sich zu Sarah und ließ sich darüber aus, was für ein liebenswerter Mann Isaac doch gewesen sei und daß sie Zeit ihres Lebens keinem anständigeren Wesen als ihm begegnen würden, weil er sogar sein letztes Hemd hergegeben hätte, jawohl. Und sofort weinten alle Frauen und jammerten und trockneten sich die Augen mit ihren Taschentüchern.

Willie Toner öffnete eine Flasche Stout und sagte, die TB sei ein Fluch Gottes. Sie brächte viele gute Männer zu früh ins Grab, aber die Regierung unternähme nichts dagegen, weil sie sich einen Dreck um die armen Leute scherte, besonders wenn sie katholisch waren.

Harry Doherty kam in einem schönen grauen Anzug und mit weißem Hemd. Er nahm Sarahs Hand und sagte, daß es immer ein trauriger Tag sei, wenn man einen guten alten Nachbarn verlor, und wenn er irgend etwas für sie tun könnte, sollte sie es nur sagen.

Die Mooneys kamen und die McCruddens und ein Mann namens Larney Bowens, der Fahrräder reparierte und sie dann verlieh, für drei Pennys die Stunde oder sechs Pennys, wenn sie Bremsen hatten. Sogar Eddie Russell, der Lumpensammler, kam. Er ließ seinen Karren solange draußen stehen und holte sich in der Küche einen Teller Suppe. Bald war das Haus voller Leute, die die Tür versperrten, sich gegenseitig anrempelten, Stout oder Tee tranken und Tante Minnies Sandwiches verschlangen. Um sechs Uhr mußten Onkel Paddy und ich los und Nachschub holen.

Davy Bell, der Besitzer des Getränkeladens, füllte einen braunen Karton mit weiteren Stout-Flaschen und sagte zu Onkel Paddy: »Wenn Sie wollen, können Sie's anschreiben lassen. Ich weiß, wie das mit den Totenwachen ist.«

Aber Onkel Paddy schüttelte den Kopf und holte eine Fünfpfundnote aus der Tasche. »Nein, vielen Dank erst mal«, sagte er. »Aber wie's ausschaut, muß ich vielleicht noch darauf zurückkommen.«

So ging es den ganzen Tag und bis zum Abend. Um acht Uhr kam ein halbes Dutzend von Isaacs Kumpels.

Sie hatten sich alle herausgeputzt; die besten Anzüge und saubere Hemden und rot geschrubbte Gesichter und Schiebermützen bis über die Augen. Ihre Haare rochen nach Brillantine. Es waren Swally-the-Pig, Chucky Clark, Tommy McCoy, Buttsie O'Brien und die beiden McDaid-Brüder, Francie und Artie. Sie schleppten kistenweise Porter an, das von Logue's Pub für Isaacs Totenwache gestiftet worden war. Sie brachten die Träger in die Küche, gingen zurück in die Diele und nahmen ihre Mützen ab. Dann gaben sie Sarah förmlich die Hand und sagten »herzliches Beileid, Mistress«, Isaac sei ein guter Mann gewesen und eine anständige Haut und er wäre jetzt bestimmt im Himmel, ganz sicher.

Dann gingen sie zusammen ins Schlafzimmer und standen in einer Phalanx um sein Bett, und ich hörte, wie Swally-the-Pig sagte, Isaac sähe so gut wie schon lange nicht aus, und man könnte sich gar nicht vorstellen, daß mit ihm was nicht stimmt, und diese verdammte TB wäre die größte Schweinerei und zum Teufel damit. Dann kamen sie ins Wohnzimmer zurück, und Onkel Paddy schraubte die Deckel von ein paar Stout-Flaschen ab und schenkte jedem einen Schluck Bushmills ein. Dann setzten sie sich und behielten Isaac für den Rest der Nacht im Auge.

Mir reichte es. Ich zog meinen Mantel an und ging hinaus in die Nacht. Die Luft roch frisch und sauber, und es duftete nach der Nachtkerze, die Isaac im Vorgarten gepflanzt hatte. Ich holte Aly McVeigh ab, und wir machten einen Spaziergang durch die Crumlin Road bis zur Feuerwache, und er fragte mich: »Bist du gar nicht traurig, daß dein Dad tot ist?«

Eigentlich wollte ich sagen: »Aber er ist nicht mein Vater. Ich weiß nicht, wer mein Vater ist. Ich weiß auch nicht, wer meine Mutter ist. Ich bin ein Waise.«

Statt dessen sagte ich, daß ich traurig sei. »Wart's nur ab, das dauert immer ein paar Wochen und dann«, sagte er, »dann bist du erst richtig traurig.«

Als ich gegen Mitternacht nach Hause kam, waren die meisten schlafen gegangen. Isaacs Kumpel saßen im Kreis um den leeren Kamin und tranken Stout, und einer von ihnen sang:

Heart of may heart, I love that melody.
Heart of my heart, brings back a memory.
When we were kids on the corner of the street,
We were rough and ready guys, but Oh, how we
could harmonise.

Leise schloß ich die Haustür, schlich auf Zehenspitzen die Treppe hinauf und ging zu Bett, konnte aber lange nicht einschlafen.

Isaacs Bruder Freddie kam in einem schicken Anzug aus Birmingham. Ich hatte ihn noch nie gesehen. Wie Isaac war auch er klein, hatte ein riesiges Furunkel auf der Nase, und sein Atem roch nach Alkohol. Er wurde bei den McCrorys untergebracht, und Robert Emmet mußte sein Bett mit Wolfe Tone teilen, um für Freddie Platz zu machen. Er weinte hemmungslos, als er Isaac in dem Leichentuch auf dem Bett liegen sah, und sagte zu Sarah, daß sich niemand einen besseren Bruder hätte wünschen können. Dann putzte er sich die Nase mit einem großen weißen Taschentuch und verschwand in Richtung Kilpatrick's Pub am Ende der Hooker Street und kam erst wieder, als dort geschlossen wurde.

Ein Mann namens Mr. Bergin vom Ancient Order of Hibernians kam und teilte Sarah mit, daß Bruder McBride ein ordentliches Mitglied seines Ordens gewesen sei. Deshalb stünde seiner Witwe eine Sterbehilfe zur Begleichung der Beerdigungskosten zu, und er gab ihr einen Scheck über hundert Pfund. Er brachte auch einen Kranz aus Nelken in Form einer Harfe mit der Aufschrift FÜR GLAUBEN UND VATERLAND und sagte, daß er mit vollzähliger Anwesenheit der Ordensmitglieder bei der Beerdigung rechne.

Dann kam noch ein Mann namens Jackie Fulton vom Ardoyne Celtic Fan Club. Auch er brachte einen Kranz in den Farben der Celtics, grün und weiß. Er sagte, die Clubmitglieder hätten gesammelt, und gab Sarah dreißig Pfund für die Beerdigung.

Sechs von Isaacs Arbeitskollegen aus dem City Hospital und ein Vertreter der Dienstmänner-Gewerkschaft wurden vorstellig. Einer kam vom Catholic Club und wieder einer machte den ganzen Weg von Ballymena, weil er die Todesanzeige in den Irish News gelesen hatte und Isaac von der North Queen Street kannte, wo sie vor vielen Jahren zusammen aufgewachsen waren.

Sarahs Bruder, Onkel Jamesie Bradley, der Tierarzt in Toomebridge war, kam mit dem Auto. Er war ein schwergewichtiger Mann mit einem vom vielen Whiskey geröteten Gesicht und roch nach Land. An seinem Tweedanzug mit dem Taschentuch in der Brusttasche konnte jeder sehen, daß er vermutlich ein Mann mit Geld war.

Er küßte Sarah, legte eine Meßkarte ab und sprach ihr sein Beileid wegen Isaac aus, sagte aber, er könne leider nicht zur Beerdigung bleiben, weil er sich um eine Kuh kümmern müsse, die jeden Augenblick kalben könnte, und der Bauer ihn deshalb unbedingt bräuchte. Sarah nickte verständnisvoll. Onkel Jamesie stand eine Weile unbehaglich und fehl am Platz zwischen den Porter-Trinkern. Dann warf er einen Blick auf die Uhr und rief: »O Gott, ist es schon so spät?«, ging zu seinem Auto, und wir sahen ihn nie wieder.

So ging es immer weiter. Eine endlose Folge von Besuchern und Trauernden, ganze Litaneien von Rosenkränzen, unzählige Flaschen Stout und Tassen Tee und Schinkenbrote und Kuchenstücke, bis es an der Zeit war, Isaac in die Kirche zu bringen.

Vater Gabriel war mit der Beerdigung beauftragt worden. Er kam um fünf Uhr mit vier Männern von O'Kane's, die alle schwarze Anzüge, Krawatten und Leichenbestattermäntel trugen. Er legte eine Stola über seine Soutane und sagte: »Meine lieben Freunde, wir sind hier versammelt, um uns von unserem Bruder Isaac zu verabschieden, der ein aufrechter Mann war und ein frommes katholisches Leben geführt hat. Er war ein guter Ehemann und ein guter Vater und ist nun schließlich gegangen, seine ewige Belohnung zu holen. Er ist sicher in den Armen Jesu. Und nun, meine lieben Freunde, laßt uns alle niederknien und gemeinsam ein Gesätz des Rosenkranzes beten. Geheimnis des Glaubens. Der Todeskampf Christi im Weinberg.«

Wir knieten nieder, und Vater Gabriel ratterte die Vaterunser und Ave-Maria und Ehre-Sei-Dir herunter, und alle beteten laut mit.

Als er fertig war, erhob er sich und bedeutete Sarah und mir, ihm in Isaacs Zimmer zu folgen. Die Männer von

O'Kane's hatten Isaacs Leichnam in den Sarg gelegt und standen neben der Tür.

Sarah berührte Isaacs Stirn kurz mit der Hand, beugte sich dann herunter und küßte ihn auf die Wange. Seine Haut sah grau und wächsern aus wie Fischhaut. Sarah trat zurück und schluchzte ein wenig, dann war ich an der Reihe.

Ich trat an den Sarg und betrachtete Isaacs Gesicht. Es war kaum wiederzuerkennen, aber ich wußte ja, daß er es war. Ich wußte auch, was man von mir erwartete. Ich spürte die auf mich gerichteten Blicke, während die Leute von O'Kane's ungeduldig darauf warteten, ihre Arbeit erledigen zu können. Schnell beugte ich mich vor, drückte meine Lippen auf seine kalte Haut und flüsterte: »Auf Wiedersehen, Isaac.«

Die Leute von O'Kane's warteten auf ein Zeichen von Vater Gabriel. Er nahm eine kleine Flasche mit Weihwasser, besprenkelte damit den offenen Sarg und sagte: »Im Namen des Vaters und des Sohnes und des Heiligen Geistes.« Dann holten die Männer den Deckel hinter der Tür hervor und verschraubten ihn.

Danach trugen sie den Sarg durch die Diele hinaus und zur Straße, und die Frauen fingen wieder an zu weinen und zu wehklagen. Vor dem Haus wartete eine große Menschenmenge. Mr. Bergin trat vor und legte Isaacs Hibernier-Schärpe auf den Sarg, und Jackie Fulton legte seinen Celtics-Schal daneben. Dann schulterten Onkel Paddy und ich zusammen mit Swally-the-Pig und Onkel Freddie den Sarg und machten uns auf den Weg zur Kirche.

Wir begruben Isaac auf dem Milltown-Friedhof in einem neuen Grab, das Sarah mit dem Geld von der Sterbeversicherung gekauft hatte. Wieder war schönes Wetter. Und es gab einen ziemlichen Auflauf. Ich sah Vater Denis in der Menge und Gorilla McGrath und Onkel Tommy Bradley, der einen Lebensmittelladen im Osten von Belfast hatte, und viele andere Leute, die ich kannte.

Als die Gebete gesagt waren, kam einer der Totengräber und reichte mir den Spaten. Ich wußte nicht, was ich damit sollte. Ich wandte mich an Onkel Paddy, und der sagte: »Schaufle etwas Erde hinein.« Das tat ich und hörte das Gepolter, mit dem die Erde auf den hölzernen Sarg prasselte. Jetzt wußte ich, daß wir Isaac für immer begruben und daß ich ihn nie wiedersehen würde.

Eine Erinnerung schoß mir durch den Kopf, wie Isaac in mein Schlafzimmer kam, als ich noch ein kleiner Junge war, mir mit strahlendem Lächeln ein Ei im Glas brachte und sagte: »Stell dir vor, Marty, Charlie Tully hat schon wieder ein Tor geschossen.«

Ich drehte mich weg. Aber ich habe nicht geweint.

Kapitel neun

Den Sommer über arbeitete ich in Onkel Tommy Bradleys Lebensmittelgeschäft in der Newtownards Road. Der Job bestand hauptsächlich darin, Regale einzuräumen und Lebensmittel in Tüten zu füllen und sonst noch alle möglichen unangenehmen Aufgaben zu erledigen. Ich bekam drei Pfund in der Woche, zwei davon gab ich Sarah.

Jeden Morgen in diesem langen Sommer stand ich um halb sechs auf, um den Bus in die Stadt zu erreichen. Wenn ich an der Haltestelle Royal Avenue ausgestiegen war, mußte ich noch einmal eine halbe Stunde laufen, bis ich zum Geschäft kam. Es hieß »Das Lebensmittelgeschäft mit den besten Preisen« und lag genau zwischen einem großen protestantischen Gebiet und einem kleinen katholischen Viertel namens Short Strand.

An meinem ersten Arbeitstag ging Onkel Tommy mit mir ins Lager und erklärte mir die Situation.

»Unsere Kunden kommen hier von beiden Seiten. Es sind alles anständige Leute, und sie geben alle das gleiche Geld aus, und ich möchte, daß das auch so bleibt. Ich möchte nicht, daß du mit irgendwelchen religiösen Medaillen, Abzeichen oder ähnlichem Zeug zur Arbeit kommst. Und ich möchte nicht, daß du dich über Fußball oder Religion unterhältst. Ich möchte, daß du einfach höflich und nett bist. Rede übers Wetter, rede über den Verkehr. Rede über jede verdammte Sache, über die du reden willst, aber sag kein Wort über Religion oder Politik. Verstanden?«

Ich nickte.

»Ich arbeite hier seit fünfzehn Jahren, und weil ich Tommy heiße, weiß keiner, zu wem ich gehöre. Du mußt deinen Namen ändern. Martin ist zu eindeutig. Solange du hier arbeitest, heißt du Jack. Okay?«

»Okay«, antwortete ich.

»Gut, Jack. Dann räum jetzt diese Dosen in die Regale.«

Ich räumte Dosen mit Suppe und Erbsen und Spaghetti und Reisbrei und Schachteln mit Cornflakes ein. Ich sortierte Kartoffeln und Karotten aus und warf die verdorbenen weg. Ich entfernte die welken Blätter von Kohlköpfen und besprenkelte sie mit Wasser, damit sie wieder frisch aussahen. Ich putzte die Hühnerkacke von den Eiern und polierte sie, bis sie glänzten. Ich lernte, wie man Schinken und Käse schnitt und wie man Mehl auf altbackenes Brot puderte, um es ein wenig aufzupeppen. Ich lernte, wie man Obst für den Verkauf präsentierte und daß man immer die besten Früchte nach vorn legen muß. Ich lieferte alten Damen mit einem wackeligen Rad Lebensmittel nach Hause. Ich hielt Türen auf, schleppte Kisten und füllte Einkaufstaschen.

Ich war gewachsen und bereits einen Meter fünfundsiebzig groß, deshalb mußte ich alle schweren Arbeiten übernehmen. Ich zerrte Kartoffelsäcke und Mehlsäcke und Kisten mit Dosenbohnen hoch. Bei allem, was schweißtreibend oder mühsam war, rief Onkel Tommy: »Jack, du wirst gebraucht«, und dann kam ich angerannt.

Essenspausen gab es nicht. Onkel Tommy hatte im Lager einen Teekessel, und Sarah machte mir belegte Brote. Sobald nichts zu tun war, flitzte ich ins Lager, kochte mir eine Tasse Tee und verdrückte ein paar Happen Käsebrot, und dann mußte ich auch schon wieder an die Arbeit.

Außer Onkel Tommy und mir gab es noch zwei junge Verkäuferinnen: Ruby und Lily. Ruby war vierundzwanzig und fett und watschelte beim Gehen. Sie hielt alles für eine unzumutbare Belastung und seufzte immer laut und schnalzte mit der Zunge, damit wir merkten, daß sie sich ausgenützt fühlte. Sie verbrachte ihre Arbeitstage hinter der Kasse sitzend, kaute Kaugummi, feilte ihre Fingernägel und unterhielt Lily mit ihren Eroberungen vom vergangenen Tag im Plaza-Ballsaal.

Lily war siebzehn und ganz hübsch. Zur Arbeit kam sie in engem Rock und enger Bluse, die ihre Brüste hervorhob. Sie war gescheiter als Ruby, aber sehr darauf bedacht, das nicht zu zeigen. Sie hörte immer mit glänzenden Augen zu, wenn Ruby mal wieder von einem russischen Matrosen von dem großen Schiff, unten am Kai, erzählte und wie er sie mit Wodka abgefüllt hatte, bis ihr verdammter Kopf völlig fertig war, ja, so war es.

Dann sagte Lily: »Ich würde auch so gerne einen Matrosen kennenlernen. Sie müssen großartig sein in ihren wunderbaren Uniformen und allem. Hat er dir denn was Schönes geschenkt, Ruby?«

»O ja, er hat mir was sehr Schönes geschenkt, allerdings.«

Dann steckten sie die Köpfe zusammen und flüsterten und sahen beide zu mir und lachten, und Lily sagte laut genug, damit ich es hören konnte: »Ohhh, das hat er gemacht, wirklich, der gemeine Kerl?«

»Ja, ja, wenn ich es doch sage.«

»Das glaub ich dir nicht, Ruby. *Das* nicht!«

Mir brummte der Schädel, wenn ich mir vorzustellen versuchte, was er denn so Aufregendes getan haben könnte.

Weil ich der Jüngste und der Neueste war, mußte ich am meisten schuften. Ich gewöhnte mich allmählich daran, Jack genannt zu werden, aber Ruby ließ sich nicht einmal dazu herab, mich mit einer so vertraulichen Anrede anzusprechen. Sie nannte mich einfach »Du!«.

»Du! Hol mir eine Dose Bohnen.« Oder: »Du! Bring diese Lebensmittel zu Mrs. McCoubrey.« Oder: »Du! Steig mal da rauf und hol mir ein Päckchen Reis runter.« Lily fand das alles sehr lustig und saß da und grinste, wenn Ruby mich durch den Laden scheuchte, als sei ich ihr persönlicher Sklave.

Eines Tages fragte mich Lily: »Woher kommst du eigentlich?«

Sofort erinnerte ich mich an Onkel Tommys Rat, deshalb sagte ich nur »Crumlin Road«.

Lily rümpfte die Nase. Zur Crumlin Road gehörten katholische und protestantische Straßen, also war sie kein bißchen schlauer als vorher.

»Und welche Gegend?«

»Oben.«

»Oh«, sagte sie. »Was habt ihr denn da oben? Gibt es ein Kino?«

»Wir haben zwei.«

»Und welche Filme magst du?«

Damals waren Musicals sehr beliebt, deshalb antwortete ich, daß ich besonders gern Musicals sah.

»Und wer ist dein Lieblingssänger?«

»Ich mag Elvis und Buddy Holly.«

»Der ist schon tot. Ich mag Cliff Richard. Gefällt dir der auch?«

»Er ist okay.«

»Ich finde ihn fabelhaft. Was der für lange Wimpern hat.«

Ich kam immer erst nach sieben Uhr heim und war dann sehr müde von der ganzen Schlepperei. Sarah hatte ein schönes Abendessen für uns vorbereitet. Ich wusch mich, zog meine Jeans und ein T-Shirt an, und wir setzten uns an den Tisch und aßen zu Abend.

Aber das Haus war leer nach Isaacs Tod. Sein Bett stand noch immer im Zimmer neben der Küche, und Sarah hob dort auch einige seiner persönlichen Dinge auf. Manchmal ging ich hinein und nahm seinen Rasierpinsel oder sein Patronenfeuerzeug in die Hand und dachte an ihn. Ich vermißte seine Scherze und die Gespräche über Fußball. Manchmal bildete ich mir sogar ein, ihn im Badezimmer singen zu hören:

I'm the wee Faloorie Man, a rattling roaring
Irishman.

Sarah bestand darauf, daß wir nach dem Essen einen Familienrosenkranz beteten, so wie wir es immer getan hatten, deshalb kniete ich mich hin, Sarah betete vor, und ich murmelte die Antworten, aber das Ganze wirkte irgendwie sinnlos ohne Isaac, der nicht mehr seufzend herumrutschte und über den harten Boden jammerte.

Dann stand Sarah auf, schaltete den Fernseher ein und machte es sich für den Abend bequem. Sie sagte immer: »Eine Familie, die zusammen betet, bleibt auch zusammen.« Ich brachte es nicht übers Herz, ihr zu sagen, daß es nicht stimmte, wenigstens nicht in unserem Fall, wofür schließlich Isaac der beste Beweis war.

Eines Freitagnachmittags fragte mich Ruby: »Du! Hast du eine Freundin?«

»Nein, nicht direkt«, antwortete ich.

»Warum fragst du sie nicht, ob sie mit dir ausgeht?« Und sie zeigte mit dem Daumen auf Lily am anderen Ende des Ladens.

»Meinst du, sie würde mit mir gehen?«

»Du mußt sie schon fragen, um das herauszufinden.« Sie rollte mit den Augen und schob ihren Kaugummi in die andere Backe. »Ich glaube, du gefällst ihr. Sie mag nämlich Männer mit Haaren auf der Brust.«

Und sie schob ihre Hand unter mein Hemd, zog an den spärlichen dünnen Haaren um meine Brustwarze und lachte.

Bei der ersten sich bietenden Gelegenheit fragte ich Lily. Sie schürzte die Lippen, als sei ich ihr völlig gleichgültig.

»Heute abend wasch ich mir die Haare.«

»Und was ist mit morgen abend?«

»Da muß ich für unsere Sadie babysitten.«

»Ich würde auch mitkommen. Wir könnten Platten hören oder so.«

Sie überlegte einen Moment.

»Na gut«, sagte sie dann und warf den Kopf zurück. »Wir treffen uns um halb acht vor dem Pop. Aber sei pünktlich, ich warte bestimmt nicht auf dich.«

Das Pop war das Popular-Kino in der Newtownards Road. Ich brauchte lange, um mich fertig zu machen. Ich hatte inzwischen angefangen, mich zu rasieren, also seifte ich mein Gesicht mit Rasiercreme ein und entfernte sorgfältig die Stoppeln an meinem Kinn. Ich suchte meine Haut nach häßlichen Mitessern ab und drückte sie aus. Ich putzte mir die Zähne und blies den Atem auf meinen Handrücken, um sicherzugehen, daß er gut roch. Dann nahm ich etwas After-shave und klopfte es auf mein Gesicht, bis die Haut spannte. Ich betrachtete mich im Spiegel. Ich hatte dunkles Haar und braune Augen und war groß gewachsen. Weniger hätte ich Isaac oder Sarahs Bruder, Onkel Tommy, nicht ähnlich sehen können.

Plötzlich kam mir ein Gedanke, den ich schon länger nicht mehr gehabt hatte. Wer war mein richtiger Vater? Wie sah er aus? War ich ihm ähnlich? Ich schob den Gedanken beiseite. Aber später im Bus, als ich in die Stadt fuhr, tauchten die Gedanken wieder auf. Wer waren sie, meine richtigen Eltern, die Menschen, die mich auf die Welt gebracht hatten? Lebten sie noch? Wo lebten sie? Dachten sie an mich?

Lily wartete schon vor dem Kino, sie trug einen kurzen Rock, Nylonstrümpfe, eine weiße Bluse und eine Jacke und hatte eine Handtasche dabei. Und sie hatte sich die Lippen geschminkt.

»Wo wohnt denn deine Sadie?« fragte ich.

»In der Wentworth Street. Los jetzt. Wir kommen sonst zu spät.«

Wir eilten durch lange Straßen zwischen Reihenhäusern, die sich in den dunklen Schatten der Werftkräne drückten und von deren Hausgiebeln King Billy auf seinem weißen Roß herunterstarrte. KEINE KAPITULATION. Ich versuchte, einen lässigen Eindruck zu machen, als wir immer tiefer in protestantisches Gebiet eindrangen.

Jetzt, wo ich mit Lily alleine und nicht im Laden war, wußte ich kaum, was ich sagen sollte.

»Ich habe ein paar Platten mitgebracht«, sagte ich und zeigte ihr die Buddy-Holly-Alben.

»Mervyn hat jede Menge Platten. Er hat überhaupt alles. Er hat einen super Job auf der Werft. Er hat Cliff Richard.«

»Und wer ist Mervyn?«

»Er ist der Mann von Sadie.«

»Und wo wohnst du, Lily?« fragte ich.

»In der Chester Street.«

»Wo ist das?«

»Bei meiner Schwester um die Ecke.«

»Aha«, sagte ich.

Wir kamen zum Haus ihrer Schwester. Es war eines von den Häusern wie im alten Teil von Ardoyne, bevor Glenard gebaut worden war. Es hatte eine Diele und eine Spülküche, und die Toilette war im Hof. Oben waren zwei Schlafzimmer. Es gab ein Sofa und ein paar Stühle, und neben dem Kamin stand ein Kinderwagen. Im ganzen Haus roch es modrig.

Sadie und Mervyn warteten schon. Sadie war eine kleine, nervöse Blondine um die zwanzig. Sie trug einen engen Rock und einen engen Pullover. Mervyn war ein Teddy Boy mit einer langen Jacke, die ihm bis zu den Knien reichte, Röhrenhosen und kinnlangen Koteletten. Er hatte sich das Haar geölt und wie Elvis Presley nach hinten gekämmt.

»Wie geht's?« fragte er und bot mir eine Zigarette an, aber ich erklärte, daß ich nicht rauchte.

»Du mußt Jackie sein«, sagte Sadie. »Du arbeitest auch in dem Laden. Lily hat uns alles über dich erzählt.«

Sie musterte mich prüfend.

»Du scheinst ja ein richtiger Pfundskerl zu sein.«

»Los jetzt, Sadie«, sagte Mervyn. »Wir kommen noch zu spät.«

»Hört euch das an«, schimpfte Sadie. »Dem geht's doch nur darum, schnellstens zu einem Drink zu kommen.«

Mervyn knurrte.

Sadie zog ihren Mantel an.

»Wir gehen nur schnell auf einen Sprung runter zum Lion's Head. Wir bleiben nicht lang. Die kleine Roxanne ist satt und schläft tief und fest. Wenn ihr wollt, könnt ihr euch einen Tee kochen, aber macht kein dummes Zeug.«

Sie stupste Lily mit dem Ellenbogen an, und Mervyn sagte: »Um Himmels willen, Sadie, wenn du dich nicht beeilst, hat der verdammte Pub schon zu.«

Als sie gegangen waren, saßen Lily und ich eine Weile da, ohne viel zu reden. Schließlich sagte ich: »Sadie ist ein bißchen jung, um schon verheiratet zu sein.«

»Sie war vollkommen verrückt nach ihm«, antwortete Lily.

»Oh.«

»Sie sind erst seit einem Jahr verheiratet.«

»Und wie alt ist das Baby?«

»Zehn Monate.«

»Aha.«

Auf einem Regal neben dem Fenster stand ein neuer Plattenspieler, also legte ich eine meiner Buddy-Holly-Platten auf.

»Möchtest du tanzen, Lily?«

Sie zuckte die Achseln und stand auf, und ich nahm sie in den Arm. Ihr Körper fühlte sich warm und weich an.

Wir tanzten zu den Klängen von Buddy Holly, der »That'll be the Day« sang.

»Wenn du willst, kannst du mich küssen«, sagte Lily und wandte mir ihr Gesicht zu.

Ihre Lippen öffneten sich, und ich spürte, wie sich ihre Zunge in meinen Mund schob. Ich ließ meine Hände an ihrem Rücken herunterwandern, bis sie auf ihren Hüften lagen, und zog sie enger an mich. Sie wehrte sich nicht. So tanzten wir eine Zeitlang weiter. Ich roch ihr Parfüm. Ich drückte mich fester an sie, manövrierte meine Hände unter ihre Bluse und öffnete ihren BH. Ihre blassen, schimmernden Brüste fielen heraus.

Ich dachte an die vielen Nächte, in denen ich von solchen Situationen geträumt hatte, an die vielen hitzigen Gespräche mit Fergus Brennan auf dem Schulhof. Jetzt passierte es wirklich. Ich merkte, daß Lily mich zum Sofa zog, ihre Hände bearbeiteten den Reißverschluß an meiner Jeans, und ihre Finger waren in meiner Unterhose.

»Hast du einen Pariser dabei?« flüsterte sie.

»Nein.«

»Zum Glück hab ich einen.«

Geschickt streifte sie mir das Kondom über. Sie zog ihren Rock hoch, und ich konnte einen kurzen Blick auf das rosafarbene Fleisch über dem Rand ihrer Strümpfe werfen, als sie auf mich stieg. Ich dachte: Das ist eine Todsünde. Das hier erfüllt sämtliche Bedingungen: erschwerende Umstände, bei vollem Bewußtsein, aus freiem Willen. Dadurch wird meine unsterbliche Seele verdammt.

Die Platte drehte sich. Buddy Holly hickste: *»Oh, huh, huh, huh, huh. The crazy things that you say and do. Make me want to be with youuuuu.«*

Ich schloß die Augen und spürte Lilys heißen Atem an meinem Ohr, während sich ihr Hintern auf und ab bewegte und ihre Stimme klein und sanft wie eine gurrende Taube »oh, oh, oh, oh« stöhnte. Am Fenster sang Buddy Holly: *»Rave on, crazy feeling. You know it's got me reeling. I'm so glad, you're revealing your love for me.«*

Danach traf ich Lily regelmäßig, und sie brachte mir alles bei, was ich über Sex wissen mußte, Dinge, die nicht in der Enzyklopädie in der Zentralbibliothek standen, und sogar Dinge, von denen noch nicht mal Fergus Brennan gehört hatte. Wir hatten Sex in Sadies Haus, wenn wir für Sadie und Mervyn auf das Baby aufpaßten; wir hatten Sex an moderndem Ziegelwänden, in dunklen, feuchten Hofeinfahrten; und wir hatten Sex im Freien, im hohen Gras vom Belvoir Park am Flußufer des Lagan.

Hinterher ging ich jedesmal betreten zur Beichte und hörte mir eine Lektion über die Sünden des Fleisches und das Eindringen in den Körper von jungen Frauen und all das Zeug an und sagte, ich würde es nicht wieder tun. Aber jedesmal, wenn Lily ihren Kopf an meine Schultern lehnte, lösten sich meine guten Vorsätze in Luft auf.

Schließlich ging ich überhaupt nicht mehr zur Beichte.

Eines Abends sagte Lily zu mir: »Weißt du was, ich würde gern heiraten, so wie Sadie.«

Mein Herz setzte einen Schlag aus.

»Du bist viel zu jung, Lily.«

»Nein, bin ich nicht. Bei uns in der Straße gibt es ein Mädchen, die ist erst sechzehn.«

Und dann sagte sie: »Du bist ein Mickey, stimmt's?«

Ich wußte, was ein Mickey war. Das war dasselbe wie *Taig* oder *Fenian*, ein Schimpfwort für Katholiken.

»Ja«, antwortete ich.

»Ich wußte es«, sagte Lily. »Mir macht das nichts aus. Es ist sowieso der gleiche Gott. Aber ich nehme an, die Leute würden Theater machen, was meinst du?«

»Ja, das würden sie, Lily.«

»Das hab ich mir gedacht«, sagte sie.

Mein Job in Onkel Tommys Laden fand ein jähes Ende. Ruby war immer mürrischer geworden und arbeitete immer weniger, und ich fragte mich allmählich, warum Onkel Tommy sie überhaupt noch behielt. Er hatte den ganzen Tag schlechte Laune. Lily redete zwar nicht viel mit mir, aber wenn sich unsere Blicke trafen, lächelte sie vielsagend, als teilten wir ein bedeutendes Geheimnis.

Ich mußte sogar noch mehr arbeiten. Neben dem Einräumen der Regale und dem Säckeschleppen mußte ich jetzt auch noch bedienen. Ruby nahm daran Anstoß, weil sie es für peinlich hielt, daß ein Botenjunge hinter der Ladentheke stand und bediente. Das hatte zur Folge, daß sie mich nicht mal mehr mit »Du!« anredete und schließlich überhaupt nicht mehr mit mir sprach.

Die Atmosphäre im Laden war vergiftet. Ruby hockte an ihrer Kasse und starrte mich drohend an. Sie fand immer neue, erniedrigende Arbeiten für mich. Ich versuchte, mich aus der Sache herauszuhalten, aber es war unmöglich. Sie deutete auf das, was ich für sie tun sollte, und verständigte sich mit mir in Zeichensprache.

An einem heißen Augustnachmittag sagte Onkel Tommy, er wolle ins Lager runtergehen und sich einen Tee machen und ich solle an seiner Stelle ein Auge auf den Laden haben. Am Vormittag war viel los gewesen, und jetzt um die Mittagszeit kam der übliche Andrang von

Leuten, die Brötchen und Gebäck kaufen wollten. Ich stellte fest, daß ich allein im Laden war. Ich hatte keine Ahnung, wo die beiden Mädchen waren. Wenn das Geschäft ruhig lief, gingen sie manchmal vor die Hintertür, um eine Zigarette zu rauchen, denn Onkel Tommy sagte, die Inspektoren hielten nicht viel von Leuten, die in einem Lebensmittelladen rauchten, und könnten ihn dafür hart bestrafen.

Er war seit etwa zwanzig Minuten weg, als ein Laster mit einer Lieferung Waschpulver vorfuhr. Ich half dem Fahrer beim Abladen, und als er fertig war, präsentierte er mir eine Rechnung, die ich unterschreiben lassen sollte.

»Warten Sie eine Minute«, sagte ich und ging mit der Rechnung runter ins Lager zu Onkel Tommy.

Ich stieß die Tür auf und sah Ruby auf einem Stapel Kisten, sie hatte die Beine um Onkel Tommys Taille geschlungen, und ihre weiße Unterhose hing um ihre Knöchel. Sie sah mich und kreischte. Onkel Tommy drehte sich um, und sein Gesicht wurde ganz rot. Ich hörte, wie er »verdammte Scheiße« knurrte, während er versuchte, seine Hose hochzuziehen. Ich schloß die Tür und lief schnell zurück in den Laden. Ein einziger Gedanke erfüllte meinen Kopf. »Gibt es denn auf der ganzen Welt keinen, der nicht irgendwen bumst?«

Am nächsten Morgen kam ich wie gewohnt zur Arbeit. Onkel Tommy wollte etwas mit mir besprechen. Weder er noch ich erwähnten den vorhergegangenen Tag. Er ging mit mir ganz hinten in den Laden und sagte, Ruby würde allen erzählen, ich sei ein Katholik aus Ardoyne, und daß ich ja seine Ansicht zu diesem Thema kenne. Er könne es sich nicht leisten, Anstoß zu erregen, weshalb er sich leider gezwungen sehe, mich zu entlassen. Er gab mir einen vollen Wochenlohn, obwohl ich in dieser Woche erst zwei Tage gearbeitet hatte, und als ich ging, ließ er Sarah viele Grüße ausrichten.

Lily habe ich nie wieder gesehen.

In den letzten paar Wochen der Schulferien trieb ich mich viel mit Kevin Trainor und Aly McVeigh herum. Nachdem ich mit Lily die Früchte des Fleisches gekostet hatte und sowieso als Sünder verdammt war, wollte ich mehr davon. Abends gingen wir, geschniegelt und gestriegelt, in unseren Jeans und Sportjacken bei den Sportplätzen in Ballysillan auf die Jagd nach protestantischen Mädchen. Irgendwie bildeten wir uns ein, daß protestantische Mädchen zwangloser mit Sex umgingen, weil sie nichts beichten mußten. Aber falls das stimmte, ließen sie uns jedenfalls nicht daran teilhaben.

In der letzten Augustwoche trafen die Examensergebnisse in einem amtlichen, braunen Umschlag ein. Sarah gab ihn mir ungeöffnet. Sie wußte bereits, was in dem Kouvert war, denn er trug links unten in der Ecke das Wappen des Kultusministeriums. Ich setzte mich an den Frühstückstisch und riß nervös den Umschlag auf.

Die Ergebnisse waren besser, als ich erwartet hatte. Ich hatte dreimal sehr gut, in Englisch, Latein und Geschichte, und einmal gut in Physik. Der Rest waren Dreier und Vierer. Chemie hatte ich nicht bestanden, aber das spielte keine Rolle. Das Ergebnis bedeutete, daß mein Stipendium für St. Mary's um zwei Jahre verlängert wurde, dann konnte ich das Abitur machen und hoffentlich einen anständigen Job bekommen.

Ich gab Sarah den Brief und sah, wie sich ein Lächeln über ihr Gesicht breitete.

»Das hast du gut gemacht«, sagte sie. »Dein Vater wäre stolz auf dich, Gott sei ihm gnädig.«

Sie öffnete ihren Geldbeutel und drückte mir eine Fünfpfundnote in die Hand. Ich gab sie ihr sofort zurück.

»Das kann ich nicht annehmen. Du brauchst das Geld für den Haushalt.«

Aber sie drängte es mir auf.

»Es ist von Isaac. Er hat es mir gegeben, bevor er starb. Er sagte, du sollst dir zur Belohnung was kaufen. Er wußte, du würdest es schaffen. Er hatte immer großes Vertrauen in dich, Martin.«

Auf einmal hatte ich einen Kloß im Hals. Ihre Worte erinnerten mich an eine andere Sache, die mich den ganzen Sommer über geplagt hatte.

»Können wir es uns überhaupt leisten, daß ich noch zwei Jahre zur Schule gehe? Du hast doch nur die Witwenrente.«

Sarah machte ts-ts-ts. »Red kein dummes Zeug. Wir haben genug. Andere haben viel weniger. Lauf los, und verschwende das Geld nicht für irgendeinen Blödsinn.«

Im September ging ich wieder in die Schule. Wir mußten uns für einen Zweig entscheiden, Naturwissenschaften oder Sprachen, weil wir uns jetzt auf eine Gruppe von Kernfächern für das Abitur konzentrieren würden. Ich wählte Sprachen, was bedeutete, daß ich Unterricht in Englisch, Mathematik, Französisch, Geschichte und Latein hatte.

Wir bekamen lauter neue Lehrer, und das Schulregiment änderte sich, weil wir inzwischen älter waren und für reifer gehalten wurden. Alles war entspannter. Wir durften anziehen, was wir wollten, nur Jeans waren verboten.

Eines Abends, als wir vor Freddie Fuscoes Laden rumhingen, fragte mich Kevin Trainor: »Was soll die ganze Lernerei überhaupt?«

Kevin hatte gerade mit der Schule aufgehört, arbeitete in einem Pub unten in Smithfield und machte eine Lehre als Barmann.

»Damit ich einen guten Job kriege.«

»Was für einen denn?«

»Weiß ich nicht genau. Vielleicht werde ich Reporter oder so was.«

»Da hast du keine Chance«, sagte Kevin. »Die Jobs sind alle vergeben.«

»Vielleicht werde ich ja auch Beamter.«

»Das kannst du vergessen. Die haben alle guten Jobs für sich reserviert.«

»Wenn ich erst mein Abitur habe, können sie mich nicht aufhalten.«

Kevin lächelte mitleidig.

»Denen fällt schon etwas ein. Wart's nur ab.«

Ich arbeitete hart für die Schule, weil ich Sarah und Isaac nicht enttäuschen wollte. An den langen Winterabenden verzog ich mich mit meinen Büchern in mein Zimmer, während Sarah sich unten ihre Spiel-Shows und Soapoperas anschaute.

Seit Isaacs Tod war das Fernsehen für Sarah sehr wichtig geworden. Sie war nie viel ausgegangen, aber nun lebte sie wie eine Einsiedlerin. Sie ging fast gar nicht mehr aus dem Haus, außer zur Messe und zum Einkaufen. Regelmäßig schaute sie die Fernsehprogramme in der Zeitung durch und kreuzte die Shows an, die sie sehen wollte. Sobald die Programme begannen, lief der Fernseher, bis sie zu Bett ging.

Bruder O'Callaghan war unser Klassenlehrer, an den wir uns auch wenden sollten, wenn wir irgendwelche Probleme hatten. Außerdem unterrichtete er uns in Englisch. Er war etwa fünfzig, ein kleiner, energischer Mann mit schütterem blonden Haar. Er kam aus Lahinch im County Clare und war versessen auf irische Musik. Oft brachte er seine Ziehharmonika mit und sagte: »Nur ein paar Töne aus der Kiste, Jungens, das bringt uns auf Trab.« Und dann spielte er einige muntere Reels oder eine langsame Melodie und wippte mit den Füßen im Takt.

Eines Tages sagte er: »Kann einer aus der Klasse vielleicht ein Lied singen?«

Wir starrten ihn an, als wäre er verrückt geworden. So was hatten wir noch nie erlebt. Aber er ließ nicht locker.

»Los doch, Jungs. Belfast ist voll von Liedern. Was ist zum Beispiel mit den ganzen Liedern, die die Frauen in den Fabriken gesungen haben? Was ist mit `98 und Henry Joy?«

Fergus Brennan gab mir einen Rippenstoß.

»Bitte, Sir, McBride kann singen.«

»Das stimmt nicht, Sir.«

»Du kannst es bestimmt, McBride. Komm her.«

Ich mußte mich vor die Klasse stellen.

»Also, mein Junge. Sing.«

Ich warf Fergus Brennan einen wütenden Blick zu, aber er grinste nur. Ich holte tief Luft und fing an:

I am the wee Faloorie man, a rattling roaring
Irishman …

Bruder O'Callaghan hörte mit verschränkten Armen zu, bis ich fertig war. Dann applaudierte er, und die Klasse machte es ihm zögernd nach.

»Das ist ein schönes Lied, McBride. Wer hat es dir beigebracht?«

»Mein Vater, Sir.«

»Aha, dein Vater. Und er hat es wahrscheinlich von seinem Vater gelernt. Das nennen wir Tradition. So konnten die Lieder überleben. Sie werden von einem zum anderen weitergegeben. Jungen, schämt euch nie für die Tradition. Haltet sie am Leben. Reicht sie weiter. Sorgt dafür, daß die Musik nicht stirbt.«

Er wandte sich zu mir und sagte: »Heute keine Hausaufgaben, McBride.«

Draußen auf dem Schulhof gab mir Fergus Brennan einen Schubs.

»Du hast einen richtigen kleinen Faloorie Man in der Hose, McBride.«

Ich packte ihn am Kragen.

»Wenn du das noch mal sagst, schlag ich dir die Zähne ein.«

Englisch machte mir besonders Spaß, weil man in diesem Fach viel lesen mußte und auch weil Bruder O'Callaghan ein sehr guter Lehrer war. Er hatte eine Leidenschaft für englische Literatur, machte uns mit Byron und Shelley, Keats, Wordsworth und John Donne bekannt. Er lehrte uns Shakespeare und William Butler Yeats.

Bruder O'Callaghan ließ uns keine langen Gedichtstrophen auswendig lernen, was wir früher immer machen mußten. Statt dessen sagte er zum Beispiel: »Jungen, schaut euch genau an, wie Yeats die Sprache *gebraucht*.

Schaut euch an, wie er die Worte *wählt*. Schaut euch an, wie er sie dann zusammensetzt, ein Wort nach dem anderen, jedes am richtigen Platz. Das ist kein Zufall. Dichter sind Handwerker. Dichter sind Künstler.«

Er brachte uns bei, wie man ein Gedicht studiert, wie man es zergliedert und analysiert. Er lehrte uns Rhythmik, Metrik und Metaphorik. Er zeigte uns die verschiedenen technischen Kunstgriffe, die ein Dichter verwendet. Dann las er uns »Easter 1916« vor, und die Klasse war mucksmäuschenstill, als seine sanfte Stimme die Worte wiederholte.

Ich traf sie bei Tages Flau'n
Sie kamen mit lebhaftem Äußern
Vom Amtstisch und Pult zwischen grau'n
Achtzehnhunderter Häusern.

Bruder O'Callaghan ermutigte uns dazu, sehr viel zu lesen. Er nannte uns Schriftsteller, von denen ich noch nie zuvor gehört hatte: John Steinbeck, G.K.Chesterton, Herman Melville, Graham Greene, Thomas Hardy. Ich schrieb ihre Namen in mein Notizbuch, und später holte ich mir die Bücher aus der Bücherei.

Sarah gab sich alle Mühe, mit dem Geld auszukommen. Ich aß doppelt so viel wie sie und wuchs aus meinen Kleidern heraus, sobald sie mir neue gekauft hatte.

Am Montag kochte sie Eintopf mit Hackfleisch und Karotten und streckte ihn bis Mittwoch. Sie hörte auf, Butter zu kaufen, und nahm statt dessen Margarine. Sie kaufte Brot vom Vortag, das sie zum halben Preis bekam, und toastete es. Sie kündigte dem Fensterputzer und putzte die Fenster selbst. Ich beschloß, mir eine Teilzeitbeschäftigung zu suchen.

Ich ging zu Andy Molloy und erzählte ihm, daß ich schon mal in einem Laden gearbeitet hätte. Er war sehr freundlich, sagte aber, er hätte schon einen Gehilfen. Trotzdem notierte er sich meinen Namen und versprach, sich bei mir zu melden, falls es Arbeit geben sollte. Ich klapperte alle Geschäfte in unserem Viertel ab, immer mit demselben Ergebnis. Keiner hatte eine freie Stelle. Genügend kräftige junge Burschen verliessen mit fünfzehn die Schule, bereit, für den Anfang fast umsonst zu arbeiten.

Irgendwann erzählte mir Tommy McCarney, in der Ziegelei gäbe es einen Mann, der für sechs Kilo Altpapier einen Schilling bezahlte. Ich besorgte mir eine Orangenkiste und vier Räder von einem alten Kinderwagen und baute mir daraus einen Karren, den ich nach der Schule durch Ardoyne zog, und klopfte an den Türen und fragte die Leute, ob sie alte Zeitungen hätten, die sie gern loswerden wollten. Ich bekam hier eine Irish News und dort einen Belfast Telegraph, aber es ging zäh. Also beschloß ich, mein Einzugsgebiet zu erweitern, und versuchte es in den protestantischen Straßen jenseits der Alliance Avenue.

Dort schienen die Leute mehr Zeitung zu lesen. Montags bekam ich die ganzen Sonntagszeitungen wie The People, The Empire News und News of the World mit Bildern von Mädchen in Badeanzügen und Geschichten über Scheidungsprozesse und Vergewaltigungen. Ich fuhr die Zeitungen nach Hause, verschnürte sie und brachte sie rüber zur Ziegelei. Auf dem engen Schrottplatz wurden sie von einem mürrischen Mann im Overall gewogen und mit ein paar fettigen Zehnschillingnoten bezahlt.

Sarah war entsetzt, als sie von meiner neuen Tätigkeit erfuhr. Sie sagte, es wäre so sicher wie das Amen in der Kirche, daß wir bei den Nachbarn an Ansehen verloren und die Leute über uns reden würden. Aber das kümmerte mich nicht, und ich bestand darauf, daß sie das Geld nahm.

Eines Tages, als ich in Velsheda Park die Häuser abklapperte, bat mich eine ältere Frau ins Haus. Sie erzählte mir, ihr Sohn sei gerade ausgezogen, weil er geheiratet hätte, und fragte, ob ich so nett sein könnte, sein Zimmer auszuräumen. Ich ging nach oben, um mir die Sache anzusehen.

Das Zimmer war eine einzige Schatzkammer. Ich starrte die Stapel von alten Comics und Jahrbüchern an und die Dutzende von Sammelalben mit Bildern von Boxern, ausgeschnitten aus Zeitungen und Illustrierten.

»Wollen Sie wirklich, daß ich das alles mitnehme?« fragte ich völlig verblüfft.

Sie muß mich wohl mißverstanden haben, denn sie antwortete schnell: »Ich bezahle selbstverständlich dafür. Sind drei Pfund genug?«

Ich konnte es kaum glauben.

»Selbstverständlich«, sagte ich. »Für drei Pfund nehme ich alles mit.«

Ich packte meinen Wagen voll mit Comics und Sammelalben und karrte sie zu mir nach Brompton Park. Ich mußte fünfmal fahren. Dann machte ich mich ans Sortieren. Die Comics waren hauptsächlich amerikanisch und teuer; Superman, Batman und DC Marvel. Sie würden leicht einen Schilling pro Heft bringen.

Die Jahrbücher konnte ich für zwei Schilling verkaufen. Die Sammelalben waren sogar noch wertvoller, und ich rechnete mir aus, daß ich dafür eine halbe Krone verlangen konnte. Ich verbreitete die Nachricht im Viertel, und bald kamen die Leute zu unserem Haus, weil sie etwas kaufen wollten.

In drei Tagen hatte ich den ganzen Haufen verkauft. Zusammen mit dem Geld der alten Frau hatte ich achtzehn Pfund verdient. Fünfzehn Pfund gab ich Sarah und behielt drei für mich.

Im Winter wurde es schwieriger, die Altpapiertour zu schaffen. Die Arbeit in der Schule wurde intensiver. Wir mußten Aufsätze schreiben, für die wir viel recherchieren und lesen mußten, und das kostete Zeit. Ich stand immer früh auf, um meine Hausaufgaben zu machen, weil ich abends lange mit dem Karren unterwegs war und bei den Leuten nach Altpapier fragte.

Manchmal konnte ich in der Schule kaum die Augen aufhalten. Außerdem trug ich meine Sachen auf, und Sarah mußte ständig Socken stopfen und die Löcher in meinen Hosen flicken. Ich fing an, mich dafür zu schämen. Schließlich gab ich die Stoffhosen vollkommen auf und trug nur noch Jeans, weil sie länger hielten und besser aussahen.

Eines Tages sagte Bruder O'Callaghan, daß er mich nach der Schule sprechen wolle. Als erstes fragte er mich, ob ich irgendwelche neuen Lieder gelernt hätte.

»Nein, Sir«, antwortete ich.

»Was ist denn los, McBride? Dein Vater ist doch offensichtlich ein Mann mit Kultur. Warum fragst du ihn nicht, ob er dir ein paar neue Lieder beibringen kann?«

»Mein Vater ist tot, Sir.«

Bruder O'Callaghan senkte den Blick.

»Es tut mir leid, McBride. Das habe ich nicht gewußt.«

»Ist schon in Ordnung, Sir.«

»Wann ist dein Vater gestorben?«

»Letztes Jahr, Sir.«

»Und hast du noch Familie?«

»Nur mich und meine Mutter.«

»Arbeitet deine Mutter? Hat sie ein Einkommen?«

»Sie bekommt eine Witwenrente, Sir.«

Bruder O'Callaghan zupfte sich mit der Hand am Kinn. Ich sah, daß er angestrengt nachdachte. Dann sagte er: »McBride, der Grund, weshalb ich dich um dies Gespräch gebeten habe, ist dein Aufzug. Du trägst Jeans. Weißt du nicht, daß das verboten ist?«

»Doch, Sir.«

»Mir persönlich ist es vollkommen egal, was du anhast, solange es anständig ist.«

»Ja, Sir.«

»Aber es ist ein Problem, verstehst du. Wenn du mit den Jeans durchkommst, dann machen es alle, und wo kämen wir denn da hin?«

Ich antwortete nicht. Bruder O'Callaghan fuhr fort: »Ich habe bemerkt, daß du manchmal im Unterricht fast schläfst. Um wieviel Uhr gehst du ins Bett?«

»Das kommt darauf an, Sir.«

»Du brauchst nachts ausreichend Schlaf. Sonst ist dein Kopf morgens ganz konfus, und du kannst nicht geradeaus denken. Und du brauchst nun einmal einen klaren Kopf, wenn du irgend etwas lernen willst.«

Er saß noch einige Minuten mit gerunzelten Brauen da. Dann stand er plötzlich auf.

»Ich werde darüber nachdenken«, meinte er.

Einige Tage später sprach er mich nach dem Unterricht wieder an. Er zog einen Briefumschlag aus der Tasche und sagte: »McBride, die Sache ist ein bißchen heikel. In unserer Schule gibt es einen Fonds für Jungen, deren Familien in finanziellen Schwierigkeiten sind. Ich möchte, daß du diesen Umschlag deiner Mutter bringst.«

Er gab mir den Umschlag. Dann öffnete er sein Pult und holte eine Plastiktüte heraus. In der Tüte war eine Schallplatte. Er gab sie mir. Ich schaute auf den Titel. Da stand: David Hammond. Street Songs of Belfast.

»Das ist ein Geschenk«, erklärte er. »Von einem guten Sänger. Da ist ›The wee Faloorie Man‹ drauf und vieles mehr. Hör sie dir an. Ich denke, sie wird dir gefallen.«

»Danke, Sir«, sagte ich und ging nach Hause zu Sarah.

Neugierig öffnete sie das Kuvert. Es enthielt einen Scheck über achtzig Pfund. Sarah sah mich fragend an.

»Woher hast du den?«

Ich erklärte ihr, was Bruder Callaghan über den Fonds für Familien in Not gesagt hatte.

Ihr Gesicht verfinsterte sich.

»Das bringst du morgen früh zurück.«

»Aber ich kann es nicht zurückbringen. Er will uns doch nur helfen.«

»Du bringst es zurück. In meinem ganzen Leben habe ich noch keine Almosen angenommen, und auch meine Vorfahren nicht. Entweder bringst du das Geld zurück, oder ich mache es selbst.«

Am Samstag darauf nahm mich Sarah mit in die Stadt und kaufte mir eine neue Hose und ein Hemd und einen Pullover und Schuhe. Ich durfte mir die Sachen selbst aussuchen. Ich fragte mich, woher sie das Geld hatte.

Die Antwort ließ nicht lange auf sich warten. Am Montagnachmittag, als ich mich gerade mit meinem Karren auf den Weg machen wollte, kam ein Umzugslaster vors Haus gefahren. Zwei Männer stiegen aus und kamen an unsere Tür. Sarah ließ sie herein, und sie gingen ohne Umwege zum Fernseher, steckten ihn aus und nahmen ihn mit.

Ich sah Sarah fassungslos an.

»Warum denn das?« fragte ich.

Aber Sarah warf den Kopf zurück.

»Ich habe ihn nur für Isaac gekauft. Das ist doch bloß ein Haufen dummes Zeug. Besser, wir sind ihn los.«

Kapitel zehn

Kurz nach Weihnachten begann Sarah über Nervenschmerzen zu klagen. Tante Minnie kam und sah nach ihr und erzählte, daß Sanatogen-Stärkungswein sehr gut zur Kräftigung der Nerven sei; daraufhin schickte mich Sarah zum Getränkeladen, wo ich eine Flasche davon kaufen sollte. Sie hatte nie etwas getrunken, aber jetzt schenkte sie sich jeden Abend, bevor sie zu Bett ging, ein Glas Sanatogen ein und trank es Schlückchen für Schlückchen aus, während sie Radio Eireann hörte. Sie sagte, sie spüre bereits, daß ihr der Wein guttäte.

Für die Samstage hatte ich Arbeit in Andy Molloys Laden gefunden. Im Prinzip war es das gleiche wie bei Onkel Tommy, vor allem Schwerstarbeit, aber manchmal durfte ich auch hinter der Ladentheke bedienen. Andy Molloy zahlte mir ein Pfund, und wenn es viel zu tun gab, ein Pfund und zehn Schilling. Sarah flehte mich an, die Altpapiertour aufzugeben. Sie hatte schreckliche Angst, daß ich jetzt, nachdem das Wetter wieder besser wurde, Bekannten über den Weg laufen könnte und wir entehrt wären. Ich willigte ein, in Zukunft nur noch montags und dienstags zu sammeln, wenn die Leute nach dem Wochenende mehr Zeitungen hatten, die sie loswerden wollten. Mit dem Job im Laden und dem Altpapiersammeln kamen Sarah und ich finanziell einigermaßen klar. Ich schlug ihr vor, wieder einen Fernseher anzuschaffen. Wir könnten einen auf Ratenzahlung kaufen, fünf Pfund Anzahlung und dann zehn Schilling die Woche, aber sie wollte nichts davon hören.

»Ich hatte in meinem ganzen Leben keine Geldeintreiber vor der Tür, und ich werde jetzt auch nicht mehr damit anfangen«, sagte sie. Schließlich konnte ich sie überreden, ein Fernsehgerät zu mieten. Das kostete vier Schilling pro Woche, und wir bekamen eine Reparaturgarantie.

Ich war noch immer scharf auf Mädchen. Eines Abends nahm mich Fergus Brennan mit zum Plaza-Ballsaal in der Chichester Street. Dort spielten sie jeden Mittwochabend Rock 'n' Roll. Fergus meinte, die Mädchen, die dort hingingen, wären höllisch geil und ganz verrückt nach Sex.

Wir machten uns fein und tranken uns erst mal mit ein paar Carlsberg Special in der Washington Bar Mut an. Brennan erläuterte die Strategie.

»Such dir nie die hübschen aus. Die sind immer arrogant. Als erstes wollen sie wissen, ob du eine Arbeit hast. Außerdem haben die meisten von denen Eisenschlüpfer an. Um an die ranzukommen, brauchst du einen Schweißbrenner. Du bist viel besser dran, wenn du dir eine normale aussucht. Schmeichle ihr. Erzähl ihr, daß sie wie Marilyn Monroe ausschaut. Es ist sowieso egal, weil du sie nie wiedersiehst.«

Der Eintritt kostete eine halbe Krone. Im Tanzsaal gab es Lichtorgeln und Spiegel und eine Bühne, auf der ein Typ, der wie Elvis Presley zurechtgemacht war, Platten auflegte. Viele schlanke Mädchen in engen Röcken und mit Pferdeschwänzen tanzten miteinander, und Teddy Boys schlichen um die Tanzfläche und warteten nur darauf, dir das Gesicht einzuschlagen, falls du es wagen solltest, ihr Mädchen zum Tanz aufzufordern. Das Ganze gefiel mir überhaupt nicht.

Ich beschloß, mir einen Platz zu suchen und mich erst mal zu orientieren. Brennan feuchtete seine Fingerspitzen an und fuhr sich damit über die Augenbrauen, dann steckte er sich ein Pfefferminzbonbon in den Mund und verkündete, daß er jetzt mal die Bräute checken würde. Aus einem Lautsprecher an der Decke dröhnte Cliff Richards »Living Doll«, und danach kam Eddie Cochrane mit »Three Steps to Heaven«.

Ich sah einige Frauen, mit denen ich ganz gern getanzt hätte, aber das Allerletzte, was ich wollte, war ein Schlag auf den Kopf von einem dieser Grobiane aus den Markthallen. Als ich gerade aufgeben und gehen wollte, bahnte sich Brennan mit zwei Frauen im Schlepptau einen Weg durch die Menge. Er brachte sie zu meinem Platz und stellte sie mir vor.

»Das hier ist Veronica, sie ist Friseuse. Und das ist Valerie, sie arbeitet bei Woolworth. Das ist mein Freund Tony. Wir arbeiten zusammen in der Bank.«

Ich zwinkerte, aber Brennan lächelte nur unschuldig. Ich sah mir die beiden Frauen an. Veronica war groß und dick und erinnerte mich an Ruby aus Onkel Tommys Lebensmittelgeschäft. Sie hing an Brennans Arm und war anscheinend nicht mehr ganz sicher auf den Beinen.

Valerie war kleiner, hatte dunkle Haare und einen Pony. Sie trug einen weißen Pullunder und Ohrclips. Sie schwankte etwas, dann hatte sie Schluckauf und hielt sich die Hand vor den Mund.

»Jesus, bin ich voll. Ich hatte zehn Piccolos drüben bei McGarrity, und mein verdammter Kopf ist echt völlig fertig.«

Sie ließ sich neben mich plumpsen und versuchte sich zusammenzureißen.

»Hast du mal 'ne Fluppe?«

Ich sagte, daß ich nicht rauche.

Sie lehnte ihren Kopf an meine Schulter, und ich blickte mich nervös um, ob vielleicht einer der Teddy Boys sie für sich beanspruchte.

Sie drückte sich näher an mich.

»Ich würd gern mit dir tanzen, Tony, aber ich hab Angst, ich fall um.«

Ich sah, daß Brennan auf die Uhr schaute und seine Krawatte zurechtzog.

»Wißt ihr was? Wir bringen jetzt die Ladys nach Hause, okay? Die frische Luft wird uns guttun. Hier ist es so verraucht.«

»Ich geh aber auf keinen Hinterhof«, entgegnete Veronica sofort. »Ich weiß schon, worauf ihr aus seid.«

Brennan rümpfte die Nase.

»Normalerweise wartet man höflich, bis man aufgefordert wird.«

»Hört euch den an«, sagte Veronica, und alle lachten. »Man könnte glatt meinen, der Kerl hat einen Schürhaken im Arsch.«

Die Frauen gingen ihre Mäntel holen. Brennan rieb sich die Hände und machte einen kleinen Luftsprung.

»Was hab ich dir gesagt, McBride? Hab ich nicht gesagt, daß wir einen Treffer landen?«

»Aber die sind betrunken«, wandte ich ein.

Er sah mich an, als wäre ich verrückt geworden.

»Das ist es ja gerade. Alkohol schürt ihre schwelende Sinnlichkeit. Er macht sie zu Piranhas der Leidenschaft. Das weiß doch jeder. Mann, ich kann's kaum erwarten.«

Veronica und Valerie waren wieder da. Sie hatten frisches Make-up aufgelegt, und ihre Gesichter glänzten im hellen Lampenlicht. Sie sagten, daß sie in der Cromac Street wohnten, das war etwa zehn Minuten weit weg. Veronica hängte sich an Brennans Arm, Valerie nahm meinen, und wir traten hinaus in die dunkle Nacht.

Brennan und Veronica gingen vor, Valerie lehnte sich an mich.

»Was macht ihr da in der Bank?« fragte sie.

»Ach, das ist äh ... das ist kompliziert. Wir zählen Geld und kümmern uns um die Konten der Leute und so Zeug.«

»Ist das ein harter Job?«

»Nun ja, äh ..., also ... er ist verantwortungsvoll. Wie gefällt's dir bei Woolworth?«

Sie warf den Kopf zurück.

»Soll ich dir die Wahrheit sagen? Ich hasse diesen verdammten Laden. Ich muß den ganzen Tag stehen, und davon krieg ich Krampfadern. Ich glaub, ich geh bald stempeln.«

So spazierten wir dahin und machten Small talk, bis wir zum Royal Courts of Justice kamen. Ich sah, daß Brennan Veronica in einen Durchgang schob, und folgte ihm. Valerie schob sich eine Locke aus dem Gesicht und hielt mir ihren Mund zum Küssen hin.

Ich legte meine Arme um sie und knabberte an ihrem Ohr und versuchte mich zu erinnern, was Lily auf Touren gebracht hatte. Valerie rührte sich nicht, als ich anfing, ihren Mantel aufzuknöpfen, um nach ihren Brüsten zu tasten.

»Du gehst aber ran«, sagte sie und schob meine Hände weg.

»Aber ich liebe dich doch, Valerie.«

Ich kämpfte mit den Trägern ihres BHs, während sich meine Zunge hinter ihre Zähne und in ihren Mund schob. Sie stöhnte und drückte sich enger an mich, während ich von weiter hinten in der Passage das Seufzen und Stöhnen von Veronica und Brennan hörte.

»Liebst du mich wirklich?« murmelte Valerie.

»Ja, wirklich.«

»Das sagt ihr immer. Dabei seid ihr doch nur auf eins scharf.«

Sie trug anscheinend zahllose Schichten aus Unterkleidern, Büstenhaltern und Slips und Unterhemden. Schließlich fanden meine kalten Finger ihre Brüste. Sie waren klein und fest. Ich fühlte, wie mein Penis hart wurde, als Valeries Finger in meiner Hose herumfummelten.

»Ohhh ...« machte sie.

Ich fasste das als Ermunterung auf und hielt meine Lippen fest auf ihren Mund gepreßt, während ich den Weg zu ihren Unterhosen zu bewältigen versuchte.

»Jesus, bin ich betrunken«, murmelte Valerie durch die Zähne.

»Mach dir deshalb keine Gedanken.«

»Ohhh ...« sagte sie wieder.

Von weiter hinten in der Passage kam jetzt das Rumsen einer Hintertür, als Brennan Veronica dagegen stieß.

Ich kämpfte mich durch Strapse und Gürtel und Gummibänder, bis meine Hand endlich weiches Fleisch berührte. Vor Anstrengung begann ich zu schwitzen.

»Ohhh.«

»Alles in Ordnung, Valerie. Ich liebe dich.«

»Ohhh.«

»Du schaust aus wie Marilyn Monroe, Valerie. Ehrlich.«

Mein Herz klopfte wie wild, als ich versuchte, sie in die richtige Stellung zu bringen.

»Ohhh.«

Plötzlich warf Valerie den Kopf mit einem Ruck zur Seite und ein Speichelfaden rann über ihr Kinn.

»Scheiße«, entfuhr es ihr.

Voller Entsetzen erkannte ich, daß das keine Lustschreie gewesen waren. Valerie mußte kotzen. Ich wich zurück, aber es war bereits zu spät. Sie hustete, und die erste Ladung traf mich voll ins Gesicht und spritzte auf mein Hemd.

»Was für eine Geldverschwendung«, sagte Valerie, als sie fertig war. »Zehn verdammte Piccolos einfach so auf der Straße gelandet.« Sie wischte sich den Mund mit dem Handrücken ab, und aus der Passage hörte ich wieder das Rumsen der Hintertür.

Eines Nachts wachte ich auf, weil jemand weinte. Ich richtete mich auf und stellte fest, daß die Töne aus Sarahs Zimmer kamen. Rasch sprang ich aus dem Bett, ging zu ihrer Tür und klopfte.

»Ist alles in Ordnung?«

Als ich nur ein gedämpftes Geräusch aus dem Zimmer vernahm, öffnete ich die Tür. Sarah lag in einer Ecke ihres Betts, neben sich die Statue des heiligen Josefs mit Jesus im Arm, und sah in dem fahlen Licht gespenstisch aus.

»Das sind die Nerven«, sagte sie. »Sie plagen mich mal wieder.«

»Kann ich dir irgendwas bringen?«

»Hol mir ein Glas Sanatogen.«

Ich ging in die Küche, fand die Flasche, schenkte ein Glas voll und hielt es ihr an die Lippen, während sie trank.

»Das wird schon wieder«, sagte Sarah. »Du gehst jetzt ins Bett und siehst zu, daß du zu deinem Schlaf kommst. Du mußt morgen früh aufstehen und in die Schule.«

Ich ging in mein Zimmer zurück, aber ich konnte nicht schlafen. Ich lag wach und dachte an Isaac.

Am nächsten Morgen blieb sie im Bett, aber sie stand auf, um mein Essen zu machen, als ich aus der Schule kam. Dann ging sie wieder ins Bett. Ich ging hinauf, um nach ihr zu sehen. In ihrem Zimmer roch es muffig, deshalb öffnete ich das Fenster zum Lüften. Ich sah sie an. Ihre Haare waren schweißverklebt und lagen wie gelbes Stroh auf dem Kopfkissen. Ihr Gesicht war eingefallen, und sie hatte dunkelviolette Ringe unter den Augen. Mir wurde klar, daß sie alt geworden war, ohne daß ich es bemerkt hätte.

»Wie geht es dir?«

»Etwas besser. Es wird schon wieder.«

»War das schon öfter so schlimm?«

»Manchmal. Aber es geht immer wieder vorbei. Weißt du, was ich gern hätte, Martin? Ich hätte gern Kali-Wasser. Das bekommt mir sehr gut.«

Ich ging zu Andy Molloy und kaufte eine Flasche Kali-Wasser. Jetzt war ich ernsthaft beunruhigt. Als ich zurückkam, meinte ich: »Vielleicht sollte ich Doktor Caldwell anrufen?«

Sarah streckte die Hand aus und packte mich am Arm.

»Nein«, antwortete sie. »Keinen Arzt.«

»Aber vielleicht könnte er dir ja etwas dagegen geben.«

»Es geht wieder weg. Das tut es immer.«

Ich versuchte zu lernen, mußte aber die ganze Zeit an Sarah denken, die eine Tür weiter mit Schmerzen im Bett lag und sich weigerte, einen Doktor kommen zu lassen, weil sie glaubte, daß Ärzte nur Krankheiten verursachten. Schließlich nahm ich meine Jacke und ging aus dem Haus. Ich lief durch Brompton Park, bis ich zur Crumlin Road kam. An der Ecke zur Twadell Avenue stand eine Telefonzelle. Ich nahm ein paar Münzen aus der Tasche, betrat die Telefonzelle und rief Doktor Caldwell an.

Er kam am nächsten Morgen. Sarah war verärgert, weil sie sich von mir verraten fühlte. Ich sagte ihr, daß ich nicht das Telefon der Toners benützt hatte und deshalb keiner davon wußte. Doktor Caldwell fragte zunächst, wie lange sie schon krank war. Dann maß er Temperatur und fühlte ihren Puls.

»Sagen Sie mir bitte ganz genau, wo Sie die Schmerzen haben, Mrs. McBride.«

»In der Brust.«

Er untersuchte sie mit dem Stethoskop, legte seinen Kopf an ihre Brust und horchte. Schließlich legte er das Stethoskop weg und stand auf.

»Ich kann nichts finden.«

»Das sind nur die Nerven, Doktor. Das kommt und geht.«

Doktor Caldwell nickte.

»Trotzdem sollten Sie keine Schmerzen haben. Ich werde Ihnen etwas dagegen geben.«

Er schrieb ein Rezept aus, zögerte und sagte dann: »Da

ist noch etwas. Ich glaube, Sie sollten einige Untersuchungen machen lassen. Ich werde einen Termin für Sie vereinbaren.«

Sarah wollte sich schon aufregen, aber Doktor Caldwell tätschelte ihr beruhigend die Hand.

»Sie müssen sich keine Sorgen machen, Mrs. McBride. Wenn mit Ihnen etwas nicht in Ordnung ist, kommt das bei den Untersuchungen heraus, und dann können wir es behandeln. Es ist nur zu Ihrem Besten.«

Eine Woche später ging sie ins Mater Hospital. Sie packte eine Tasche mit Seife, Handtuch, Büchern und Zeitschriften. Es erinnerte mich daran, wie Isaac ins Musgrave Park Hospital gekommen war. Ich wollte sie begleiten, aber Tante Minnie erlaubte es mir nicht, sie wollte das übernehmen, weil ich in der Schule nichts verpassen sollte.

Am Sonntag ging ich sie besuchen, und sie saß im Bett und sah schon viel besser aus, wollte aber unbedingt wieder nach Hause. Sie fragte mich, wie alles lief und ob ich allein zurechtkam und ob ich auch bestimmt genug zu essen hätte. Sie war gespannt auf Neuigkeiten, also erzählte ich ihr alles, was ich wußte.

»Die Nachbarn fragen nach dir«, berichtete ich.

»Ach du liebe Zeit!«

»Willie Toner läßt dich grüßen, und John Rea und Maggie McAllister auch.«

»Ich hatte immer gute Nachbarn, Martin. Gute Nachbarn sind ein Segen.«

»Andy Molloy hat mir ein Pfund Speck und ein Dutzend Eier gegeben, und das hier läßt er dir schicken.«

Ich reichte ihr eine Schachtel Pralinen, die mir Andy Molloy für sie mitgegeben hatte. Sarah war sehr erfreut.

»Och, das wäre aber nicht nötig gewesen. Und wie geht's in der Schule?«

»Alles in Ordnung.«

»Ich hoffe, du lernst fleißig. Enttäusche deinen Vater nicht. Er hat immer gesagt, daß du eines Tages einen guten Job bekommen wirst.«

»Ich werde ihn nicht enttäuschen«, versprach ich.

Doktor Caldwell hatte gesagt, die Untersuchungen würden nur wenige Tage dauern und dann könne Sarah wieder nach Hause. Aber dann schickten sie sie zu weiteren Untersuchungen in ein anderes Krankenhaus, so daß sie schließlich beinahe drei Wochen im Krankenhaus war.

Am Tag ihrer Entlassung schwänzte ich die Schule, putzte das Haus und sorgte dafür, daß alles sauber und ordentlich war. Mr. McCarney, der ständig in seinem Garten herumwerkelte, kam und brachte mir einen großen Strauß aus Fingerhut und Gartenraute, den ich in Sarahs Zimmer stellte.

Sie wurde in einem Krankenwagen nach Hause gebracht und ging sofort zu Bett. An den folgenden Tagen bekam sie Besuch von den Nachbarn und von Vater Jeremiah aus dem Kloster. Ich hörte, wie sie zu ihr sagten: »Och, du meine Güte, Mrs. McBride, Sie sehen aber heute sehr gut und erholt aus.«

Nach einiger Zeit kam Sarah auch wieder die Treppe herunter und setzte sich vor den Fernseher, aber das hielt sie nur etwa ein oder zwei Stunden aus, dann mußte sie zurück ins Bett. Ich rief bei dem Fernsehverleih an, und sie schickten zwei Männer, die den Fernseher oben in Sarahs Schlafzimmer installierten.

Sie sagte weiterhin, es ginge ihr schon besser und es sei nur eine Frage der Zeit. Die Schmerzen wären jetzt weg, und mit Gottes Hilfe käme sie bald wieder richtig auf die Beine. Die Gemeindeschwester kam jede Woche und gab ihr Spritzen. Doktor Caldwell besuchte sie auch. Er setzte sich zu ihr, sie schwatzten ein bißchen, und dann stellte er ein Rezept aus, das ich in die Apotheke brachte.

Eines Tages, als die Gemeindeschwester gerade wieder gegangen war, entdeckte ich eine leere Schachtel, die sie auf dem Fensterbrett vergessen hatte. Ich sah mir die Schachtel genauer an. Auf dem Etikett stand »Morphinsulfonamid«.

Seit Sarah aus dem Krankenhaus zurückgekommen war, hatte ich sie nachts nicht mehr weinen hören. Die Nachbarn waren sehr freundlich. Sie machten einen Plan, nach dem sie abwechselnd für uns kochten und das Haus putzten. Geld nahmen sie nur für die Lebensmittel, die sie kaufen mußten, und auch das war sehr wenig, weil sie immer noch viel von ihren eigenen dazugaben.

Sarah hatte so gut wie keinen Appetit mehr und schien sich von Tee und Toast zu ernähren. Manchmal, wenn die Nachbarn etwas besonders Gutes gekocht hatten, versuchte ich sie zum Essen zu überreden, aber sie konnte nie mehr als ein paar Löffel hinunterbringen. Tante Minnie schimpfte mit ihr. Sie sagte: »Um Gottes willen, Sarah. Wie willst du denn wieder zu Kräften kommen, wenn du nichts ißt?« Und dann ging sie und machte »ts-ts-ts«.

Ihr zuliebe aß Sarah ein wenig, aber eigentlich war ihr das Essen gleichgültig. Auf ihrem Nachttisch standen immer eine Flasche Sanatogen-Wein und ein Glas und das Kali-Wasser in einem Siphon.

Abends setzte ich mich zu ihr und las ihr vor. Sie mochte gern schöne Geschichten über Romanzen und

Intrigen. Ich las ihr Somerset Maughams *Der Menschen Hörigkeit* und Daphne Du Mauriers *Rebecca* vor. Ein Roman mit dem Titel *Wer die Nachtigall stört* sorgte zu der Zeit für Schlagzeilen, weshalb ich ihn in der Bücherei bestellte und ihr vorlas.

An schönen Sommerabenden, wenn es langsam dämmerte und der Lärm der Straße allmählich nachließ, saßen wir zusammen, und ich fragte sie nach ihrer Kindheit, wie sie in Ardoyne aufgewachsen war, als es noch ein Dorf war. Sie erinnerte sich an die schreckliche Zeit der Unruhen von 1922, an die Schießereien und die Pogrome, an die Mörderbanden, die mitten in der Nacht gegen die Tür schlugen, unschuldige Katholiken in ihren Nachthemden aus den Betten zerrten, sie aufs freie Feld brachten und erschossen.

Sie erzählte mir von ihrer Schwester Nora, die an Schwindsucht starb, als sie gerade erst fünfzehn Jahre alt war. Sie erzählte mir von den Zeiten, als in den Fabriken Tag und Nacht gearbeitet wurde und es genug Arbeit für alle gab und wie die Mädchen barfuß durch den Regen in die Fabriken liefen.

Sie erzählte mir, wie sie Isaac kennengelernt hatte und wie schön er gewesen war und immer munter und vergnügt. Wie sie zusammen mit dem Zug nach Bangor gefahren waren und dort im Café Continental abends Fisch und Erbsenpüree gegessen hatten. Und wie ihr Madame Florentine in einer windigen Bude am Pickie Pool die Zukunft vorhergesagt hatte.

Sie sprach vom *Blitz*, als die deutsche Luftwaffe Belfast bombardierte und alle Menschen ihre Häuser verlassen mußten und nichts mitnehmen konnten, wie sich damals Katholiken und Protestanten in den Gräben oberhalb von Ballysillan zusammengedrängt hatten und der Himmel taghell war von den Feuern, die überall in der Stadt wüteten. Und wie es am nächsten Morgen im Radio geheißen hatte, daß eintausendzweihundert Menschen umgekommen und ganze Straßenzüge dem Erdboden gleich gemacht worden waren. Ich erfuhr sehr viel bei diesen Gesprächen mit Sarah, aber ein Thema wurde nie erwähnt – meine Adoption. Ich sprach es nie an, und sie tat es auch nicht.

Eines Tages, als Doktor Caldwell gerade gehen wollte, bat ich ihn um ein Gespräch, und wir gingen in die Diele.

»Sagen Sie mir bitte die Wahrheit«, begann ich. »Wird sie wieder gesund?«

Doktor Caldwell blies die Backen auf und blickte zu Boden. Ich bemerkte, daß sein Haar silbergrau geworden war und sich unter seinem Kinn dicke Hautfalten gebildet hatten.

»Wer weiß das schon? Man darf die Hoffnung nie aufgeben.«

Da wußte ich, daß Sarah im Sterben lag.

Aly McVeigh erzählte mir, daß Charlie Delaney, der Zeitungshändler, jemanden zum Austragen suchte. Ich stellte mich vor, und er gab mir den Job. Die meisten Zeitungen kamen in die Mittelschichthäuser oben an der Crumlin Road. Ich mußte um halb sieben aufstehen, damit die Leute ihre Zeitung bekamen, bevor sie zur Arbeit gingen. Der Wecker klingelte, ich kochte Tee und brachte Sarah eine Tasse.

Um diese Zeit am Morgen war es wunderschön, wenn sich die Sonne wie Feuer über Cavehill und die leeren, stillen Straßen von Ardoyne ergoß. Um Punkt sieben war ich im Zeitungsladen, Charlie Delaney stopfte meine Leinentasche mit Ausgaben von The Newsletter, The Daily Telegraph und The Times voll, und ich beeilte mich, sie auszuliefern.

Ich erinnere mich noch an die Gärten der großen Häuser nördlich der Everton-Schule, wie sie im Morgenlicht glänzten, und an den schweren Duft der Blumen. An Bäume, die in der Sonne grüngolden schimmerten, zerbrechliche Rosen, Gladiolen und Lupinen, an gepflegte, kurzgemähte Rasenflächen, die aussahen wie Teppiche.

Manche Häuser hatten Wachhunde, wütende Schäferhunde, die angerannt kamen und bellten, wenn ich mich näherte. Aber nach einiger Zeit kannten sie mich. Sie spitzten die Ohren, wenn sie mich kommen hörten, schüttelten sich und schliefen weiter.

Jetzt hatte ich drei Jobs und nur noch wenig Freizeit, aber ich las trotzdem viel. Eines Tages entdeckte ich in einer Zeitschrift eine Notiz über einen Kurzgeschichten-Wettbewerb. Ich schnitt das Anmeldeformular aus, legte es neben mein Bett und vergaß es, aber ein paar Tage später fiel es mir wieder ins Auge. Der erste Preis waren zwanzig Pfund und ein einjähriges Gratisabonnement dieser Zeitschrift. Der Siegerbeitrag würde in der Zeitschrift veröffentlicht werden. Warum eigentlich nicht, dachte ich mir, setzte mich hin und fing an zu schreiben.

Ich schrieb über eine aussichtslose Liebesaffäre – ein junger Mann liebt ein Mädchen, das ihn verachtet und erst bereut, als es zu spät und er bereits mit einer anderen Frau verheiratet ist. Irgendwie habe ich dabei wohl an Eileen Toner gedacht. Ich machte mehrere Entwürfe, korrigierte und verbesserte, während ich schrieb. Ich versuchte, Spannung und Überraschung einzubauen, Atmosphäre zu schaffen und in die Köpfe meiner Figuren zu gelangen, damit der Leser Mitleid mit ihrer schwierigen Situation bekam.

Als ich schließlich mit der Geschichte zufrieden war, schrieb ich sie, so ordentlich ich konnte, mit einem Federhalter und einer neuen Feder ab, steckte sie zusammen mit dem Anmeldeformular in ein Kuvert und schickte das Ganze an eine Londoner Adresse.

Den Sommer verbrachte ich in einem wilden Taumel von Aktivitäten, so als müßte ich mich ständig beschäftigen, damit ich gar nicht die Zeit hatte, über Sarahs Zustand nachzudenken. Aber ich konnte diesen Gedanken nicht entkommen, und wenn ich nachts im Bett lag, hörte ich das leise Auf und Ab ihres Atems im Zimmer nebenan.

Oft lag ich lange wach und dachte über das unausgesprochene Problem nach, das zwischen uns stand. Ich wollte, daß sie mir die Wahrheit sagte, bevor sie starb, ich wollte, daß sie mir sagte, was ich als einziges von ihr hören wollte: daß ich adoptiert war. Ich wollte, daß sie mir erzählte, wie es dazu gekommen war. Ich wollte wissen, wer meine richtigen Eltern waren und wo sie jetzt lebten. Aber das mußte von ihr kommen. Sie mußte es mir von sich aus sagen. Irgendeine tiefe Wunde in meiner Seele machte es mir unmöglich, die erforderlichen Fragen zu formulieren.

Gegen Ende August ging es Sarah vorübergehend besser. Sie verließ das Bett und kam herunter. Ich machte Feuer im Kamin, und sie setzte sich und schaute auf die Straße hinaus. Ich hatte zwar versucht, Isaacs Garten in Ordnung zu halten, aber diese Schlacht konnte ich nur verlieren. Mir fehlte sowohl sein Talent als auch seine Geduld, und außerdem hatte ich keine Zeit, weshalb der Garten allmählich verwilderte.

Sarah schien das nicht zu stören. Es war ein Fleckchen Grün, und zwischen dem Unkraut blühten immer noch einige tapfere Blumen. Sarah wirkte zufrieden. Sie saß am Fenster, hörte Radio und schaute den Leuten nach, die vorbeigingen.

Man hatte den Eindruck, daß jetzt mehr Menschen auf der Straße waren, weil die Fabriken nach und nach schlossen und die Leute nichts mehr zu tun hatten. Neue Produktionsverfahren hatten die alten Fabriken überflüssig gemacht, und eine nach der anderen schloß ihre Tore. Die Sirenen ertönten nicht mehr, und die Flax Street, wo es einmal nur so von Geschäftigkeit gewimmelt hatte, war zu einer Art Leichenschauhaus geworden; eine schier endlose Reihe großer, stiller und leerer Gebäude, aus denen jedes Leben verschwunden war.

Der Ruin der Fabriken ging mit Sarahs Verfall einher. Anfang September mußte ich wieder zur Schule, und als ich eines Tages nach Hause kam, stellte ich fest, daß Sarah wieder Zuflucht in ihrem Bett gesucht hatte. Sie verlor sehr schnell an Gewicht und war immer wieder ohne Bewußtsein.

Die Gemeindeschwester kam jetzt jeden Morgen, um ihr eine Morphiumspritze zu geben. Vater Jeremiah besuchte Sarah und gab ihr die Kommunion. Die Nachbarn kamen mit Essen ins Haus und setzten sich zu ihr. Tante Minnie und Onkel Paddy besuchten sie regelmäßig. Als Sarah immer schwächer wurde, verstärkten sich die Aktivitäten im Haus, und ich begriff, daß es nicht mehr lange dauern würde.

An mein letztes richtiges Gespräch mit ihr kann ich

mich nicht mehr erinnern; mehrere Gespräche scheinen miteinander zu verschmelzen. Aber ich weiß, daß sie mir immer wieder eingeschärft hat, fleißig zu lernen und die Gebote meiner Religion einzuhalten. Kurz vor ihrem Tod war Sarah ganz besessen von der Sorge um meine unsterbliche Seele.

Und dann hörte ich eines Nachmittags, daß in ihrem Schlafzimmer lauter als gewöhnlich gesprochen wurde. Tante Minnie und Onkel Paddy waren gerade bei ihr. Ich stand auf und ging näher an die Tür, um zu lauschen. Da hörte ich, wie Tante Minnie sagte: »Du mußt es ihm sagen, Sarah. Er muß das doch wissen.«

»Das ist doch ganz einfach«, bat Onkel Paddy. »Wir können ja dabeisein. Warum willst du es ihm nicht sagen? Es sind doch nur ein paar Worte.«

Ich wartete gespannt auf Sarahs Antwort, aber es kam keine. Ich wollte nicht, daß sie starb, aber ich wußte auch, daß es Dinge gibt, über die wir keine Macht haben. Und mit einem Mal wußte ich auch, daß sie, wenn sie es mir sagen würde, nicht mit dieser schweren Last auf der Seele ins Grab müßte und ich ohne diese Zweifel leben könnte. Ich zwang mich dazu, die Tür zu öffnen, und betrat ihr Zimmer, aber sie schlief.

»Sarah, ich bin da.«

Ihre Augenlider zuckten, doch sie sagte keinen Ton.

»Sarah, ich bin's. Martin. Sprich mit mir.«

Onkel Paddy und Tante Minnie sahen mich nur stumm an.

Als ich ein paar Tage später nach Hause kam, fand ich einen Briefumschlag mit einem Londoner Poststempel. Ich wußte sofort, was das war. Ungeduldig riß ich ihn auf, und ein Scheck über zwanzig Pfund fiel heraus. Außerdem enthielt der Umschlag einen Brief des Herausgebers der Zeitschrift, in dem er mir zum ersten Preis beim Kurzgeschichten-Wettbewerb gratulierte und ankündigte, daß mein Beitrag in der nächsten Ausgabe abgedruckt würde. Ich hielt den Scheck gegen das Licht und untersuchte die kraftvolle Handschrift. »Zahlen Sie gegen diesen Scheck an Überbringer«, und mein Name war in großen Druckbuchstaben geschrieben. Zwanzig Pfund. Ich hatte noch nie etwas gewonnen.

Ich war sehr aufgeregt, lief hinauf zu Sarah, um es ihr zu erzählen. Ihre Augen waren geschlossen, aber ich wußte, daß sie mich hören konnte.

»Ich hab einen Preis gewonnen. Zwanzig Pfund. Für eine Geschichte, die ich geschrieben habe. Ist das nicht toll?«

Sarah antwortete nicht. Ihre Brust hob und senkte sich. Ich wiederholte meine Worte, aber es war, als spräche ich mit einem Baby. Ich setzte mich neben ihr Bett und nahm ihre Hand. Der Kummer zerriß mir fast das Herz. Wieder dachte ich: »Sag es mir. Um Himmels willen, sag es mir. Ich weiß es ja schon, aber ich möchte es von dir hören.«

Sarah sagte nichts. In mir war eine schreckliche Traurigkeit, aber ich weinte nicht. Ich beugte mich über sie und küßte sie auf die Wange.

Zwei Tage später war Sarah tot.

Drittes Buch

Kapitel elf

Viele Leute starben in diesem Herbst. Granny McVeigh schlief für immer ein. Sie war zweiundneunzig, und ihr Vater hatte noch die große Hungersnot überlebt. Willie Toner starb vor seinem Fernseher an einem Herzinfarkt. Spa Dohertys Onkel Fonsie wurde im Rausch von einem Auto überfahren und getötet. Ein Kind, eines der McAlorums, starb an Lungenentzündung. Der lange Zug schwarzer Leichenwagen, die durch die Tore der Holy Cross Chapel fuhren, wollte kein Ende nehmen in diesen düsteren Tagen, als das Licht schwächer wurde und der Winter einzog.

Sarah starb an spheroidem Zellkarzinom der linken Brust und Metastasen an Rückgrat und Leber. So steht es in ihrem Totenschein. Das heißt, sie hatte Krebs, und er war überall in ihrem Körper. Sie wurde vierundfünfzig.

Wir beerdigten sie auf dem Milltown-Friedhof im selben Grab wie Isaac. Ziemlich viele Leute kamen, alte Nachbarn und Freunde, und Vater Jeremiah in seinen wallenden Gewändern sagte die Gebete und sprach von einem wohlgefälligen Leben und einer tapfer ertragenen Krankheit.

Es war ein grauer Tag, und es fing an zu regnen, als die

Beerdigung gerade zu Ende ging, so daß die kleinen Hügel über Ballymurphy im Nebel verschwanden. Ich fuhr zusammen mit Onkel Paddy und dem Leichenbestatter in dessen Auto nach Ardoyne zurück. Die Scheibenwischer kamen kaum gegen den Regen an. Ich war erschöpft von Sarahs Sterben und der Beerdigung, dem langen Zug der Trauernden, den Leuten, die meine Hand geschüttelt und mir ihr Beileid ausgesprochen hatten.

Als wir zur Crumlin Road kamen, sagte Onkel Paddy: »Was hältst du davon, wenn wir beide etwas trinken gehen? Ich müßte noch was mit dir besprechen.«

Wir gingen in die Wheatfield Bar an der Ecke zur Leopold Street, weil ich den Anblick von Isaacs alten Kumpels in Logue's Bar nicht hätte ertragen können. Wir setzten uns an einen Tisch in der Nähe des großen Fensters, und Onkel Paddy bestellte. Als die Getränke kamen, schlürfte er den Schaum von seinem Pint und sagte: »Jesus, Marty. Ich weiß gar nicht, wo ich anfangen soll.«

Er sagte, er nehme an, daß ich in dem Haus bleiben wolle.

Ich sagte, ja, wenn sich das machen ließe.

»Oh, das läßt sich allerdings machen. Wehe, wenn uns einer daran hindern will. Sarah und Isaac haben das Haus bestimmt schon zehnmal gekauft, so viel Miete, wie sie gezahlt haben.«

Er fragte mich nach meinen Plänen.

»Ich weiß nicht. Die Schule fertigmachen und einen Job suchen, nehme ich an.«

»Du weißt, daß deine Tante Minnie und ich immer für dich da sind, wenn du etwas brauchst?«

»Ja.«

»Du mußt zu uns kommen, wenn du ein Problem hast oder Hilfe brauchst. Hast du das verstanden?«

Ich sagte ja.

Onkel Paddy spielte mit seinem Glas. Ich konnte sehen, daß ihm unbehaglich war.

»Ich weiß nicht, wie ich es dir sagen soll«, begann er behutsam. »Aber da ist etwas, das du wissen mußt.«

Ich wußte, was er sagen wollte. Ich hatte schon jahrelang darauf gewartet.

»Sarah und Isaac waren nicht deine richtigen Eltern. Sie haben dich adoptiert, als du noch ein Baby warst.«

»Ich weiß.«

»Verdammt noch mal«, rief Onkel Paddy. »Ich zerbrech mir hier den Kopf, wie ich es dir sagen soll, und du weißt es schon die ganze Zeit. Wie hast du das rausgekriegt?«

»Ich hab zufällig ein Gespräch mitgehört.«

»Und du hast es für dich behalten?«

»Ja.«

»Also, das gibt's doch nicht. Ich will dir mal was sagen, Marty. Wenn du mich fragst, kommt nie was Gutes raus, wenn man Geheimnisse hat. Deine Mutter hieß Stella. Sie war ein hübsches Mädchen.«

Und so war es schließlich Paddy, der mir alles erzählte. Wir saßen in einer Ecke des Pubs, und während draußen der Regen gegen die Fensterscheiben prasselte, kam die Geschichte langsam heraus. Stella war ein zartes Ding vom Land. Der Krieg wütete. Es gab jede Menge Arbeit. Die Spinnereien und Fabriken waren Tag und Nacht im Gang, um Fallschirme, Uniformen und Munition zu produzieren.

Stella lernte einen Soldaten kennen und wurde sofort schwanger. Sie wußte nicht, was sie tun sollte. Mein Vater ging nach Frankreich, und Stella war allein mit dem Problem. Sie war wie von Sinnen vor Angst. Mit dem Baby konnte sie nicht zurück nach Hause, und hier war sie in einer fremden Stadt, wo sie kaum jemanden kannte.

Nachdem ich geboren war, stellte jemand für sie den Kontakt mit einem Priester des Holy-Cross-Klosters her. Der dachte sofort an Sarah, die sich nach einem Kind verzehrte und keines bekommen konnte. Also machte sich der Priester auf den Weg zu Sarah und erzählte ihr von dem armen Mädchen, das er kennengelernt hatte, und dem kleinen Jungen, den sie hatte und den sie nicht behalten konnte, und fragte, ob Sarah und Isaac ihn adoptieren wollten. Und Sarahs Herz machte einen Freudensprung.

Als jetzt nach und nach die Einzelheiten ans Tageslicht kamen, wurde ich sehr nervös.

»Wie alt war ich?«

»Fünf Monate alt.«

»Und Stella hatte mich die ganze Zeit versorgt?«

»Frag mich nicht, wie sie das gemacht hat, Marty. Damals gab es keine Fürsorge. Wenn eine Frau ein Kind bekam, war das ihr Problem. Ich glaube, daß sie schließlich keine andere Wahl gehabt hat, als dich wegzugeben. Aber du mußt wissen, daß sie noch Monate später Sarah besucht hat, um dich zu sehen und dir kleinen Geschenke zu bringen.

Am Schluß mußte Sarah ihr sagen, daß sie nicht mehr kommen dürfte. Du warst schon zu groß geworden. Ich kann mich noch an den Tag erinnern, als Stella die Straße hinauf zur Trambahn ging und alle paar Meter stehenblieb und sich umdrehte. Ich glaube, es hat ihr das Herz gebrochen, daß sie dich zurücklassen mußte.«

Auf einmal hatte ich einen Kloß im Hals.

»Wo ist sie jetzt?«

»Weiß Gott. Ich habe sie nie wieder gesehen.«

»Weißt du, woher sie kam?«

»Irgendwo vom Land.«

»Kennst du ihren Familiennamen?«

»Nein.«

»Steht er vielleicht in meiner Geburtsurkunde?«

»Könnte sein.«

Eine Weile sagte ich nichts, und all die unbeantworteten Fragen, die ich mir immer wieder stellte, schwirrten durch meinen Kopf. Hatte ich Brüder und Schwestern? Hatte ich Tanten und Onkel? Hatte ich Cousins und Cousinen?

»Wie sah sie aus?«

»Oh, Marty. Sie war eine Klassefrau. Ich bin nie wieder einer Frau begegnet, die so gut aussah wie sie. Natürlich mit Ausnahme von Tante Minnie.«

»War sie so dunkel wie ich?«

»Ja, Marty.«

»Und was ist mit meinem Vater?«

»Dein Vater wurde nie erwähnt.«

»Aber irgend jemand muß doch gewußt haben, wer er war.«

Onkel Paddy stellte das Bierglas auf den Tisch und legte seine kalte Hand auf meine.

»Darf ich dir einen Rat geben, Marty? Am besten läßt du das alles in Ruhe.«

»Aber ich habe doch ein Recht darauf, es zu erfahren. Das habt ihr selbst gesagt.«

Paddy schüttelte nur den Kopf.

»Sie hätten es dir sagen sollen. Ich habe sie immer wieder darum gebeten. Minnie hat das auch getan. Uns wäre vieles erspart geblieben, wenn man es dir nur gesagt hätte.«

»Und warum haben sie das nicht getan?«

»Es lag an Sarah. Isaac wollte es dir sagen, bevor er starb, aber Sarah hat das nicht erlaubt.«

»Warum nicht?«

»Was weiß denn ich. Sie hatte wohl die fixe Idee, daß du sie nicht mehr lieben würdest, wenn du es wüßtest. Und diesen Gedanken konnte sie nicht ertragen.«

Ich ging nach Hause, und an den folgenden Tagen räumte ich Sarahs Schränke und Kommoden aus. Ich sammelte ihre Kleider zusammen und packte sie in einen großen Plastiksack. Sie hatte ein paar Kleidungsstücke von Isaac aufbewahrt, die ich ebenfalls aussortierte. Den Sack brachte ich zu Charlie Pigeon und gab ihn seiner Mutter für den Markt.

Ganz hinten im Kleiderschrank fand ich Sarahs Handtasche und darin all ihre Papiere. Es gab ein Sparbuch mit wenigen Pfund darauf und einige Sterbepolicen; mit diesem Geld konnte ich die Rechnungen des Leichenbestatters begleichen. Onkel Paddy ging mit mir in das Büro der Erbschaftsverwaltung und ließ das Haus auf meinen Namen überschreiben. Mit dem übrigen Geld und dem, was ich mit meinen Jobs verdiente, konnte ich auskommen.

Ich fand alte Fotos; eins von mir und Isaac in weiten Badeanzügen am Herring Pond in Portstewart. Auf einem anderen zeigte ich mich in kurzen Hosen, irgendwo in der Innenstadt von Belfast. Ich stand zwischen Sarah und Isaac, und wir hielten uns alle drei an der Hand. Man sieht auf dem Bild mein Erstaunen darüber, daß der Straßenfotograf den Auslöser drückte.

Es gab auch ein Foto von Isaac und Onkel Paddy auf einer Party. Isaac hielt eine Flasche Stout in der Hand, seine Brust war gewölbt und sein Mund geöffnet, als sänge er gerade. Ich fand eine Postkarte von Onkel Paddy auf Landgang in Gibraltar. Die Karte trägt den Poststempel vom 2.5.1948. Onkel Paddy schrieb: »Hier gibt es Affen, und ich schwöre euch, die sind verflixt clever.«

Oben auf dem Schrank entdeckte ich ein komplettes Besteck, das zwar leicht angelaufen war, aber immer noch in der Originalverpackung steckte. Ein Hochzeitsgeschenk, das Sarah für eine passende Gelegenheit, die nie gekommen war, beiseite gelegt hatte. Ich fand Einladungskarten, die sie sorgsam zurück in die Umschläge geschoben hatte, alte Gedenkkärtchen von längst verstorbenen Freunden, die Speisekarte von einem Hochzeitsfrühstück, zu dem sie im Juni 1936 ins Grand Central Hotel eingeladen waren – lauter Mosaiksteinchen aus ihrem Leben.

Endlich fand ich in einem verblichenen braunen Umschlag meine Geburtsurkunde. Ich setzte mich aufs Bett und las die Angaben zu meiner Geburt: Vorname und Name: Martin McBride. Geschlecht: Männlich. Geburtstag: 29. Februar 1945. Geburtsort: Belfast, Stadtbezirk 9. Auf der Urkunde waren weder Stella noch mein Vater angegeben.

Ich ging wieder zur Schule. Am Anfang war das sehr unangenehm. Immer wieder kam auf dem Schulhof jemand zu mir, um mir sein Beileid zum Tod meiner Mutter auszusprechen und wie traurig es sei, daß ich jetzt eine Waise war. Wenn ich abends nach Hause kam, war das Haus leer und kalt. Es herrschte eine Stille, die ich vorher nicht gekannt hatte. Alles war immer da, wo ich es gelassen hatte.

Wenn ich den Teekessel auf dem Herd oder einen Teller in der Spüle hatte stehenlassen, waren sie abends immer noch dort, unberührt. Wenn ich vergessen hatte, ein Licht auszuschalten, brannte es beim Heimkommen immer noch.

Eine Zeitlang kamen Tante Minnie oder Nachbarn zu mir und fragten, ob ich etwas bräuchte: Wäsche waschen oder einkaufen. Sie schauten vorbei und brachten mir etwas zu essen, auf einem zugedeckten Teller, und sagten, sie müßten es sonst wegwerfen und das sei doch eine schreckliche Verschwendung und ob ich es nicht essen wollte. Aber nach und nach blieben sie weg, als spürten sie, daß ich allein sein wollte, und ich hatte das Haus für mich allein.

Ich stellte Sarahs Wecker, um morgens rechtzeitig aufzuwachen. Dann kochte ich mir Tee und trug die Zeitungen aus. Wenn ich damit fertig war, frühstückte ich und machte mich auf den Weg in die Schule. Freitagabend ging ich zu Andy Molloy und kaufte Lebensmittel für die ganze Woche ein.

Ich lernte, mich von Eintöpfen zu ernähren, die für mehrere Tage reichten, oder von Rührei oder Bohnen auf Toast. Ich konnte nicht besonders gut kochen, und außerdem hatte ich keine Zeit. Oft holte ich mir abends einfach eine Tüte Chips bei Freddie Fuscoe und aß sie direkt aus dem Papier.

Ich traf mich mit niemandem mehr. Nach der Schule erledigte ich meine Altpapiertour. Dann aß ich etwas, machte meine Hausaufgaben, las und ging schlafen. Die Tage verschwammen allmählich ineinander. Manchmal sprach ich wochenlang weder mit Nachbarn noch mit Freunden.

Die Sonntage waren am schlimmsten. Ich ging nicht mehr zur Messe. Weil ich schon lange nicht mehr beichtete, fiel es mir nicht so schwer, die Messe zu streichen, auch wenn das eine weitere Todsünde war. Damit niemand was merkte, verließ ich sonntags weiterhin um zehn vor elf das Haus. Aber anstatt zur Kirche zu gehen, lief ich die Crumlin Road entlang und an der Feuerwache vorbei bis Ligoniel.

Auf diesen Spaziergängen mußte ich an Isaac denken; an damals, als ich noch klein war und wir uns dort oben hinsetzten und auf die Stadt schauten und er mir die verschiedenen Straßen zeigte und die schlanken Fabrikschlote und den Rauch, der sich wie ein blauer Faden aus den dunklen Schornsteinen kräuselte.

Ich kam immer an dem Häuschen vorbei, in dem die alte Frau mit den Ziegen gelebt hatte. Aber jetzt waren die Wände eingefallen und Unkraut wucherte, wo früher Geißblatt und Rosen geblüht hatten. Jedesmal, wenn ich an dem Häuschen vorbeikam, mußte ich an Isaac denken und an seinen festen, warmen Händedruck und den Geruch nach Tabak in seinen Kleidern. Ich verfluchte die Tatsache, daß er tot war, daß Sarah tot war und ich jetzt allein auf der Welt war.

Schließlich brachte ich es nicht mehr übers Herz, dort hinzugehen. Statt dessen nahm ich den Bus zur Woodvale Road und spazierte durch die Innenstadt. Um diese Zeit waren die Geschäfte, die Pubs, die Kinos und die Cafés geschlossen. Ich lief durch die menschenleeren Straßen, betrachtete die Schaufenster der großen Läden an der Royal Avenue oder hörte den Straßenpredigern mit ihren Reklametafeln zu, die mir empfahlen, dem Bösen zu entsagen und zu Gott zurückzukehren. Irgendwann wurde ich müde, nahm den Bus und fuhr zurück nach Ardoyne.

Im November hingen Eiszapfen an den Regenrinnen, und der Teich hinter dem Haus fror zu. Der Gipfel des Black Mountain hatte eine Mütze aus weißem Schnee. Ein harter Winter kündigte sich an. Morgens war es stockfinster. Wenn ich um halb sieben aufstand und mich auf den Weg zu Charlie Delaneys Laden machte, hing mein Atem wie Dampf in der eisigen Luft.

Ich hängte mir die Tasche mit den Zeitungen um und fing mit dem Ausliefern an, aber die großen Häuser an der Crumlin Road sahen im Winter irgendwie anders aus. Sie wirkten düster und bedrohlich, die Rasenflächen waren schneebedeckt, und die Bäume spreizten im ersten Morgenlicht ihre Äste wie knochige Finger.

Ich beeilte mich, nach Hause zu kommen, und nahm ein schnelles Frühstück aus Cornflakes und Toast ein. Ich aß im Stehen, dann lief ich zur Schule und war glücklich über das warme Klassenzimmer, mußte aber oft gegen den Schlaf ankämpfen. Mein Leben wurde zu einem trostlosen Kreislauf von Arbeit und Schule.

Ständig mußte ich an Stella denken, konnte den Gedanken an sie nicht loswerden. Immer wieder grübelte ich über das Gespräch, das ich mit Onkel Paddy gehabt hatte. Ich wollte wissen, wie Stella aussah, woher sie gekommen war, was sie machte. Ich fing an, von ihr zu träumen. Ich stellte sie mir als großgewachsene, dunkle und elegante Frau vor, ähnlich den Frauen, die ich in den Hochglanzmagazinen in Charlie Delaneys Laden sah.

Ich versuchte mir vorzustellen, wie wir nach meiner Geburt zusammen gelebt hatten. Sie war arm, und sie konnte nicht arbeiten, trotzdem hatte sie mich fünf Monate lang behalten. Wo haben wir gelebt? Wie war sie zurechtgekommen? Ich sah das Bild vor Augen, wie Stella Richtung Brompton Park gegangen war, nachdem sie mich zum letzten Mal besucht hatte, und wie sie sich immer wieder umgedreht hatte. Sie muß mich geliebt haben. An diesen Gedanken klammerte ich mich. Stella hatte mich nicht im Stich gelassen. Es war nicht ihre Schuld. Sie hatte keine Wahl.

Langsam reifte in mir die Idee, daß Stella irgendwo auf mich wartete. Ich ging die vielen Fragen durch, die ich ihr stellen würde. Ich wußte, wenn ich Stella finden konnte, wären alle Zweifel ausgeräumt.

Eines Abends, kurz vor Weihnachten, saß ich am Küchentisch und machte einige Berechnungen. Ich stellte fest, daß ich auch ohne meinen Zeitungsjob auskommen konnte, und teilte Charlie Delaney mit, daß ich bei ihm aufhören wollte. Am nächsten Tag ging ich zur Holy Cross Chapel und bat um ein Gespräch mit dem Pfarrer.

Er hieß Vater Thomas, war ein schüchterner Mann mit einem Buckel und Schuppen auf den schwarzen Schultern seiner Soutane. Er führte mich in das Sprechzimmer und bot mir Tee an.

»Mein Name ist Martin McBride, und ich glaube, daß Sie mir vielleicht helfen können.«

»Ich kenne dich natürlich, Martin. Was kann ich für dich tun?«

Ich erzählte ihm, daß ich ein Adoptivkind war und was mir Onkel Paddy über den Priester erzählt hatte, der Stella mit Sarah zusammengebracht hatte.

»Das muß Vater Ambrose gewesen sein.«

»Wissen Sie, wo er jetzt ist?«

»Der Arme ist seit nunmehr zehn Jahren tot. Er wurde 1950 nach Dublin versetzt. Und dann hatte er einen Schlaganfall.«

Ich sagte, das täte mir sehr leid.

»Gibt es vielleicht irgendwelche Aufzeichnungen?«

Vater Thomas schüttelte den Kopf.

»So hat man das damals nicht gehalten. Es war alles sehr formlos. Wenn ein Priester von einem Mädchen erfuhr, das Probleme hatte, kümmerte er sich einfach darum, daß das Kind in eine gute Familie kam. Es war alles nicht so offiziell wie heute.«

»Ich will meine Mutter finden«, sagte ich.

Vater Thomas schürzte die Lippen, und ich sah, daß er angestrengt überlegte.

»Ich glaube, das ist keine gute Idee, Martin.«

»Warum nicht?«

»Weil deine Mutter vielleicht inzwischen verheiratet ist. Vielleicht hat sie andere Kinder. Vielleicht hat sie ihnen nichts von dir erzählt. Vielleicht hat sie dich aus ihrem Gedächtnis gestrichen. Wenn du so plötzlich auftauchst, kann das große Probleme geben.«

»Nein«, erwiderte ich, ohne zu zögern. »Sie denkt die ganze Zeit an mich.«

»Woher willst du das wissen?«

»Weil sie mich als Baby fünf Monate behalten hat. Sie wollte mich nicht weggeben, sie hatte einfach keine andere Wahl.«

»Aber das ist lange her. Die Menschen ändern sich.«

»Sie wartet auf mich. Ich weiß, daß sie mich sehen will.«

»Und du bist fest entschlossen, sie zu finden?«

»Ja.«

»Na gut«, sagte Vater Thomas. »Was steht in deiner Geburtsurkunde?«

Ich berichtete, daß nur mein Name und mein Geburtsdatum aufgeführt waren.

»Es muß noch einen ausführlicheren Eintrag über deine Geburt geben. Im Geburtsregister. Das verlangt das Gesetz. Er enthält mit Sicherheit den Namen deiner Mutter. Wenn du den erst einmal hast, kannst du damit weitersuchen.«

»Aber meine Geburt wurde doch damals nicht unter dem Namen McBride registriert, Vater?«

»Nein. Sie muß unter dem Namen deiner Mutter registriert sein.«

»Und genau das ist der Punkt. Ich kenne den Namen meiner Mutter nicht.«

Vater Thomas sah mich betrübt an.

»Gott möge dir helfen, Martin. Ich fürchte, da hast du ein großes Problem.«

Ich nahm den Bus in die Stadt. Es fing an zu regnen, und die Regentropfen liefen in kleinen Bächen über die Scheiben. Nach dem kurzen Weg zum Standesamt waren meine Kleider völlig durchnäßt.

Das Standesamt war ein großes altes Gebäude in der Nähe des Rathauses. Ich wurde in ein Wartezimmer geschickt, dann rief eine junge Frau meinen Namen auf. Man brachte mich in ein anderes Zimmer mit einem Schreibtisch und drei Stühlen. Hinter dem Schreibtisch saß ein Mann in einem Nadelstreifenanzug und schrieb etwas in eine Akte. Er sah nicht auf, als ich hereinkam, sondern schrieb einfach weiter. Die junge Frau setzte sich neben ihn und wartete.

Endlich legte der Mann den Stift weg und sah mich an. Meine feuchten Kleider dampften, und das regennasse Haar klebte mir am Kopf. Ich sah, wie er die Nase rümpfte.

»Name?«

»Martin McBride.«

»Geburtstag?«

Ich nannte ihm das Datum, und er notierte es.

»Was können wir für Sie tun?«

Ich erzählte, daß ich adoptiert worden war und meine Mutter finden wollte.

»Wann wurden Sie adoptiert?«

»1945.«

»Das war ein langes Jahr«, entgegnete er. »In welchem Monat?«

Ich sagte ihm, daß ich das nicht wüßte.

Der Mann seufzte.

»Wissen Sie, wie viele Kinder 1945 geboren wurden?«

»Nein.«

»Es waren Tausende. Wurde die Adoption registriert?«

»Das weiß ich nicht.«

»Wissen Sie eigentlich überhaupt irgend etwas?«

»Ich weiß, daß meine Mutter Stella hieß.«

»Stella, und weiter?«

»Ich weiß es nicht.«

»Kennen Sie den Namen Ihres Vaters?«

»Nein.«

Der Mann legte seinen Stift weg.

»Das ist ja lächerlich. Wissen Sie eigentlich, was los war, als Sie geboren wurden?«

»Es herrschte Krieg.«

»Genau. Die Stadt war voller Flittchen. Sie kamen von

überall her. Sie gingen mit jedem Dahergelaufenen für ein Paar Nylonstrümpfe ins Bett.«

Mein Gesicht brannte vor Zorn, und ich bemerkte, daß die Frau wegschaute.

»1945 gab es in Belfast mehr uneheliche Kinder als je zuvor. Ihre Mutter kann sonstwer gewesen sein. Sie zu finden, hieße eine Nadel im Heuhaufen finden.«

Verzweifelt senkte ich den Blick und sah, daß sich auf dem Fußboden um meine Schuhe Pfützen bildeten.

»Wenn ich eine Kopie meiner vollständigen Geburtsurkunde bekäme, würde ich erfahren, wer meine Mutter ist.«

»Jetzt hör sich einer das an. Er möchte eine Kopie seiner vollständigen Geburtsurkunde. Könnten Sie uns vielleicht auch noch sagen, wo wir mit der Suche beginnen sollen?«

»Sie kennen mein Geburtsdatum. Und Sie kennen den Vornamen meiner Mutter.«

»Stella? Woher wissen Sie, ob er überhaupt stimmt?«

»Man hat ihn mir genannt. Leute, die sie kannten.«

»Dann können *die* Ihnen ja vielleicht sagen, wer sie war. Ich kann es jedenfalls nicht. Außerdem haben Sie gar keinen Anspruch auf Ihre vollständige Geburtsurkunde. Selbst, wenn wir sie finden würden.« Er wandte sich wieder seinen Akten zu.

»Ich habe keinen Anspruch?«

»Nein.«

»Und warum nicht?«

»Weil es das Gesetz so festlegt.«

Diese ganze Ungerechtigkeit überwältigte mich. Wie sollte ich jemals Stella finden, wenn mir niemand ihren Nachnamen sagte?

»Das ist nicht fair. Ich habe ein Recht darauf, zu erfahren, wer meine Mutter ist.«

Der Mann fing an zu grinsen.

»Sehen Sie doch. Sie wurden adoptiert. Ihre Mutter hat Sie weggegeben. Damit hat sie alle Verbindungen zu Ihnen abgeschnitten. Das Gesetz sagt, daß Sie kein Recht auf Information haben.«

»Bitte, helfen Sie mir. Ich bin verzweifelt. Ich kann mich sonst an niemanden wenden.«

Der Mann sah mich noch einmal an, dann beugte er sich wieder über seine Papiere und schrieb weiter.

Ich stand auf, kämpfte mit den Tränen. Ich verließ das Zimmer und ging zur Eingangshalle. Als ich auf die Straße trat, hörte ich, wie jemand meinen Namen rief. Ich drehte mich um und sah die Frau aus dem Standesamtsbüro hinter mir herlaufen.

»Es tut mir leid«, sagte sie. »Mr. Armitage war heute schon den ganzen Vormittag so grob. Wenn Sie mir Ihre Adresse geben, versuche ich, Ihnen zu helfen.«

Ich gab ihr die Adresse, und sie sagte: »Versprechen kann ich nichts. Es dauert viele Stunden, die Register zu durchsuchen. Aber wenn ich irgend etwas finden sollte, schreibe ich Ihnen und lasse es Sie wissen.«

Weihnachten stand vor der Tür, und man begann, sich wieder für mich zu interessieren. Tante Minnie bat mich zu ihnen zum Weihnachtsessen, und Aly McVeigh lud mich zu einer Party am Weihnachtsabend ein. Eines Abends klopfte es an der Tür, und John Rea stand mit einer braunen Papiertüte auf der Schwelle. Er drückte sie mir in die Hand.

»Ich bin gerade vorbeigekommen, und da hab ich mir gedacht, ich schau mal rein und sage hallo.«

Ich schaute in die Tüte. Es waren ein Dutzend Flaschen Stout drin.

»Komm rein, John«, sagte ich. Wir setzten uns im Wohnzimmer an den Kamin, und ich öffnete zwei Flaschen.

John Rea streckte die Beine aus.

»Jesus, Marty. Wie die Zeit vergeht. Es kommt mir vor, als wäre es vorgestern gewesen, daß du ein kleiner Junge warst und zusammen mit Isaac den großen Christbaum von Stewarts' die Straße runtergeschleppt hast.«

Ich stimmte ihm zu.

»Deine Mutter war immer sehr stolz auf ihren Weihnachtsbaum. Sie hatte den schönsten im ganzen Viertel. Auf die Spitze hat sie einen Engel gesetzt, keinen Stern, weil sie fand, es wäre schließlich keine Peepshow und die Leute sollten daran denken, daß sie die Geburt Christi, des Friedensfürsten, feierten. Erinnerst du dich noch daran?«

Ich nickte.

»Weißt du noch, wie ich euch zum Bahnhof gefahren habe, wenn ihr in die Sommerferien wolltet? Isaac war großzügig und hat immer gute Trinkgelder gegeben. Eines muß man Isaac lassen. Er war eine anständige Haut. Ich glaube, er hatte keinen einzigen schlechten Knochen am ganzen Leib.«

Wir tranken unser Stout aus und öffneten zwei neue Flaschen und saßen und redeten über die alten Zeiten, bis das Feuer ausging und die Flaschen leer waren und John Rea nach Hause ging.

In der Schule hatten wir vor den Weihnachtsferien eine Prüfung nach der anderen. Als sie überstanden waren, nahm mich Bruder O'Callaghan beiseite.

»Du machst dich gut, Martin. Deine Noten sind sehr gut.«

»Danke, Sir.«

»Hast du schon mal über deine berufliche Laufbahn nachgedacht? Was möchtest du mit deinem Leben anfangen?«

Ich erzählte ihm, daß ich Journalist werden wollte.

»Das wäre bestimmt etwas für dich. Du kannst wenigstens richtig schreiben. Das kann man hier leider bei weitem nicht von jedem behaupten.«

Er lachte, und dann wurde er wieder ernst.

»Darf ich dich etwas fragen, Martin? Wie kommst du mit den Problemen zurecht, die du seit einiger Zeit hast?«

»Es geht schon, Sir.«

»Ich will mich nicht einmischen, aber du hattest mehr auszuhalten, als die meisten anderen. Es muß sehr hart für dich sein. Und du hast dich besser geschlagen als viele deiner Mitschüler, die weit bessere Bedingungen hatten. Manchmal mußt du dich doch fragen, wozu es dann eigentlich einen Gott gibt?«

»Ja, Sir.«

»Interessierst du dich noch für Musik?«

Ich bejahte die Frage, und sein Gesicht hellte sich auf.

»Gib die Musik nie auf. Sie wird sich stets als guter Freund erweisen.«

Er öffnete eine Schublade und zog ein Päckchen heraus.

»Hier«, sagte er. »Das ist ein kleines Weihnachtsgeschenk. Ich hoffe, es gefällt dir.«

Ich wickelte es aus. Es war wieder eine Schallplatte, von einer Gruppe, deren Namen ich noch nie gehört hatte. Auf dem Cover war eine seltsame Zeichnung in roter Tinte und darunter stand: The Chieftains.

Weihnachten kam. Ich stand um neun Uhr auf, zog meine besten Sachen an und ging zur Messe. Seit Monaten war ich nicht in der Kirche gewesen, und es war wie eine Heimkehr. Es war warm und hell und der Chor sang Weihnachtslieder, die ich schon kannte, seit ich ein kleiner Junge war. Danach machte ich einen Besuch bei den McAllisters, und Bobby und ich tranken ein Bier und sahen fern, bis es Zeit war, in die Chatham Street zu Tante Minnie McCrory zu gehen.

Das ganze Haus duftete nach gebratenem Truthahn. Tante Minnie öffnete mir die Tür in einer Kittelschürze, wie auch Sarah sie immer getragen hatte. Onkel Paddy brachte mich ins Wohnzimmer und sagte: »Der Winter ist lang und kalt, Marty. Möchtest du eine kleine Tinktur, um die Kälte zu vertreiben?«

Er holte eine Flasche Whiskey unter dem Sofa hervor.

Ich sagte, ich müßte passen, aber Onkel Paddy meinte: »Ich genehmige mir trotzdem einen, das ist gut für meine Arthritis.«

»Arthritis, du Armleuchter«, rief Tante Minnie aus der Küche. »Du würdest Arthritis nicht erkennen, wenn sie hochspringt und dich in den Hintern beißt. Du kriegst noch einen Rausch an diesem heiligen Tag, und ich schwöre bei Gott, dann mach ich dir die Hölle heiß.«

Onkel Paddy zwinkerte mir zu und erwiderte: »Ich liebe dich auch, mein Herz.«

Es gab ein schönes Essen mit Rosenkohl und Bratensauce. Onkel Paddy nahm die Innereien. Betsy Grey rümpfte die Nase und meinte, sie könne nicht verstehen, wie man so ein Zeug essen mochte. Onkel Paddy entgegnete, die Innereien seien das Beste an dem ganzen Vogel und am nahrhaftesten. Betsy sagte, das könne ja sein, aber sie röchen trotzdem wie Katzenpisse.

Onkel Paddy hatte inzwischen einen Schwips und brachte Trinksprüche auf die abwesende Verwandtschaft aus. Er sagte, Wolfe Tone arbeitete jetzt in der australischen Wildnis in den Goldminen, um ein Vermögen zu verdienen und dann nach Hause zu kommen und einen eigenen Pub aufzumachen. Aber was für ein Weihnachtsessen bekam er wohl heute? Und er trank auf Patrick Pearse, der verheiratet war und seinen eigenen kleinen Haushalt drüben in Divis Flats hatte. »Und natürlich auf Sarah und Isaac, mögen sie in Frieden ruhen.«

»Um Himmels willen, werd jetzt bloß nicht sentimental«, schimpfte Tante Minnie. »Stell die verdammte Whiskeyflasche weg.«

»Sag mal, Minnie«, fing Onkel Paddy an. »Erinnerst du dich noch an die Geschichte, als Isaac nach London fahren wollte und den falschen Zug nahm und in Glasgow landete?«

Wir mußten alle lachen.

»Und wie er sich wunderte, warum dort alle Leute so sprachen, als kämen sie aus Ballymena?«

Onkel Paddy nahm noch einen Schluck Whiskey und schüttelte den Kopf.

»Eines kann dir niemand nehmen, Marty. Du stammst aus einem anständigen Haus.«

Dann war es Zeit für McVeighs Party. Ich ging durch die leere Straße, und der Frost glitzerte auf den Dächern, und ein gelber Mond stand am Himmel. Ich fühlte mich etwas benommen nach dem vielen Bier, das ich getrunken hatte, und als ich zu McVeighs Haus kam, sah ich, daß es hell erleuchtet war, und hörte den Lärm und daß jemand »San Francisco« sang.

Ich habe ein schönes Weihnachtsfest, dachte ich mir. Wozu braucht man überhaupt eine Familie?

Ich betrat einen Raum voller Leute, und da waren Aly mit einem Glas in der Hand und Mr. McVeigh mit einer roten Weihnachtsmannmütze und all die anderen Leute, die lachten und sich amüsierten. Und sofort bereute ich, daß ich gekommen war, und spürte wieder die altbekannte Traurigkeit.

Kapitel zwölf

Im Januar ging ich wieder zur Schule, war aber nicht recht bei der Sache. Ich war fast siebzehn und hatte keine Aussicht, Arbeit zu bekommen. Ich hatte es satt, an Haustüren um Altpapier zu betteln und Kartoffelsäcke durch Andy Molloys Laden zu schleppen. Ich wollte einen richtigen Job und richtig Geld verdienen.

Kevin und Aly hatten beide Arbeit. Kevin zapfte Bier in Clancys Bar in Smithfield und wollte Barmann werden. Aly arbeitete zusammen mit seinem Vater auf dem Bau. Manchmal sah ich sie abends nach Hause kommen, über und über voller Zementstaub wie richtige Arbeiter, und war neidisch. Kevin und Aly hatten Geld. Sie konnten sich neue Sachen kaufen. Sie konnten mit Mädchen ausgehen und sie zu Fish und Chips und Coke bei Freddie Fuscoe einladen und Geld in die Jukebox stecken, so oft sie nur wollten. Ich kämpfte ständig darum, mich über Wasser zu halten, und war gezwungen, immer irgendwie Geld zu verdienen.

Im Juni stand mir die Abiturprüfung bevor. Wenn ich danach an die Universität wollte, mußte ich ein weiteres Jahr lang lernen, und falls ich danach angenommen wurde, dauerte es noch einmal drei Jahre bis zum Abschluß. Mir kam es so vor, als sei das eine schrecklich lange Zeit, um so weiter zu kämpfen wie bisher, und das auch noch alles ohne große Hoffnung, schließlich eine anständige Arbeit zu finden. Allmählich spielte ich mit dem Gedanken, die Schule zu verlassen.

Eines Tages sagte Bruder O'Callaghan, er wolle mit mir sprechen. Als erstes fragte er mich, ob ich die Platte von den Chieftains gehört hatte. Ich sagte ja.

»Und hat sie dir gefallen?«

»Ja.«

»Ist dieser Paddy Moloney nicht genial? Ich finde, er bringt diese Pfeifen fast zum Sprechen.«

Er erzählte mir von einem Mann namens Sean O'Riada, der die irische Musik revolutioniert hatte.

»Ich habe von ihm auch ein paar Platten. Ich könnte sie dir leihen.«

»Gerne, Sir.«

Dann sagte er: »Du bist nicht glücklich, stimmt's?«

»Ja.«

»Das habe ich mir gedacht. Möchtest du darüber reden?«

Ich erzählte ihm, daß ich es satt hatte, immer nur zu lernen und mich irgendwie über Wasser zu halten. Ich sagte, ich wollte Geld haben und unabhängig sein.

Als ich fertig war, meinte er: »Willst du nicht wenigstens noch bis zum Sommer bleiben und dein Abitur machen?«

»Was hätte ich davon?«

»Wenn du gute Ergebnisse bekommst, könntest du damit in den Staatsdienst. Dann hättest du Arbeit auf Lebenszeit. Einen netten, bequemen Job in einem Büro, nicht im Regen. Und eine Pension, auf die du dich am Ende freuen könntest. Das wäre doch nicht übel für einen Jungen aus Ardoyne.«

Ich stellte mir vor, daß ich den ganzen Tag an einem Schreibtisch sitzen und Papiere unterzeichnen müßte.

»Ich will aber kein Beamter werden.«

»Möchtest du immer noch Journalist werden?«

»Ja.«

»Also gut. Laß mir ein paar Tage Zeit, dann reden wir weiter.«

Am Ende der Woche kam er wieder auf mich zu und sagte, es gäbe da einen Mann, den ich kennenlernen sollte. Er hieß Fergus Pyle und war der für den Norden zuständige Herausgeber einer Dubliner Zeitung mit dem Namen The Irish Times.

»Erzähl ihm, daß du singen kannst«, riet mir Bruder O'Callaghan eindringlich. »Er hält viel von Tradition.«

Also ging ich zu Fergus Pyle. Ich zog meinen Sonntagsanzug, ein frisches Hemd und eine Krawatte an. Dann ließ ich mir die Haare schneiden, putzte meine Schuhe und schnitt meine Fingernägel, um einen ordentlichen Eindruck zu machen. Ich mußte die Luft anhalten, so zitterte ich.

Fergus Pyle war ein kräftig gebauter Mann mit funkelnden Augen, zersaustem Haar und einem gälischen Akzent. Seine erste Frage war, warum ich Journalist werden wollte.

»Ich kann schreiben und interessiere mich für Aktuelles.«

Ich erzählte ihm von dem Kurzgeschichten-Wettbewerb, den ich gewonnen hatte, und gab ihm den Zeitungsausschnitt.

Er sagte: »Stellen Sie sich vor, Sie machen gerade ein Interview mit dem Premierminister und der muß plötzlich den Raum verlassen. Was würden Sie tun?«

»Ich würde warten, bis er zurückkommt.«

»Nein, das würden Sie nicht. Sie würden die Briefe auf seinem Schreibtisch lesen. Ein berühmter Amerikaner namens H.L. Mencken hat einmal gesagt, Nachrichten sind nur das, was die Politiker verbergen wollen, der Rest ist weiter nichts als Reklame. Können Sie Steno und Schreibmaschine schreiben?«

»Nein, aber ich bin gerne bereit, es zu lernen.«

»Kennen Sie sich in Belfast gut aus?«

»Ja.«

»Wenn ich Sie zur Shankill Road schicke, würden Sie hingehen?«

»Natürlich, auf dem Heimweg von der Schule komme ich jeden Tag da vorbei.«

»Aber wenn es dort Unruhen gäbe, würden Sie dann auch hingehen?«

Ich zögerte.

»Das ist genau das, was ein Reporter machen muß. Berichten. Immer mitten im Geschehen sein. Dem Leser berichten, was passiert ist.«

»Dann würde ich hingehen.«

Fergus Pyle verschränkte die Hände hinter dem Kopf. Er trug rote Hosenträger.

»Journalismus ist ein sehr lästiges Geschäft. Man weiß nie, wann man los muß. Man arbeitet samstags, sonntags und am Abend. Man führt kein häusliches Leben. Man kommt nie zur Ruhe. Manche Leute glauben, es wäre ein toller Job, auf du und du mit den Reichen und Berühmten. Aber die Reichen und Berühmten sind manchmal die langweiligsten Leute der Welt. Sie sollten sich nicht auf dieses Geschäft einlassen, wenn Sie darauf nicht vorbereitet sind.«

»Ich bin darauf vorbereitet.«

»In dem Fall ist es der befriedigendste Beruf, den ich kenne.«

Er richtete sich auf.

»Ich stelle Sie als Redaktionsassistent ein. Sie werden überwiegend Nachrichten auswerten und mir Arbeit abnehmen. Wir können Ihnen leider nicht viel zahlen.«

»Das spielt keine Rolle.«

Fergus Pyle schüttelte traurig den Kopf.

»Sagen Sie nie, daß Geld keine Rolle spielt. Wir zahlen Ihnen acht Pfund die Woche. Außerdem Spesen.«

Ich dachte, ich hörte nicht recht. Acht Pfund die Woche war ein Vermögen.

»Werde ich auch schreiben dürfen?«

»Das hängt ganz von Ihnen ab.«

Er räumte ein paar Papiere zusammen.

»Sie fangen am Montag an. Um zehn Uhr.«

Ich bedankte mich und stand auf.

»Bruder O'Callaghan sagt, Sie können singen?«

»Ein bißchen.«

»Das wär hier mal 'ne hübsche Abwechslung. Kennen Sie ›The Flower of Magherallyo‹?«

Ich schloß die Augen und schob die Brust vor, wie es Isaac immer getan hatte.

'Twas on a Summer's morning and all the flowers
were bloomingo.
Fair Nature was adorning and the wee birds all
were singingo.
I met my love near Banbridge town, my darling
blue-eyed Sallyo.
She is the Pride of the County Down and the
Flower of Magherallyo.

Das Büro von The Irish Times bestand aus zwei Zimmern über einem Getreidelager in der Nähe der Albert Clock. Ständig roch es nach Mehl, und auf dem Dach saßen immer Tauben. Es gab ein Empfangsbüro mit einer Sekretärin namens Janet und einen kleineren Raum, in dem Fergus Pyle sein Büro hatte.

»Fergus hat mir nichts von Ihnen gesagt. Ich glaube, Sie setzen sich am besten und warten auf ihn«, sagte Janet.

Ich setzte mich also. Um fünf vor elf kam er hereingestürmt, mit zerzaustem Haar und schief gebundener Krawatte. Von Janet bekam er die Liste der Anrufe, nahm seine Post und verschwand in seinem Büro. Zehn Minuten später kam er hemdsärmelig wieder heraus.

»Ich möchte, daß Sie zum Bahnhof gehen. Mit dem elf Uhr Zug aus Dublin kommt ein Paket. Sie müssen dafür unterschreiben, also brauchen Sie einen Ausweis. Ich nehme an, Sie haben keinen Führerschein?«

Ich schüttelte den Kopf.

Er ging wieder in sein Büro und kam mit einer Karte zurück, die er Janet gab.

»Tippen Sie seinen Namen darauf. Martin McBride.«

Er reichte mir die Karte. Vorne stand in Großbuchstaben PRESSE und darunter THE IRISH TIMES.

»Hier ist Platz für ein Foto. Machen Sie ein Foto im Paßbildautomaten am Bahnhof. Und verlieren Sie den Ausweis nicht. Er ist kostbar.«

Und weg war ich.

Das war also mein erster journalistischer Auftrag, ein Päckchen vom Zug abholen. Ich lief durch die Straßen von Belfast und hörte in Gedanken immer wieder die Worte von H.L. Mencken. Stolz präsentierte ich meine Karte, die mich als Redaktionsangestellten von The Irish

Times auswies. Ich schob sie in meine Brieftasche, holte sie aber an diesem Tag mehrmals hervor und betrachtete sie, als wäre sie ein magischer Paß für mein Leben als Reporter. Immer wieder mußte ich an die alten Schwarzweißfilme denken, die ich früher gesehen hatte: Spencer Tracy mit einer Karte im Hutband, auf der PRESSE stand. Das war ich. Ich war von Bedeutung, und diese Karte würde mir alle Türen öffnen.

Ich genoß jede Minute meiner Arbeit. Neben dem Auswerten der Nachrichten überwachte ich die Berichte der Nachrichtenagenturen Reuters und PA, die Tag für Tag als wahre Papierlawinen über Fernschreiber ins Büro ratterten. Außerdem hielt ich das Zeitungsarchiv auf dem neuesten Stand und organisierte einen Ausschnittdienst, was bedeutete, die nationalen und lokalen Zeitungen zu lesen, Artikel auszuschneiden und sie unter den jeweiligen Verweisen abzulegen. Janet ging um fünf Uhr, dann bediente ich das Telefon und nahm Berichte der Polizei und der Feuerwehr, von anderen Journalisten und der Öffentlichkeit entgegen. Wenn ich Zeit hatte, setzte ich mich an die alte Remington und übte Schreibmaschine.

Außer uns gab es noch einen Mann namens Frank Nelson, der nachmittags die von Fergus getippten Artikel per Fernschreiber an das Zentralbüro in Dublin durchgab.

Ich hatte immer etwas zu tun. Manchmal ging ich abends nicht vor neun oder zehn nach Hause. Aber das machte mir nichts aus. Ich liebte die Atmosphäre im Zeitungsbüro, auch wenn es sich dabei nur um einen Einmannprovinzbetrieb handelte. Ich liebte es, im Mittelpunkt des Geschehens zu sein, Neuigkeiten und Informationen aufzuschnappen oder Anrufe von Politikern und Würdenträgern entgegenzunehmen.

Eines Nachmittags kam Fergus Pyle aus seinem Büro und fragte mich: »Was machen Sie heute abend?«

Ich sagte, ich hätte noch nichts vor.

»Möchten Sie zu einer Stadtratssitzung mitkommen?«

Ich nickte.

»Gut. Wir gehen um halb sieben.«

Ich war ziemlich aufgeregt. Als wir über die Royal Avenue zum Rathaus gingen, erklärte er:

»Ich möchte, daß Sie sich Notizen machen. Und wenn Sie heute abend nach Hause kommen, tippen Sie mir darüber bitte einen Artikel von sechshundert Wörtern.«

»Für die Zeitung?« fragte ich nervös.

Fergus lächelte.

»Nein, ich werde noch daran feilen, bevor er gedruckt wird. Ich will einfach wissen, was Sie können.«

Wir gingen zu den für die Presse reservierten Plätzen. Etwa ein Dutzend Reporter waren schon da, und alle schienen sie Fergus zu kennen. Er stellte mich einigen Kollegen vor, und wir gaben uns die Hand. Um sieben Uhr begann die Sitzung.

Da Tonbandgeräte nicht erlaubt waren, mußten alle wie verrückt mitkritzeln. Ich sah, wie Fergus' Bleistift über das Papier flog. Um Viertel vor neun warf er einen Blick auf die Uhr, klappte sein Notizbuch zu und sagte: »Das war's. Zeit für die Morgenausgabe.«

Wir gingen hinunter ins Foyer, und er warf ein paar Münzen in ein Telefon. Er rief die Redaktion an und diktierte in rasender Geschwindigkeit ins Telefon. Ich ging heim nach Brompton Park, kochte mir ein Ei und setzte mich hin, um meinen Artikel zu schreiben.

Am nächsten Morgen rief mich Fergus in sein Büro und wollte sehen, was ich geschrieben hatte. Er setzte die Brille auf und nahm einen blauen Stift zur Hand. Ängstlich wartete ich auf seine Reaktion.

»Stadtrat Gerry Fitt hielt gestern abend eine interessante Rede bei der monatlichen Sitzung des Belfaster Stadtrates.«

Er schob die Brille auf die Stirn.

»Wer sagt, daß die Rede interessant war?«

»Ich.«

»Aber die Leser könnten meinen, daß die Rede nicht interessant war. Sie könnten meinen, daß es der größte Unsinn aller Zeiten war.«

»Die Leser waren aber nicht da.«

»Genau. Und Ihr Job ist es, ihnen einen objektiven Bericht zu liefern. Teilen Sie ihnen einfach mit, was Gerry Fitt gesagt hat. Kommentieren Sie nicht. Lassen Sie die Leser ihre eigene Meinung bilden.«

Er nahm den Stift und strich das Wort »interessante« durch.

»Was war eigentlich so interessant?«

»Er sagte, das städtische Wohnungsamt diskriminiere die Katholiken.«

»Warum schreiben Sie das nicht?«

»Das habe ich ja. Es steht im vierten Absatz.«

Fergus schüttelte den Kopf.

»Leser sind eilige Menschen. Vielleicht haben sie nicht genug Zeit, bis zum vierten Absatz zu lesen. Wenn Sie der Meinung sind, das sei der wichtigste Punkt, muß er gleich hier oben im ersten Absatz stehen.«

Er nahm seinen Stift und strich die ersten drei Absätze aus.

»Wie lang haben Sie dafür gebraucht?«

»Drei Stunden.«

»Das ist viel zu lang. Es soll ja kein Schulaufsatz sein. Sie müssen redigieren und kürzen. Alles, was nicht relevant ist, weglassen. Wenn Sie das nächste Mal zu einer Stadtratssitzung gehen, lesen Sie vorher aufmerksam die Tagesordnung. Daran sollten Sie eigentlich schon erkennen können, was es Neues gibt, ehe es geschieht.«

Er gab mir meinen Artikel mit den ganzen Bleistiftkorrekturen zurück, überflüssige Adjektive waren entfernt, die Rechtschreibung verbessert, Sätze knapper formuliert. Ich ging an meinen Schreibtisch und fühlte mich wie ein Dummkopf, dann nahm ich die neueste Ausgabe der Zeitung und las seinen eigenen Artikel, den er am Abend zuvor in zehn Minuten an einem Telefon ausgefeilt hatte.

Der Redakteur hatte als Überschrift FITT KLAGT BELFASTER WOHNUNGSAMT AN gewählt. Der Artikel begann folgendermaßen: »Stadtrat Gerry Fitt warf gestern abend dem Belfaster Stadtrat Diskriminierung von Katholiken bei der Wohnungsvergabe vor.«

Der Artikel war eine exakte und knappe Zusammenfassung der gestrigen Sitzung. Ich verstand sofort, was Fergus gemeint hatte. Ich war dabei, ein guter Reporter zu werden.

Samstag nachmittags, wenn ich nicht arbeiten mußte, ging ich gerne in Pat's Bar, um Musik zu hören. Pat's Bar war ein altmodischer Pub unten am Hafen. Früher hieß es, er sei der vorletzte Pub, bevor man in England landete. Eine Tür weiter kam Barney's Bar, und das war dann der letzte.

Es gab eine lange Theke und einige Hinterzimmer und einen rohen Holzboden, und die Toilette war auf dem Hof. An einem regnerischen Abend war man völlig durchnäßt, wenn man vom Pinkeln kam. Aber in Pat's Bar wurde die beste Volksmusik von ganz Belfast gespielt, und wenn man ein Lied vorsang, bekam man einen Gutschein für ein Guinness.

An einem Samstagabend stand eine junge Frau auf. Sie sah sehr gut aus. Sie strich sich das blonde Haar aus dem Gesicht, legte die Hand ans Ohr und begann zu singen:

The rain beats at my yellow locks, the dew wets me still,
The babe is cold in my arms love, Lord Gregory let me in.
Do you remember, Lord Gregory, that night in Cappoquin?
You stole away my maidenhead, and sore against my will.
So, I'll leave now, these windows, and likewise this hall.
And it's deep in the sea, I will find my downfall...

Ich spürte, wie sich meine Nackenhaare aufstellten. Sie hatte eine wunderschöne klare Stimme, mit der sie alle zum Verstummen brachte. Das Lied, das ich noch nie gehört hatte, erzählte von einem armen Mädchen, das in Not gerät und von ihrem reichen Liebhaber im Stich gelassen wird. Sofort mußte ich an Stella denken.

Ich fragte jemand, wie sie hieß, und er sagte: »Maura Magee.«

Später traf ich sie an der Bar wieder, und wir kamen ins

Gespräch. Sie studierte an der Queen's University Englisch, erzählte sie mir. Ich fragte sie, ob sie vielleicht mit mir in ein Konzert der Dubliners gehen wollte, sie sagte ja, und wir fingen an, gemeinsam auszugehen.

Maura interessierte sich sehr für Volksmusik, und wir verbrachten unsere gemeinsame Zeit in Clubs und auf Sessions. Sie lieh mir verschiedene Bücher, und an den langen Sommerabenden machten wir ausgedehnte Spaziergänge am Ufer des Lagan und redeten über Thomas Hardy und Wilfred Owen und W.B. Yeats.

Einmal nahm sie mich zu einer Dichterlesung an der Universität mit. Der Dichter war ein großer, dünner Mann mit Brille, und alle saßen mucksmäuschenstill und hörten ihm zu, als er las. Hinterher tranken wir alle Sherry aus winzigen Gläsern.

Ich war sehr stolz, wenn ich mit Maura am Arm ausging, und wenn ich sie meinen Freunden vorstellte, sah ich, daß sie alle fast vor Neid platzten. Kevin Trainor nahm mich einmal beiseite und fragte: »Ist die nicht ganz richtig im Kopf, oder was?«

»Wie meinst du das?«

»Wieso sollte so eine Klassefrau wie die sonst mit einem Deppen wie dir ausgehen?«

Ich wußte, daß er eifersüchtig war, und faßte es als Kompliment auf.

Fergus Pyle sagte: »Unser Herausgeber in Dublin heißt Douglas Gageby, und es gibt einige Dinge, für die er sich leidenschaftlich interessiert. Wenn Sie in diesem Unternehmen weiterkommen wollen, achten Sie in Zukunft besonders auf folgende Themen: Politik, Flüsse, Bäume, Cavehill, megalithische Gräber, die Rüstung von Ballymoney, Wolfe Tone, die irische Armee und Forellen. Wenn Sie auf eines dieser Themen stoßen, sorgen Sie dafür, daß ausreichend darüber berichtet wird. Vor allem aber natürlich über Politik. Mr. Gageby interessiert sich *sehr* für Politik.«

Im Westen von Belfast braute sich Ärger zusammen. Die Republikaner hatten eine irische Flagge in das Fenster ihres Büros gehängt, und Ian Paisley warnte, daß er in die Falls Road marschieren und sie eigenhändig herunternehmen würde, falls die RUC sie nicht abnehmen sollte. Wahlen standen an, und Fergus erstickte fast in Arbeit. Die Kandidaten gaben Presseerklärungen, schrieben Reden und hielten Wahlveranstaltungen, und Mr. Gageby in Dublin erwartete, daß über jedes einzelne Wort berichtet wurde.

Fergus mußte zu einer Wahlveranstaltung in Stormont und fragte mich: »Warum gehen nicht Sie hin und schauen sich die Sache an? Wenn es irgendwelchen Ärger gibt, schreiben Sie ein paar Zeilen darüber.«

Ich nahm meinen Notizblock und ging in die Divis Street. Als ich dort eintraf, hatte sich bereits eine Menschenmenge gebildet, und die Leute waren in schlechter Stimmung. Eine Kette von RUC-Männern in schwerer Schutzausrüstung versuchte, die Menge zurückzuhalten. Ich bahnte mir einen Weg und traf Aly McVeigh. Er grinste mich breit an.

»Was treibst du denn hier?« fragte ich.

»Dasselbe wie du. Ich bin zum Spaß hier.«

»Ich bin dienstlich hier«, erwiderte ich. »Und das sieht mir nicht nach Spaß aus. Hier sieht es ziemlich nach Ärger aus.«

»Da hast du verdammt recht«, stimmte er mir zu.

»Wenn diese Bastarde glauben, sie können die Flagge runterholen, haben sie sich aber gründlich getäuscht.«

Er schlug seinen Mantel zurück und zeigte mir eine Milchflasche, gefüllt mit grüner Flüssigkeit und einem Stück Stoff im Flaschenhals.

Bevor ich ihn fragen konnte, begann die RUC, die Menge zurückzudrängen. Es wurde gemurrt und laut geflucht. Ich sah, daß die Polizisten sehr nervös waren. Sie zückten ihre Schlagstöcke und trommelten damit auf ihre Schutzschilde, was einen Heidenlärm erzeugte.

Jemand warf einen Ziegelstein, der einen RUC-Mann am Helm traf. Dann flog noch ein Stein. Die Menge begann zu schieben und zu drücken, und die Polizisten wichen zurück. Ich sah, wie ein Inspektor die Polizisten zu Reihen formierte. Er gab einen Befehl, und sie teilten nach rechts und links mit ihren Knüppeln Schläge aus. Die Menge stob auseinander. Die Leute schubsten und drängelten. Ich brachte mich in einem Ladeneingang in Sicherheit und sah plötzlich Aly mitten auf der Straße stehen.

Er holte die Milchflasche unter seinem Mantel hervor, zündete den Stoffetzen mit dem Feuerzeug an und warf die Flasche auf die Polizisten. Sie zerbrach vor ihren Füßen in einem gelben Flammenmeer. Die Menge applaudierte. Die Polizisten hörten mit der Prügelei auf und sahen sich an. Eine zweite Flasche kam geflogen und zerplatzte zischend. Benzin spritzte auf die Uniformen der Polizisten, die mit ihren Stöcken auf die Flammen einschlugen, um sie zu löschen. Immer mehr Jugendliche kamen mit Flaschen aus den Seitenstraßen. Die Polizisten zögerten einen Moment, dann machten sie kehrt und flohen.

Ich traute meinen Augen nicht. Der Inspektor versuchte, seine Männer zur Ordnung zu rufen, aber sie drängten sich auf ihrer Flucht einfach an ihm vorbei. Es hagelte Ziegelsteine und Flaschen. Der Inspektor stand noch einen Augenblick ganz verwirrt da. Dann kapitulierte auch er und rannte davon.

Noch nie hatte ich erlebt, daß die Polizei derart die Kontrolle verlor. Die Polizisten rannten in ihrer schweren Schutzausrüstung die Divis Street hinunter, retteten sich in ihre Kaserne und verriegelten die Türen. Die Leute bewarfen die Kasernenfenster mit Flaschen und Steinen und schrieen: »Raus mit euch, ihr Feiglinge.«

Jugendliche rollten Autoreifen vor die Kaserne und zündeten sie an. Es sah aus, als wollten sie alles niederbrennen. Die Luft war erfüllt von dickem, schwarzem Rauch und dem Geräusch von splitterndem Glas. Irgendwo von weiter hinten kam ein Feuerwehrauto angescheppert.

Ich suchte Aly, aber er war nicht mehr da, also lief ich zurück zum Büro und berichtete Fergus, was ich gesehen hatte. Er war genauso erregt wie ich. Er rief in Dublin an und ließ Platz freischlagen für einen Bericht, während ich mich an die alte Remington setzte und zu tippen anfing.

»Farbe«, rief Fergus mir immer wieder zu. »Bringen Sie viel Farbe rein. Beschreiben Sie die Menge, die Polizisten, beschreiben Sie die Brandbomben. Schildern Sie genau, was Sie gesehen haben.«

Ich tippte, so schnell ich konnte. Fergus riß mir die Seiten während des Schreibens aus der Maschine, korrigierte sie mit seinem blauen Stift und gab sie Frank Nelson zum Durchtickern.

Als ich fertig war, hatte ich schweißnasse Hände.

Fergus sagte: »Es wird Sie freuen zu hören, daß Ihr Artikel in großer Aufmachung auf der ersten Seite erscheint. Mr. Gageby ist begeistert. Sie haben sich einen Drink verdient.«

Wir gingen rüber ins Duke of York. Die Bar war voller Reporter, die alle über die jüngsten Ereignisse sprachen. Fergus bestellte mir ein Bier. Ich stand im Gedränge an der Theke und fühlte mich ganz sonderbar, so als würde mein Puls rasen und ich nie mehr schlafen können.

Später lag ich im Bett und schloß die Augen. Ich sah die Straße und zerplatzenden Brandbomben und die RUC auf der Flucht. Ich sah, wie die Menschenmenge versuchte, die Polizeikaserne zu stürmen. Ich wußte, daß etwas Entscheidendes geschehen war und nichts mehr so sein würde wie früher.

Kapitel dreizehn

Eines Abends wartete beim Nachhausekommen ein Brief auf mich. Ich nahm ihn mit in die Küche, setzte mich und öffnete ihn. Er enthielt nur ein einziges Blatt Papier, eine Fotokopie aus einem Hauptregister.

In einer Spalte stand mein Geburtsdatum und in einer anderen mein Vorname. Als Geburtsort war Stranmillis Court 31, Belfast, angegeben. Die Spalten für Namen des Vaters und Wohnsitz waren leer. Als Zeuge war eine Avril Baxter, Stranmillis Court 31, aufgeführt. Bei der Geburt anwesend.

Mein Blick wanderte sofort zu der Information, die mich am meisten interessierte. In der Spalte für Vor- und Nachname der Mutter las ich: Margaret Stella Maguire, Bedienung, Iveagh Place 28, Belfast.

Die Frau vom Standesamt hatte eine Notiz an den Rand gekritzelt. Da stand: Mehr kann ich leider nicht für Sie tun. Glauben Sie, daß sie es sein könnte?

Ich machte mir eine Tasse Tee, setzte mich und las das Blatt noch einmal durch. Mir war, als wäre ich am Ende einer langen Reise angelangt. Ich hatte meine Mutter gefunden. Margaret Stella Maguire. Und ich hatte ihre Adresse. Jetzt mußte ich nur noch Kontakt mit ihr aufnehmen, und dann würden wir uns bald wiedersehen. Ich konnte es kaum erwarten.

Ich erzählte es Fergus, und der meinte: »Am besten schreiben Sie ihr. Wenn Sie plötzlich vor ihrer Tür auftauchen, könnten Sie ihr einen furchtbaren Schreck einjagen. Schreiben Sie ihr ein paar Zeilen und erklären Sie ihr, was passiert ist. Sagen Sie ihr, daß Sie sie treffen möchten.«

Am Abend setzte ich mich an den Küchentisch und entwarf meinen Brief an Stella. Ich erzählte ihr, daß Sarah und Isaac gestorben waren und daß es mir gutginge und ich eine gute Arbeit als Reporter für The Irish Times hätte. Ich schrieb, ich würde sie gern wiedersehen und mit ihr sprechen, wann immer es ihr recht wäre.

Dann schrieb ich noch einen zweiten Brief an die Frau vom Standesamt und bedankte mich bei ihr, daß sie meine Geburtsurkunde gefunden hatte. Am nächsten Morgen warf ich die Briefe in den Briefkasten vor Charlie Delaneys Laden ein.

Zwei Wochen vergingen, ohne daß eine Antwort kam. Ich redete mir ein, Stella sei vielleicht sehr beschäftigt oder aber verreist. Wenn sie zurückkam, würde sie mir bestimmt schreiben. Aber als nach einem Monat immer noch keine Antwort gekommen war, fragte ich mich allmählich, ob sie mir überhaupt jemals schreiben würde. Mir fiel wieder ein, was Vater Thomas gesagt hatte. Daß Stella inzwischen vielleicht verheiratet war und eine eigene Familie hatte. Vielleicht hatte sie mich ganz aus ihrem Gedächtnis gestrichen und wollte mich nicht wiedersehen.

Dann hörte ich eines Morgens den Postboten an der Haustür. Ich rannte die Treppe hinunter und riß den Brief auf, der durch den Briefkastenschlitz gefallen war. In dem Umschlag war mein eigener Brief und außerdem eine kurze Notiz, geschrieben mit Kugelschreiber in einer kindlichen Handschrift.

Sehr geehrter Herr,
ich schicke Ihnen Ihren Brief zurück, weil die Person, die Sie suchen, nicht
mehr unter dieser Adresse lebt. Es tut mir leid, aber sie wohnt schon seit
neunzehn Jahren nicht mehr hier.
Mit freundlichen Grüßen
Tess O'Neill.

Ich vertiefte mich in meine Arbeit, um meine Enttäuschung nicht so sehr zu spüren. Mr. Gageby hatte Fergus um eine tägliche Kolumne gebeten, deshalb mußte ich eine Menge alter Reporterjobs von Fergus übernehmen. Aber ich bekam Stella nicht aus dem Kopf. Ständig dachte ich an sie und überlegte, wie ich sie doch noch finden konnte.

Eines Abends schaute ich mir den Ort an, an dem ich geboren war: Stranmillis Court 31. Ein abschreckendes Gebäude mit großen vernagelten Fenstern und Dachziegeln, die jeden Moment herunterfallen konnten. In der Nähe fand ich ein Geschäft, ging hinein und sprach mit dem Mann hinter der Ladentheke. Er erzählte mir, das Haus sei früher ein Entbindungsheim für ledige junge Mütter gewesen, aber bereits vor fünfzehn Jahren geschlossen worden. Wochenlang ging ich immer wieder hin und starrte auf die vernagelten Fenster. Die Vorstellung, daß sich Stella an diesem schrecklichen Ort hatte aufhalten müssen, um auf meine Geburt zu warten, machte mich traurig.

Ich zermarterte mir das Hirn nach Möglichkeiten, sie zu finden. Vielleicht sollte ich ein Inserat in den Familienanzeigen des Belfast Telegraph aufgeben. Oder beim Sozialamt oder beim Arbeitsamt nachfragen, ob die irgend etwas über sie in ihren Unterlagen hatten. Schließlich kam ich zu dem Entschluß, mit Tess O'Neill zu reden.

Ich nahm den Bus zur Falls Road, machte mich auf die Suche nach dem Iveagh Place und fand eine Gruppe winziger Reihenhäuser im Schatten einer stillgelegten Spinnerei. Haus Nummer 28 hatte saubere Vorhänge und eine Topfpflanze im Fenster. Ich klopfte an die Tür, die von einer vollbusigen Frau in einer Wolljacke mit Flicken auf den Ärmeln geöffnet wurde. Ich nannte ihr mein Anliegen.

Sie starrte mich nur an. Einen Augenblick lang dachte ich, sie würde mich wegschicken. Dann trat sie auf die Türschwelle, schloß mich in die Arme und drückte mich an sich.

»Mein Gott«, rief sie. »Ich kann's nicht fassen. Stellas kleiner Junge ist endlich heimgekommen.«

Sie nahm mich mit in die Küche und setzte mich an den Tisch. Während sie aufgeregt mit dem Teegeschirr herumklapperte, ließ sie mich keinen Moment aus den Augen.

»Weißt du was?« sagte sie. »Du siehst genauso aus wie sie. Groß und schmuck. Ich hab immer zu Stella gesagt, du wirst bestimmt mal ein Filmstar.«

Ich wurde rot. »Sie haben mich gekannt, als ich noch ein Baby war?«

»Natürlich. Schließlich hast du ja hier bei mir gewohnt,

bis die arme Stella dich weggeben mußte. Du warst so winzig, daß sie dich in eine Schublade oben in dem kleinen Zimmer gelegt hat.«

Ich war sehr aufgeregt. »Wieso haben wir denn hier gewohnt?«

»Weil Stella sonst nirgends hinkonnte. Das arme Ding hatte ja kein Geld. Ich konnte sie doch wohl schlecht auf die Straße setzen, oder? Besonders, nachdem sie sich um ihr Baby kümmern mußte.«

»Aber wie haben Sie sie überhaupt kennengelernt?«

»Wir haben zusammen gearbeitet. Im American Eagle.«

Wir saßen in ihrer kleinen Küche mit den zwei Porzellanhunden auf dem Kaminsims und der Uhr daneben und einem Bild von Jesus, der auf sein blutendes Herz deutete. Wir tranken unseren Tee, und Tess O'Neill erzählte mir, wie sie sich kennengelernt hatten.

Stella war gerade vom Land gekommen und wußte nicht, wo sie wohnen sollte, also nahm Tess sie mit zu sich nach Hause. Sie arbeiteten zusammen im American Eagle, einem Club für amerikanische Soldaten in der Royal Avenue. Sie waren Kellnerinnen, aber die Yanks nannten sie Hostessen, weil das besser klang und mehr Stil hatte.

»Ich war froh über die Miete. Und Stella war sowieso kaum hier. Sie war jeden Abend unterwegs. Die Yanks waren echte Gentlemen. Sie gaben einem Feuer und baten um einen Tanz. Es gab Partys und Dinner und Ausflüge in ihren Autos. Deine Mutter sah sehr gut aus. Die Männer waren ganz verrückt nach ihr.

So ging das eine Weile, aber dann bekam die arme Stella einen dicken Bauch. Eines Nachmittags kam ich nach Hause, da saß sie am Fenster und sagte mir, es gebe keinen Zweifel. Sie wäre beim Doktor gewesen und sie sei im dritten Monat.

Sie wußte nicht, wohin sie sollte. Das arme Ding hatte keinen Schilling, und sie konnte auch nicht zu ihren Eltern nach Hause, weil die sie rausgeschmissen hätten. Als es soweit war, ging sie in dieses Haus für schwangere Mädchen und hat dich dort gekriegt.«

»In Stranmillis Court?«

»Genau. Und es war schrecklich da. Mehr wie in einer Besserungsanstalt als in einer Entbindungsklinik. Die armen Mädchen wurden behandelt wie der letzte Dreck. Sie mußten die Böden schrubben und die Wäsche machen. Die meisten der älteren Frauen, die den Laden leiteten, waren vertrocknete alte Weiber. Ich glaube, sie waren neidisch auf die Mädchen, weil die immerhin einen Mann gehabt hatten. Als Stella entlassen wurde, ließ ich sie noch ein Weilchen hier bei mir wohnen, aber es war klar, daß sie dich nicht behalten konnte. Am Ende blieb ihr nichts anderes übrig, als dich wegzugeben.

Jemand hat ihr von diesem Pfarrer in Ardoyne erzählt, und sie ist zu ihm gegangen. Er hat erreicht, daß du adoptiert wurdest. Es hat Stella fast das Herz gebrochen. Ich hörte, wie sie oben in ihrem Bett lag und sich die Augen ausweinte. Ich glaube nicht, daß sie sich je davon erholt hat.«

Meine Kehle war auf einmal ganz trocken.

»Und was ist mit meinem Vater? Konnte er denn nichts tun?«

Tess O'Neill runzelte die Stirn.

»Frag nicht nach ihm, Martin.«

»Warum nicht? Hat Stella nicht erzählt, wer er war?«

»Sie hat nicht über ihn gesprochen. Er hat sich aus dem

Staub gemacht. Jedesmal, wenn ich ihn erwähnt habe, hat sie das Thema gewechselt.«

»Man hat mir gesagt, er sei nach Frankreich gegangen.«

»Kann schon sein. Tatsache ist, daß er nicht da war, als sie ihn gebraucht hätte.«

»Wie sah sie aus?«

»Sie war reizend. Groß und dunkel. Und sie hatte wunderschöne lange Haare. Sie war einfach bildschön.«

»Und wie alt war sie?«

»Oh, sehr jung. Viel zu jung eigentlich. Sie war sicher nicht älter als achtzehn oder neunzehn.«

»Haben Sie ein Foto von ihr?«

»Ich hatte mal eins, Martin. Aber es muß verlorengegangen sein. Ich hab es seit Jahren nicht mehr gesehen.«

»Wissen Sie, wohin sie gegangen ist?«

»Ich hab keine Ahnung. Sie fuhr jeden Sonntag nach Ardoyne, um dich zu besuchen, aber irgendwann haben die Leute, die dich adoptierten, sie gebeten, nicht mehr zu kommen. Sie behaupteten, es würde dich zu sehr aufregen, wenn sie zu Besuch kam. Das nahm sie ihnen sehr übel. Bald darauf hat sie ihre Sachen gepackt und ist verschwunden.«

»Tun Sie mir bitte einen Gefallen«, bat ich. »Zeigen Sie mir das Zimmer, in dem wir gewohnt haben.«

Tess O'Neill ging mit mir nach oben. Ich schaute in das kleine Zimmer mit dem schmalen Bett und dem gesprungenen Spiegel auf der Frisierkommode. Ich versuchte, mir Stella vorzustellen, wie sie in diesem Zimmer ohne Geld und nur mit Tess O'Neills Hilfe um unser Überleben gekämpft hatte.

»Ich will versuchen, sie zu finden. Fällt Ihnen jemand ein, der wissen könnte, wo sie ist?«

»Ihre Schwester.«

»Sie hat eine Schwester?«

»O ja. Stella hatte eine Schwester in Enniskillen. Sie sagte, ihre Schwester sei Lehrerin.«

»Wissen Sie, wie sie heißt?«

»Kathleen, glaube ich.«

»Haben Sie ihre Adresse?«

Tess O'Neill schüttelte den Kopf.

»Tut mir leid, Martin. Ich würde dir sehr gern helfen.«

Doch dann hellte sich ihr Gesicht auf.

»Was rede ich denn da? Natürlich, sie muß ja im Telefonbuch stehen.«

Als Fergus und Janet am nächsten Abend heimgegangen waren, nahm ich mir das Telefonbuch vor. Es gab Dutzende von Maguires in Enniskillen. Drei davon hießen Kathleen. Ich rief eine nach der anderen an.

Die ersten beiden sagten nein, das wären sie nicht. Aber die dritte antwortete: »Ich glaube, die Frau, die Sie suchen, hat geheiratet und heißt jetzt Mrs. Fagan. Sie ist tatsächlich Lehrerin und wohnt draußen in der Belcoo Road.«

Wieder schaute ich im Telefonbuch und fand auch diese Nummer. Als ich dort anrief, meldete sich eine Frau.

»Haben Sie eine Schwester namens Stella?« fragte ich.

»Ja.«

»Ich rufe im Auftrag von Leuten an, die sie während des Kriegs in Belfast kennengelernt hatten. Sie möchten mit ihr Kontakt aufnehmen.«

»Stella ist in Amerika«, sagte die Frau. »Sie lebt schon seit sechzehn Jahren dort.«

Ich bemühte mich, trotz meiner Aufregung ruhig zu klingen.

»Haben Sie ihre Telefonnummer?«

»Wer sucht sie denn?«

Ich nannte ihr den ersten Namen, der mir einfiel.

»Tess O'Neill. Stella hat damals bei ihr gewohnt.«

»Oh, Tess. Natürlich erinnere ich mich. Wie geht es ihr?«

Ich sagte, es ginge ihr gut.

»Stella lebt in New Jersey. In einer Stadt namens Freehold. Wenn Sie sie jetzt anrufen, erreichen Sie sie bestimmt. Ich habe selbst erst vor einer halben Stunde mit ihr gesprochen.«

Sie gab mir Stellas Adresse und Telefonnummer, und ich notierte sie.

»Ich danke Ihnen vielmals«, sagte ich.

»Nicht der Rede wert«, entgegnete Kathleen Maguire. »Tess war wirklich sehr nett zu Stella, das hat sie ihr nie vergessen.«

Ich sah auf die Uhr. Es war kurz vor zehn. Das hieß, in New Jersey war es fünf Uhr. Ich nahm den Hörer wieder ab und wählte Stellas Nummer.

Es schien eine Ewigkeit lang zu klingeln. Der Hörer zitterte in meiner Hand, dann hörte ich die Stimme einer Frau.

»Hier ist Stella Garvan. Wer spricht da bitte?«

Mein Herz hämmerte laut.

»Ich rufe aus Belfast an.«

Eine kurze Pause entstand.

»Was kann ich für Sie tun?«

»Da ist jemand, der Kontakt mit Ihnen aufnehmen möchte. Es sind Leute, die Sie kannten.«

»Wie heißen sie?«

»McBride.«

Das war der entscheidende Augenblick. Wenn Stella keinen Kontakt wollte, mußte sie nur auflegen.

Statt dessen sagte sie: »Ich kannte Leute, die McBride hießen.«

»Sarah und Isaac. Sie haben in Brompton Park in Ardoyne gewohnt.«

»Das stimmt. Wie geht es ihnen?«

»Sie sind tot«, antwortete ich. Mir kamen die Tränen. »Können Sie sich an einen Pfarrer namens Vater Ambrose erinnern? Er hat im Holy-Cross-Kloster gelebt.«

Stella war still geworden.

»Ja.«

»Hatten Sie einen kleinen Jungen, der Martin hieß?«

»Ja, das stimmt.«

»Haben Sie ihn zur Adoption freigegeben?«

»Ja.«

»Haben Sie ihn den McBrides gegeben?«

Ich hörte, wie Stella am Telefon schluchzte.

»Ja.«

»Wissen Sie, wer gerade mit Ihnen spricht?«

Nie werde ich Stellas Antwort vergessen.

»Natürlich. Du bist es, Martin.«

Stella schniefte und weinte. Sie sagte: »Mein Gott, Martin. Das ist ein ziemlicher Schock für mich. Ich muß mich setzen und eine Zigarette rauchen.«

Ich sagte ihr, es sei auch für mich ein Schock. Sie fragte, wie es mir ging, und ich antwortete, es ginge mir gut und ich hätte einen guten Job, sie bräuchte sich also keine Sorgen zu machen.

»Und Mr. und Mrs. McBride, die Armen, sind tot?«

Ja, sagte ich, sie hatten beide Krebs.

»Dann bist du ja jetzt ganz allein?«

Ich berichtete ihr, daß es noch Onkel Paddy und Tante Minnie gab und meine Freunde, Aly und Kevin. Und Fergus und die Leute aus der Redaktion. Und ich erzählte ihr von Maura.

»Ist sie ein nettes Mädchen, Martin?«

»Sie ist ein reizendes Mädchen, und ich bin sehr stolz auf sie.«

Ich fragte sie, ob ich Brüder oder Schwestern hätte.

Sie verneinte.

Darüber war ich traurig. Ich hätte so gern Schwestern und Brüder gehabt. Auch für Stella war ich traurig, denn das bedeutete ja, daß sie ihr einziges Kind hatte weggeben müssen. Sie muß sehr einsam gewesen sein.

»Aber du bist doch verheiratet? Das weiß ich, weil sich dein Name geändert hat.«

»Ich habe einen Mann namens Joe Garvan geheiratet, aber die Ehe ging nicht gut. Wir sind inzwischen geschieden.«

Ich sagte, das täte mir leid.

»Woher hast du meine Nummer?«

Ich erzählte ihr von Tess O'Neill und wie sie mich auf Stellas Schwester Kathleen gebracht hatte.

»Und du hast Kathleen nicht erzählt, wer du bist?« fragte Stella.

»Nein, nein.«

»Gott sei Dank. Wie geht es Tess?«

»Der geht es gut.«

»Sie war sehr anständig zu uns. Ich wollte ihr eigentlich schreiben, aber ich habe es nie geschafft. Wenn du wieder mit ihr sprichst, richte ihr bitte viele Grüße von mir aus.«

Das versprach ich.

Wir redeten sehr lange. Ich hatte so viele Fragen, und kaum war eine beantwortet, fiel mir die nächste ein. Daß sie nach Amerika gekommen war, sei das Beste gewesen, was ihr in ihrem ganzen Leben passiert sei, erzählte sie mir. Amerika sei das Land der tausend Möglichkeiten, in dem es jeder zu etwas bringen konnte, wenn er nur bereit war, die Ärmel hochzukrempeln und zu arbeiten. Aber sie vermisse Irland noch immer, weil die Menschen dort ganz anders wären und wüßten, wie man sich amüsiert.

»Hast du manchmal an mich gedacht?« fragte sie.

»Ständig.«

»Ich bin froh, daß du mich gefunden hast, Martin. Ich habe immer gewußt, daß du eines Tages auftauchen würdest. Es gibt keinen Tag, an dem ich nicht an dich gedacht habe. Ich hab ein Bild von dir, das bei deiner Taufe aufgenommen wurde, und es steht neben meinem Bett.«

Als ich endlich auflegte, war ich vollkommen erschöpft. Ich sperrte das Büro zu, ging rüber ins Duke of York und bestellte mir einen großen Whiskey, um mich zu beruhigen. Ich konnte an nichts anderes denken – endlich habe ich meine Mutter gefunden, und sie liebt mich.

Wir begannen, uns zu schreiben, weil ich nicht telefonieren konnte, wenn Fergus und Janet im Büro waren. Stella erzählte mir, wie sie in Amerika gelandet war. Als sie Belfast verließ, ging sie zunächst nach Dublin und fand dort Arbeit in einem großen Kaufhaus in der O'Connell Street. Sie blieb etliche Jahre in Dublin, bis eine ihrer Schwestern, die noch in Enniskillen lebte, beschloß, nach Amerika auszuwandern, und Stella sich entschied, mit ihr zu gehen. Sie hatten einen Onkel in Albany, dem es gutging und der sie unterstützen wollte.

Sie blieb eine Zeitlang in Albany, bevor sie nach New York umzog und dort Joe Garvan kennenlernte. Sie ließen sich in New Jersey nieder. Aber die Ehe scheiterte, daher lebte sie jetzt wieder allein. Ihre Schwester Bridgie war verheiratet und wohnte ganz in der Nähe. Sie hatte vier Kinder, also hatte ich Cousins.

Stella lieferte mir eine sehr anschauliche Schilderung des amerikanischen Lebens. Sie arbeitete in einer Anwaltskanzlei, und ihr Chef hieß Mr. Morrison. Er behandelte sie gut. Sie besaß ein eigenes Haus und ein eigenes Auto und hatte einen guten Job. Ständig besuchte sie irgendwelche Abendgesellschaften. Immer schien die Sonne. Alle Leute ließen es sich gutgehen und scheffelten eimerweise Geld. Es war ein großartiges Leben. Das war Amerika, wie ich es mir nach all den Filmen vorstellte, die ich gesehen hatte.

Sie schickte mir Fotos. Manche waren in Dublin aufgenommen worden, die meisten aber in Amerika. Sie sah genauso aus, wie man sie mir beschrieben hatte: dunkel und schön wie eine Spanierin. Ich sah mir die Bilder immer wieder an und suchte nach Ähnlichkeiten. Ich zeigte sie Maura, und die sagte ja, da gäbe es gar keinen Zweifel. Wir hatten die gleiche Nase und die gleichen Wangenknochen. Stella hatte einen stolzen Blick, und den hatte ich auch.

Manchmal rief ich sie an, wenn ich allein im Büro war, aber meist blieb es bei Briefen. Sie berichtete mir von meinen ersten Lebensmonaten und wie sie versucht hatte, mich bei sich zu behalten. Sie sagte, sie hätte sogar mit dem Gedanken gespielt, mit mir nach England zu gehen, wo uns niemand kannte, und noch mal ganz von vorne anzufangen. Dort gab es Kinderkrippen, in denen man sein Baby lassen konnte, wenn man arbeiten ging. Aber es war unmöglich. Zu vieles sprach dagegen. Stella stellte es so dar, als hätte sich damals die ganze Welt gegen uns verschworen.

Sie wollte wissen, ob ich ein guter Katholik war und zur Messe ging und an den Sakramenten teilnahm. Sie fragte genau wie Sarah vor ihrem Tod. Also antwortete ich ihr, daß ich jeden Sonntag zur Messe und zur Kommunion ginge. Das war zwar gelogen, aber ich wollte, daß sie sich keine Sorgen machte. Ich wollte nicht, daß sie sich vielleicht für etwas schuldig fühlte, das sie nicht ändern konnte. Ich schickte ihr sogar ein Foto von mir in meinem neuen Anzug, das bei meiner Firmung aufgenommen worden war, damit sie es zu dem anderen neben ihr Bett stellen konnte.

Monatelang schrieben wir uns regelmäßig. Jeder Brief enthielt neue Einzelheiten. Und dann fragte ich schließlich nach meinem Vater und ob sie mir etwas über ihn sagen konnte. Keiner hatte ihn je gesehen. Keiner konnte irgend etwas über ihn erzählen. Dadurch wurde er nur noch mysteriöser.

In ihrem nächsten Brief erwähnte Stella ihn erst im letzten Absatz, und auch der war nur ganz flüchtig hingeworfen wie ein Nachsatz. Sie schrieb, sein Name sei Bill O'Dwyer und er wäre Offizier der US-Army und käme aus Chicago.

Diese Neuigkeit versetzte mich in Aufregung. Ich malte mir aus, auch ihn finden zu können. Also schrieb ich zurück und fragte Stella, wie er aussah und ob sie mir erzählen konnte, wie sie sich kennengelernt hatten. Ich fragte sie, ob sie eine Ahnung hätte, wo er sich aufhielt und ob ich mit ihm Verbindung aufnehmen könnte; vielleicht kannte sie ja zum Beispiel seine Sozialversicherungsnummer oder die Nummer seines Militärausweises oder sogar seine Adresse.

Sie reagierte ausweichend. Bill O'Dwyer sei für sie Vergangenheit, schrieb sie, und sie wolle nicht über ihn sprechen. Sie wollte keine alten Wunden aufreißen. Er lebte sein Leben, und wir das unsere, so war es nun mal. Sie hätte ihn aus ihrem Gedächtnis gestrichen, und das gleiche sollte ich am besten auch tun.

Aber ich gab mich damit nicht zufrieden. Ich dachte jetzt an Bill O'Dwyer, wie ich früher an Stella gedacht hatte. Ich malte mir aus, wie er Stella in seiner eleganten Offiziersuniform Feuer gab und sie zum Tanz aufforderte, so wie es die Soldaten im American Eagle laut Tess O'Neills Beschreibung gemacht hatten. Ich stellte mir vor, auch ihn ausfindig zu machen und kennenzulernen. Und vielleicht war er ja verheiratet und hatte Kinder, so daß ich doch noch zu meinen Schwestern und Brüdern käme. Ich rief Stella wieder an.

Sie war sehr redselig. Sie erzählte, sie sei auf dem Sprung zu einer Gartenparty bei ihrer Nachbarin und hätte gerade einen Salat für die Party gemacht. Es sei glühend heiß, und alle Leute schleppten sich wegen der Hitze nur so dahin.

Ich wollte sie wegen Bill O'Dwyer fragen, aber sie fiel mir ins Wort.

»Was würdest du davon halten, rüberzukommen und eine Weile bei mir zu wohnen?«

»Wie bitte?«

»Ich habe darüber nachgedacht. Wir sollten uns wirklich treffen, Martin. Ich würde dich wahnsinnig gern sehen. Und es würde dich keinen Penny kosten. Ich schicke dir das Geld für das Ticket. Es wird dir bei uns gefallen. Das wären wunderbare Ferien für dich.«

Ich traute meinen Ohren nicht. »Das wäre phantastisch.«

»Okay«, sagte Stella. »Ich arrangiere das für dich.«

Kapitel vierzehn

Onkel Paddy sagte: »Wenn du mich fragst, ist das keine gute Idee. Man soll schlafende Hunde nicht wecken. Du bist jetzt zwanzig Jahre alt und bisher bestens zurechtgekommen, ohne daß du sie gesehen hast.«

»Aber sie ist meine Mutter.«

»Na und, wenn sie das ist, hat sie sich jedenfalls verdammt wenig um dich gekümmert.«

»Du hast mir doch als erster von ihr erzählt, weißt du noch? Nach Sarahs Beerdigung. Du warst es, der mir erzählt hat, wie sie mich zu Vater Ambrose gebracht hat.«

»Stimmt, aber das hab ich nicht gemacht, damit du bis nach Amerika hinter ihr herrennst.«

Tante Minnie entschuldigte ihn: »Ts-ts-ts. Nimm's ihm nicht übel, Marty. Er war mal wieder an der Whiskeyflasche. Bestimmt wäre es schön, sie nach all den Jahren zu sehen.«

»Wenn du mich fragst«, warf Onkel Paddy ein, »bleibst du, wo du bist, und läßt sie da drüben machen.«

Eigentlich hätte ich ihm gerne gesagt, daß ihn keiner gefragt hatte und ich nach Amerika gehen würde, egal, ob es ihm paßte oder nicht. Aber ich hielt meinen Mund, trank den Tee aus, den Tante Minnie gemacht hatte, sagte »Cheerio« und ging durch die Chatham Street Richtung Crumlin Road.

Maura fand, das seien wunderbare Neuigkeiten und alles wäre so romantisch.

»Nach so langer Zeit hat sie immer noch dein Bild an ihrem Bett stehen. Ich glaube, sie hatte ein schweres Leben, Martin. Weil sie dich weggeben mußte und keine Kinder mehr bekommen hat. Und dann ihre Ehe, die in die Brüche gegangen ist. Das wäre für jede Frau schlimm. Ich finde das sehr traurig.«

Ich erwiderte, daß Stella, abgesehen von unserem ersten Telefonat, immer den Eindruck machte, als ginge es ihr ausgezeichnet. Sie hatte einen guten Job und ein schönes Haus und ein angenehmes Leben da drüben in New Jersey.

»Und trotzdem hat sie die ganze Zeit an dich gedacht und sich gefragt, ob sie dich jemals wiedersehen wird. Das ist wie im Märchen. Auch wie sie versucht hat, dich zu behalten, bis sie dann schließlich doch gezwungen war, dich wegzugeben. Wie könnte man so was jemals vergessen? Ich glaube, sie war sehr tapfer. Du solltest stolz sein, daß du so eine Mutter hast.«

Ich sagte, ich wäre stolz auf sie.

»Ich wette, es wird dort ganz toll. Sie wird dich verwöhnen, Martin. Wenn ich an ihrer Stelle wäre, würde ich das jedenfalls tun.«

Ich mußte mir etwas Neues zum Anziehen kaufen. Maura begleitete mich und half mir bei der Auswahl. Es sei wichtig, daß ich einigermaßen ansehnlich aussah, meinte sie. Der erste Eindruck zählte, und die Yanks legten viel Wert darauf, wie sich jemand kleidete.

Ich kaufte mir einen schönen leichten Anzug, weil Stella gesagt hatte, es sei sehr heiß. Dann kaufte ich noch eine Hose und Schuhe und Turnschuhe und sechs Hemden. Ich gab mehr Geld aus, als ich bisher je für Kleidung ausgegeben hatte. Als ich alles beisammen hatte, trugen wir alles in vier großen Einkaufstüten nach Hause.

Ich erzählte Fergus, daß ich nach Amerika fahren und meine Mutter besuchen wollte und deshalb Urlaub bräuchte. Er sagte, das sei ja prima und ich könnte Ende Juli zwei Wochen Urlaub nehmen, wenn die Oranierparaden abgehakt wären. Und ich sollte in New York die Augen aufhalten, weil es dort bestimmt gutes Material für mehrere Artikel gab, und das bedeutete Extrageld für mich. Er sagte, ich sollte unbedingt darauf achten, immer Notizblock und Stift bei mir zu haben.

Ich konnte die Abreise kaum noch erwarten. In meinem Kopf schwirrten all die Bilder, die ich gesehen hatte: Wolkenkratzer und gelbe Taxis und Neonlichter. Amerika war ein gesegnetes Land, das Land der tausend Möglichkeiten. Und die Iren wurden stets besonders herzlich begrüßt, weil sie dafür bekannt waren, hart zu arbeiten. Sie haben die Eisenbahnen und die Brooklyn Bridge gebaut und mehrere Generationen lang die Polizei gestellt.

Stellas Scheck für das Ticket traf zusammen mit einem langen Brief ein, der in allen Einzelheiten erklärte, wie man vom Flughafen nach Manhattan kam und dort am Port Authority den Bus nach New Jersey erreichte.

»Ich warte am Busbahnhof auf dich«, schrieb Stella. »Ich zähle die Tage bis zu deiner Ankunft.«

Ich mußte es unbedingt Kevin und Aly erzählen. Wir gingen auf ein Glas in die Madden's Bar in Smithfield, und ich dachte mir eine Geschichte aus. Ich wollte ihnen nicht die Wahrheit sagen, daß ich adoptiert war und so, da hätte ich zu viel erklären müssen. Also sagte ich einfach, Isaac hätte eine Schwester in Amerika, die mich eingeladen hatte, sie für ein paar Wochen zu besuchen.

»Ich wußte gar nicht, daß du Verwandte in Amerika hast«, wunderte sich Kevin. »Das hast du nie erwähnt.«

»Ich habe sie nicht mehr gesehen, seit ich ein Baby war.«

Dann berichtete ich, daß sie in der Nähe von New York lebte und wir viel in der Stadt sein würden, U-Bahn fahren und Hamburger und Hot dogs essen und Budweiser trinken würden.

»Wahrscheinlich fahre ich zur Freiheitsstatue. Und auf das Empire State Building. Und eventuell schaue ich mir ein Fußballspiel im Yankee Stadium an.«

»Manche Leute haben das Glück gepachtet«, sagte Aly neidisch. »Und dann noch die amerikanischen Mädchen. Es heißt, sie saugen einen auf und pusten einen als Seifenblasen wieder aus.«

Ich erinnerte ihn daran, daß ich mit Maura ging.

»Das ist doch Blödsinn. Du bist ja nicht mit ihr verheiratet, oder? Und den Amerikanerinnen ist das sowieso egal. Die denken immer nur an ihr Vergnügen. Nütz jede Gelegenheit. Das ist jedenfalls mein Rat.«

Der Abreisetag kam. Ich hatte meinen Koffer gepackt, den alten Koffer, den wir immer in den Sommerferien nach Portstewart mitgenommen hatten. Erst wollte ich einen neuen kaufen, aber dann entschied ich mich doch dafür, ihn zu behalten, statt das Geld auszugeben.

Maura begleitete mich zum Flughafen, und als wir zur Bushaltestelle gingen, fing es an zu regnen. Am Brompton Park blieb ich stehen und schaute zurück auf die kleinen Häuser von Glenard, als sähe ich sie zum letzten Mal. Ich dachte an die Zeit, in der ich hier aufgewachsen war, all die Menschen, die ich kannte. Noch einmal sah ich zu den Häusern, bevor ich mich umdrehte und ging. Sie schienen sich aneinander zu klammern, und ihre eng gedrängten Dächer glänzten schwarz im Regen.

Als ich am Port Authority in Manhattan eintraf, setzte gerade die abendliche Rush-hour ein. Ich war müde von der langen Reise, und ich war hungrig, und mein neues Nylonhemd klebte mir vor lauter Hitze am Rücken. Der Terminal war brechend voll, und alle Leute schienen es eilig zu haben. Aber das war mir egal. Endlich war ich in Amerika. Und bald würde ich meine Mutter treffen.

Ich stieg in den Bus und zwängte mich auf einen der hinteren Sitze. Als der Bus den Lincoln Tunnel verließ und mit einem Schlag die Skyline von New York vor mir auftauchte, drückte ich meine Nase ans Fenster. Die Stadt lag im hellen Sonnenlicht. Ich sah die Hochhäuser und die Kirchtürme und die Leuchtreklamen. Ich sah den Hudson River und sein in der Sonne funkelndes Wasser. Ich drückte mir die Nase am Fenster platt, bis der Bus nach New Jersey abbog und die Stadt nur noch ein Fleck am Horizont war.

Wir kamen kurz nach fünf Uhr in Freehold an. Ich hörte, wie der Busfahrer die Haltestelle ankündigte und wie die Bremsen quietschten, als der Bus in das Depot einbog. Vor lauter Aufregung bekam ich kaum Luft. Ich stand auf, nahm meinen Koffer aus dem Gepäcknetz und stellte mich in die Schlange von Menschen, die aussteigen wollten.

Ich erkannte Stella sofort. Sie stand neben dem Fahrkartenschalter im Schatten. Sie war älter, als sie auf den Fotos aussah, aber noch immer sehr schön. Sie lief mir entgegen, nahm mich in die Arme und drückte mich an sich.

»Martin«, rief sie. »Ich kann es kaum glauben. Endlich bist du da.«

»Es ist wunderbar, dich zu sehen, Stella.«

Sie ließ mich nicht los, blickte mir ins Gesicht und musterte es gründlich. Ich spürte, wie mein Herz heftig schlug.

»Du siehst genauso aus, wie ich dich mir vorgestellt habe. Du hast das Aussehen der Maguires geerbt. Ach, ich bin so glücklich.«

Sie küßte mich, und ich dachte, sie würde gleich weinen. Der Bus setzte sich wieder in Bewegung, die Leute stiegen in ihre Autos und fuhren weg, und bald waren wir ganz allein im Busdepot. Stella zog ein Taschentuch heraus und tupfte sich die Augen ab.

»Wie war die Reise?«

»Schön.«

»Du mußt müde sein. Ich bring dich nach Hause, damit du duschen kannst. Dann gehen wir irgendwo schön essen, und du kannst mir alles von dir erzählen.«

Sie griff nach meinem Koffer. Plötzlich sah er sehr schäbig aus, und ich bereute nun doch, keinen neuen gekauft zu haben. Ich nahm ihn ihr ab und trug ihn zu dem glänzenden Buick, der am Gehsteig geparkt war.

Wir fuhren durch die Straßen von Freehold. Stella redete ununterbrochen, so wie auch am Telefon, und ließ mir kaum Gelegenheit, etwas zu sagen.

»Mr. Morrison hat mir eine Woche freigegeben. Also haben wir jede Menge Zeit. Wie war der Flug?«

Ich erzählte ihr von dem Verkehr und der Hitze in New York, und sie sagte: »Manhattan ist schrecklich. Ich fahre überhaupt nicht mehr hin.«

Wir kamen zu ihrem Haus. Ich konnte kaum fassen,

daß es so groß war. Es erinnerte mich an die Häuser in der Crumlin Road, die ich so bewundert hatte, als ich für Charlie Delaney Zeitungen austrug. Vor Stellas Haus war eine Rasenfläche und hinter dem Haus noch eine. Es gab eine Sonnenterrasse und eine Garage und Büsche und Bäume, die in allen Farben blühten.

»Das Haus ist wunderschön, Stella«, sagte ich.

»Gefällt es dir?«

»Es ist das schönste Haus, das ich je gesehen habe.«

Sie schien erfreut.

»Joe hat es gebaut.«

»Wer ist Joe?« fragte ich sie.

»Der Mann, mit dem ich verheiratet war. Als wir herkamen, war das eine Hütte. Joe hat es umgebaut und erweitert. Er hat den Rasen und den Garten angelegt. Eines muß ich Joe lassen, er hat harte Arbeit nie gescheut.«

Wir gingen ins Haus. Nach der Hitze draußen war es hier angenehm kühl. Stella zeigte mir das Wohnzimmer und die Küche. So eine große Küche hatte ich noch nie gesehen. Es gab einen Kühlschrank, eine Spülmaschine und einen großen Herd mit Backofen und Dunstabzugshaube.

»Lebst du ganz allein in diesem großen Haus, Stella?«

»So groß ist es auch wieder nicht«, winkte sie ab. »Und ich liebe meine Privatsphäre.«

Sie zeigte mir mein Zimmer. Es gab ein Doppelbett mit einer blauen Tagesdecke und einen Schrank für meine Sachen. Ich zog mich aus und ging duschen. Dann nahm ich ein frisches Hemd, ging wieder hinunter zu Stella und gab ihr die Flasche, die ich im Duty-free-Shop am Flughafen für sie gekauft hatte.

»Irischer Whiskey. Den hatte ich schon lange nicht mehr.«

Sie stellte den Whiskey in einen Schrank zu anderen Flaschen.

»Möchtest du einen Drink, Martin?«

Ich bat um ein Bier.

»Wir müssen anstoßen.«

Sie nahm eine Dose Bier aus dem Kühlschrank und schenkte sich selbst einen Wodka Tonic ein. Dann stieß sie mit mir an.

»Heute ist der glücklichste Tag in meinem ganzen Leben. Nachdem wir uns nun endlich gefunden haben, werden wir uns nie wieder trennen.«

Ich nahm einen Schluck von dem kühlen Bier und dachte, wie wunderbar alles war. Es war genauso märchenhaft, wie Maura es sich vorgestellt hatte.

Draußen ging die Sonne hinter den hohen Bäumen unter, und ein Eichhörnchen grub ein Loch in den Rasen.

Zum Abendessen fuhren wir in ein protziges italienisches Restaurant mit kleinen Lampen auf den Tischen und Opernmusik von einem krächzenden Grammophon. Ich war noch nie in einem solchen Restaurant gewesen und war deshalb sehr unsicher. Aber Stella fühlte sich hier wohl. Sie kommandierte die Bedienungen herum und bestellte Wein.

»In diesem Bundesstaat muß man eigentlich einundzwanzig sein, wenn man etwas trinken will. Aber du siehst alt genug aus. Wir nehmen eine Flasche Chianti. Was meinst du?« fragte sie mich.

Ich sagte klar, warum nicht. Der Name klang gut.

Die Weinflasche steckte in einem kleinen Strohkorb,

und Stella schenkte uns ein. Der Wein schmeckte süß und brannte mir in der Kehle, als ich ihn herunterschluckte.

»Die Kellner scheinen dich zu kennen«, stellte ich fest.

»Das will ich hoffen. Ich habe hier ein Vermögen gelassen. Ich war oft mit Joe hier. Joe liebte die italienische Küche.«

»Was hat er gearbeitet?«

»Er hatte ein Gartenbauunternehmen.«

»Kann man damit viel verdienen?«

»Hier in der Gegend schon. Jeder will, daß sein Garten noch schöner ist als der vom Nachbarn.«

Ich fragte, was mit Joe passiert war.

»Sagen wir mal, wir waren nicht immer einer Meinung. Joe hat getrunken. Das Schlimme war, daß er nicht wußte, wann er aufhören mußte. Kurz bevor ich ihn rausgeworfen habe, war er bei zwei Flaschen pro Tag.«

»Zwei Flaschen Bier?«

Stella lachte.

»Zwei Flaschen Old Crow Whiskey. Der Arme war ein Säufer. Morgens hat er erst mal ein Glas Whiskey gebraucht, um in Gang zu kommen. Er war den ganzen Tag beduselt. Mit so einem Menschen kann man es einfach nicht aushalten.«

»Stella, wie konntest du dich scheiden lassen, obwohl du katholisch bist?«

Sie sah mich erstaunt an und sagte: »In Amerika ist alles anders, Martin.«

Das Essen war sehr angenehm. Stella redete von ihrer Arbeit und Mr. Morrison und dem Damenclub, dem sie angehörte, und ihren vielen sozialen Verpflichtungen in Freehold. Sie erzählte mir, wie sie in Amerika angekommen war und Onkel James ihr als erstes einen Hundertdollarschein gegeben hatte, wovon sie sich Süßigkeiten kaufen durfte.

»Kannst du dir vorstellen, wie viele Süßigkeiten man für hundert Dollar bekam? Onkel James hatte Geld wie Heu. Er war Chef eines Stahlwerks in Albany. Als er hier eintraf, besaß er nur ein einziges Hemd. Amerika ist ein wunderbares Land, Martin. In Amerika kannst du alles erreichen, wenn du nur bereit bist zu arbeiten.«

Ich hörte Stella zu. Sie wirkte sehr elegant und selbstbewußt. Ich dachte an die Zeit, als sie nichts besessen hatte und mit mir in dem kleinen Haus von Tess O'Neill am Iveagh Place wohnte. Ich dachte daran, wie anders wohl alles gekommen wäre, wenn sie mich mit nach Amerika genommen hätte, und wie wir dann gelebt hätten.

Es wurde Zeit zu gehen. Stella beglich die Rechnung und gab dem Ober fünf Dollar Trinkgeld. Er war entzückt und half ihr in den Mantel.

Als wir nach Hause kamen, meinte sie, daß wir uns noch einen Schlummertrunk genehmigen sollten. Wir setzten uns auf die Terrasse hinter dem Haus. Die Blumen dufteten und ein großer, gelber Mond stand am dunklen Himmel.

»Da ist etwas, das ich dir unbedingt sagen muß, Martin«, fing sie an. »Du weißt doch, daß ich dich nicht behalten konnte?«

»Ja.«

»Es ist sehr wichtig für mich, daß du das verstehst. Ich habe versucht, dich zu behalten, aber es ging nicht.«

»Du mußt mir das nicht erklären, Stella. Ich weiß, du hattest keine andere Wahl.«

»Gut. Dann bin ich beruhigt.«

Als ich am nächsten Morgen aufwachte, schien die Sonne und die Vögel zwitscherten. Ich war rundum glücklich. Mein erster Morgen in Amerika, und ich hatte noch zwei ganze Wochen vor mir. Ich schaute auf den kleinen Wecker neben meinem Bett und sah, daß es Viertel nach neun war. Ich wusch mich und ging hinunter in die Küche. Stella hörte Radio, und gerade sang Roy Orbison »In Dreams«. Sie hatte ein gewaltiges Frühstück vorbereitet und stapelte verschiedenste Köstlichkeiten auf meinen Teller: Würstchen und gebratene Speckstreifen und die besten Eier, die ich jemals gegessen hatte. Bei ihr gab es Sachen, die ich noch nie gesehen hatte: Bagels und Waffeln und etwas, das Joghurt hieß und aus Milch gemacht wurde, wie sie mir erklärte. Eine große Kanne Kaffee stand auf dem Herd.

»Das kann ich unmöglich alles essen, Stella«, sagte ich.

»Du wächst noch, Martin, da mußt du ordentlich essen.«

Also langte ich zu und aß, soviel ich konnte, damit sie glücklich war.

Als wir fertig waren, stellte Stella das Geschirr in die Spülmaschine, drückte auf einen Knopf, und die Maschine begann zu arbeiten.

»Du wohnst doch hier allein«, sagte ich. »Wozu brauchst du eine Spülmaschine?«

»In Amerika spült kein Mensch das Geschirr von Hand, Martin.«

Wir setzten uns auf die Veranda, tranken unseren Kaffee, und Stella rauchte eine Zigarette. Sie trug eine Bluse und Hosen, aber die Hose war zu eng, und aus dem Hosenbund lugten kleine Speckfalten heraus.

»Erzähl mir von deinem Job«, bat sie.

Also erzählte ich ihr von Fergus und Janet und Mr. Gageby und wie ich über Stadtratssitzungen berichtete und Interviews machte und Artikel schrieb.

»Das klingt, als wäre es ein sehr interessanter Job. Gefällt er dir?«

Ich antwortete, daß ich jede Minute genoß. Ich fand es toll, Leute kennenzulernen und Nachrichten an die Leser weiterzugeben, und erzählte ihr, was H.L. Mencken gesagt hatte.

»Das hast du sehr gut gemacht, Martin. Ich bin stolz auf dich.«

»Ich hatte einfach Glück.«

»Nein, das ist mehr als nur Glück. Es ist auch harte Arbeit.«

»Du bist es, Stella, die hart gearbeitet hat. Du kamst mit nichts hier her, und schau nur, was für ein schönes Haus und was für ein wunderbares Leben du jetzt hast.«

Sie lächelte, und ich spürte, daß sie sich über meine Komplimente freute.

»Stimmt, manchmal ist man eben seines Glückes Schmied.«

Wir fuhren zum Strand. Stella sagte »Küste« dazu. Ich stellte fest, daß ihr irischer Akzent fast ganz von amerikanischen Ausdrücken überlagert war.

Unterwegs sagte sie: »Solange du hier bei mir bist, gelten einige Grundregeln, okay?«

Ich sagte, das sei in Ordnung, weil ich dachte, es handle sich darum, wo die gebrauchten Handtücher und die schmutzige Wäsche hinkamen und wo man seine Kaffeetasse hinstellte, wenn man ausgetrunken hatte.

»Ich möchte nicht, daß du ans Telefon gehst. Wenn ich

nicht da bin und das Telefon klingelt, laß es einfach klingeln.«

»Aber es könnte etwas Wichtiges sein.«

»Das macht nichts. Mit dem Telefon bin ich ein bißchen heikel. Noch etwas: Wenn dich jemand fragt, sagst du, daß du ein Freund aus Irland bist.«

Ich sah sie verwundert an.

»Soll das heißen, daß keiner was von mir weiß?«

»Ja, warum auch?«

»Nicht einmal deine Schwester Bridgie?«

»Die schon gar nicht. Das geht nur uns beide an. Wir müssen es nicht allen Leuten erzählen. Okay?«

»Aber sie könnten es erraten. Sie sind ja nicht dumm. Ich tauche hier plötzlich auf, und jeder wird wissen wollen, wer ich bin. Und wenn sie genauer hinschauen, sehen sie auch, daß wir verwandt sind.«

»Von mir aus können sie sehen, was sie wollen.«

»Schämst du dich etwa für mich, Stella?«

Sie lachte und kniff mich in die Backe.

»Ach, Martin. Sei kein Narr. Das hat doch nichts mit schämen zu tun. Ich bin stolz auf dich. Aber es bleibt unser Geheimnis. Zwischen dir und mir. Die Leute reden zu viel. Sie lieben Klatsch. Warum sollten wir ihnen Anlaß geben, über uns zu reden?«

Wir kamen zum Strand. Ein breiter, langer Strand, ähnlich dem in Portstewart, nur daß hier das Wasser warm war und ein Rettungsschwimmer auf einem Hochsitz Wache hielt, von dem aus er das Meer im Blick hatte. Ich schwamm im warmen Wasser, und Stella saß unter einem Sonnenschirm und las. So muß das Leben sein, dachte ich mir. Wenn Aly und Kevin mich jetzt sehen könnten, würden sie mich höllisch beneideten. Gegen zwei Uhr kam eine kühle Brise vom Meer auf, ich zog mich an, und wir fuhren zum Mittagessen.

Ich hatte keinen Hunger, aber Stella bestand darauf, daß wir in ein weiteres teures Lokal gingen, in dem die Kellner weiße Jacken trugen und langstielige Rosen auf den gestärkten Leinentischdecken standen.

»Du mußt nicht soviel Geld für mich ausgeben, Stella. Ich bin genauso zufrieden, wenn wir in einem einfachen Lokal essen.«

Aber sie wollte nichts davon hören. Es sei ihr Geld, sagte sie, und ihre Sache, wie sie es ausgab, schließlich käme ihr einziger Sohn nicht jeden Tag zu Besuch. Das tat mir gut, also bestellte ich ein Steak. Aber als es dann kam, war es so groß, daß es den ganzen Teller bedeckte; ich konnte nur die Hälfte davon essen und fand, das sei eine schreckliche Verschwendung.

Ich bat sie, mir von ihrem Leben in Irland zu erzählen. Sie stammte von einem kleinen Bauernhof in Ballinaleck in der Grafschaft Fermanagh. Sie waren fünf Kinder, drei Mädchen und zwei Jungen, und hatten ein sehr hartes Leben. Ihr Bruder Peter war an einer Hirnblutung gestorben, als er erst sechzehn war.

»Wir hatten einen kleinen Bauernhof, und der Boden war dort sehr schlecht. Die Erträge reichten nur für das Notwendigste, da kannst du dir vorstellen, daß wir nicht viel hatten. Dann kam der Krieg, und es gab auf einmal jede Menge Arbeit in Belfast. Ich nützte die erstbeste Gelegenheit und ging weg. Ich war gerade achtzehn geworden.

Damals wurden händeringend Leute gesucht, die in den Fabriken arbeiten wollten, aber ich dachte, das wäre bestimmt eine schmutzige Arbeit. Ich wollte was Besseres, deshalb entschied ich mich für die Arbeit im American Eagle. Dort lernte ich Tess O'Neill kennen, die mich bei sich aufnahm.

Wir wurden sehr gut behandelt, die Arbeit war interessant, und wir bekamen gutes Trinkgeld. Die Amerikaner waren prima. Wir hatten viel Spaß. Jeden Abend gab es Partys. Die Menschen lebten während des Krieges ganz anders, weißt du. Wir kosteten jedes Vergnügen aus, das wir kriegen konnten, weil wir nie wußten, ob wir den nächsten Tag noch erleben würden. Dann wurde ich schwanger. Den Rest kennst du ja.«

Sie zog ein Taschentuch heraus und putzte sich die Nase, und ich sah, daß sie traurig war. Deshalb griff ich über den Tisch nach ihrer Hand.

»Du mußt nichts bereuen, Stella. Du hast dein Bestes gegeben. Tess O'Neill hat mir alles erzählt.«

»Ich wünschte nur, ich hätte dich behalten können.«

»Erzähl mir von meinem Vater«, bat ich.

Stella wurde steif und zog die Hand zurück.

»Ich möchte nicht über ihn sprechen.«

»Ich bin aber neugierig, Stella.«

»Er ist tot. Warum vergißt du ihn nicht einfach?«

»Er ist tot? Das hast du mir aber nie gesagt.«

»Doch. In einem meiner Briefe.«

»Nein«, widersprach ich. »Wenn du mir das geschrieben hättest, wüßte ich es.«

»Jedenfalls ist er tot. Er fiel gegen Ende des Krieges. Irgendwo in Europa.«

»Wo?«

»Woher soll ich das wissen? In Deutschland oder Italien oder in einem dieser Länder. Irgendwo dort, wo gekämpft wurde.«

»Erzähl mir von ihm.«

»Ich habe dir schon alles gesagt. Er hieß Bill O'Dwyer. Er war Offizier der US-Army. Er hat mich geschwängert. Und bevor ich es ihm sagen konnte, wurde er auf den Kontinent abkommandiert und hat sich dort umbringen lassen.«

»Warst du in ihn verliebt?«

»Natürlich. Wir waren auf einer Weihnachtsfeier, als es passierte.«

»Es kann aber nicht Weihnachten gewesen sein, Stella.«

Sie war irritiert.

»Du hast recht. Dann muß es der Unabhängigkeitstag oder irgendeiner dieser verdammten amerikanischen Feiertage gewesen sein. Es war eine sehr schwierige Zeit damals, Martin. Ich kann mich nicht an alles erinnern.«

»Ich möchte ihn finden«, beharrte ich. »Vielleicht ist er gar nicht tot.«

»Er *ist* tot. Laß es einfach darauf beruhen.«

»Die US-Army hat doch Unterlagen.«

Stella wirkte auf einmal verängstigt.

»Können wir nicht ein andermal darüber sprechen?«

»Als ich versucht habe, dich zu finden, hat man mir ständig Hindernisse in den Weg gelegt, Stella. Und jetzt machst du es genauso.«

»Wir haben viel Zeit, Martin. Wir reden ein andermal darüber.«

Eines Tages kam Mr. Morrison zu Besuch und parkte seinen Wagen in der Auffahrt. Mr. Morrison war etwa vierzig. Er trug einen gutgeschnittenen Anzug und ein teures Hemd. Er hatte graue Haare und ein vertrauenerweckendes Anwaltsgesicht.

Beim Hereinkommen gab er mir einen festen Händedruck. Ich roch sein After-shave.

»Verbringen Sie hier schöne Ferien?«

Ich sagte ja.

»Zeigt Ihnen Stella die Gegend?«

Ich erzählte ihm, wo wir bereits gewesen waren und was wir gemacht hatten.

»Typisch Stella. Sie liebt es, die Leute zu unterhalten. Gefällt es Ihnen bei uns?«

Ich bejahte.

»Und wie ist es zur Zeit in Irland?«

Ich berichtete ihm, daß in Irland alles in Ordnung war. Er nickte höflich, dann schien ihm der Gesprächsstoff auszugehen.

»Kann ich dich kurz sprechen?« fragte er Stella. Sie gingen ins Vorderzimmer und unterhielten sich flüsternd. Als sie ihn später zur Tür brachte, sah ich, daß er sie umarmte und küßte.

Bridgie besuchte uns. Sie war älter als Stella und sah anders aus als sie. Sie war eine kleine, vogelartige Person voller Energie, die keinen Moment ruhig sitzen bleiben konnte. Ständig hüpfte sie herum. Sie brachte einen selbstgebackenen Apfelkuchen mit, und wir setzten uns in die Küche und tranken Kaffee. Bridgie fragte mich, wie es mir in Amerika gefalle. Ich antwortete, daß ich Amerika herrlich fand.

»In Amerika gibt es viele gute Dinge, aber wissen Sie, was ich vermisse? Ich vermisse das gute, gesunde irische Essen.«

Ich sagte, daß ich das Essen hier ausgezeichnet fände. Besonders die Eier, ich hätte noch nie so gute Eier gegessen.

Bridgie beugte sich vor.

»Meinen Sie wirklich?«

»Ja. Ich finde die Eier hier einfach köstlich.«

Sie wandte sich an Stella.

»Hast du das gehört? Er findet, die Eier hier wären besser als die Eier bei uns zu Hause. Wie erklärst du dir das? Sollte man nicht meinen, daß die Hühner in Irland ein viel besseres Leben hätten, weil sie frei herumlaufen und fressen dürfen, was sie wollen? Und dann die gute frische Luft? Und das schöne grüne Gras, das man nirgendwo sonst auf der Welt findet?«

Ich wußte auch nicht, wie ich es ihr erklären sollte, aber das war nun mal mein Eindruck.

»Wie geht es Ihrer Mutter?« fragte Bridgie.

»Meiner Mutter?«

»Tess O'Neill?«

Ich dachte, ich hörte nicht recht. Rasch sah ich zu Stella, aber sie wich meinem Blick aus.

»Es geht ihr gut«, antwortete ich schließlich.

»Sie muß sich sehr für Sie freuen, daß Sie so schöne Ferien machen können. Stella und Tess waren gute Freundinnen, als sie in Belfast arbeitete. Richten Sie ihr bitte viele Grüße von mir aus.«

Ich nickte.

»Wir reden viel von zu Hause. Es ist alles so lange her. Aber man vergißt die Vergangenheit nie. Die Vergangenheit bleibt immer präsent.«

Bridgie schenkte Kaffee ein, und ich spürte, wie ihr Blick auf mir ruhte. Nach einer Weile ging ich auf die Veranda und ließ die beiden alleine, aber als ich etwas später von meinem Buch aufsah, ertappte ich Bridgie dabei, wie sie mich beobachtete.

Als sie gegangen war, stellte ich Stella zur Rede.

»Warum hast du dir diesen Unsinn mit Tess O'Neill ausgedacht?«

»Ich mußte dich doch irgendwie erklären, Martin.«

»Aber du mußtest keine Lügen über mich erzählen.«

»Es war ja keine richtige Lüge.«

»Warum sagst du nicht einfach die Wahrheit? Warum sagst du ihnen nicht, daß ich dein Sohn bin?«

Stella machte eine besänftigende Geste.

»Na, na. Reg dich nicht auf. Wenn ich ihnen die Wahrheit sagen würde, könnten sie nicht damit umgehen. Manchmal ist es für alle Beteiligten besser, wenn man ein bißchen lügt.«

»Für mich ist es aber nicht besser. Du hast behauptet, du wärest stolz auf mich, aber vor Bridgie verleugnest du mich.«

»Nein«, entgegnete sie. »So ist es nicht.«

»Ich halte nicht weniger von dir, weil ich so geboren wurde. Dafür muß man sich nicht schämen.«

»Ich schäme mich nicht für dich.«

»Warum erkennst du mich dann nicht an? Wenn ich gewußt hätte, daß du dich so verhältst, wäre ich gar nicht gekommen.«

Ich stürzte aus dem Haus, lief ganz nach hinten zu den Bäumen und wartete, daß mein Zorn verrauchte. Von einem Garten weiter oben in der Straße hörte ich das Brummen eines Rasenmähers. Ich hockte im Gras, und auf einmal kam mir die Erkenntnis, daß ich in der Falle saß. Ich konnte nirgends hin.

Nach einer Weile sah ich Stella aus dem Haus kommen. Sie brachte mir ein kühles Bier.

»Sei nicht beleidigt«, sagte sie und fuhr mir durchs

Haar. »Ich liebe dich, Martin. Es ist nur einfach so, daß die Leute es nicht verstehen würden.«

Eines Tages nahm sie mich in ein Einkaufszentrum am Stadtrand mit. Wir mußten auf die Autobahn fahren, um dort hinzugelangen. Im Einkaufszentrum gab es viele elegante Restaurants und Geschäfte, in denen man vom Fernsehapparat über Möbel bis hin zu Sportausrüstungen alles kaufen konnte.

Wir gingen in die Läden und musterten die Waren, die sich bis unter die Decke stapelten. Ich fragte mich, wie reich die Amerikaner sein mußten, um sich das ganze Zeug leisten zu können.

Plötzlich sagte Stella: »Ich möchte dir etwas kaufen.«

»Bitte, Stella. Gib nicht soviel Geld aus.«

»Aber ich gebe gerne Geld aus. Das macht mir Spaß.«

»Du hast wirklich schon genug für mich getan. Bitte nicht.«

Sie blickte auf mein Handgelenk.

»Ich kaufe dir eine Uhr. Dann denkst du immer an mich, wenn du auf die Uhr schaust.«

»Stella, das muß wirklich nicht sein.«

»Es ist ein Geburtstagsgeschenk. Du hattest Ende März Geburtstag, und ich wollte dir sowieso etwas schenken.«

Ich schaute sie genau an, wollte sehen, ob sie scherzte.

»Ich bin nicht im März geboren.«

»Was soll das heißen? Du bist am 29. März geboren.«

»Nein«, erwiderte ich. »Am 29. Februar.«

»Bist du sicher?«

»Also, Stella«, protestierte ich. »Ich werde doch wohl meinen eigenen Geburtstag wissen.«

Sie zuckte die Schultern.

»Was Daten betrifft, bin ich ein hoffnungsloser Fall. Manchmal weiß ich nicht mal, wann Weihnachten ist. Egal, es ist trotzdem ein Geburtstagsgeschenk.«

Sie ging mit mir zu einem Juwelier und bestand darauf, zwanzig Dollar für eine Uhr auszugeben, die ich nicht wollte. Danach gingen wir in eine Eisdiele und aßen Pfannkuchen mit Sirup.

Aber den ganzen Heimweg fragte ich mich immer wieder: »Wieso weiß sie meinen Geburtstag nicht? Das soll die Frau sein, die jeden Tag an mich gedacht hat? Wie konnte sie den Tag vergessen, an dem ich geboren wurde?«

Es wurde noch heißer, und allmählich langweilte ich mich in Freehold. Man konnte dort nichts unternehmen. Ich wollte die hellen Lichter von New York sehen, aber jedesmal, wenn ich diesen Wunsch äußerte, hatte Stella eine Ausrede.

»New York ist derartig anstrengend. Du hast es ja in Manhattan erlebt, alle rennen wie verrückt herum, und der Verkehr ist so laut, daß man sein eigenes Wort nicht verstehen kann.«

»Aber ich möchte New York sehen. Ich hab die weite Reise gemacht, und jetzt will ich zu Hause auch darüber berichten können.«

»Es gibt nichts zu sehen, Martin. Glaub mir. Ich habe vier Jahre dort gelebt. Jeder, der auch nur einen Funken Verstand hat, versucht von dort wegzukommen.«

»Ich könnte ja alleine fahren«, schlug ich vor. »Du mußt nicht mitkommen.«

Dann meinte Stella: »Also, wenn es dir so wichtig ist, fahre ich eben nächste Woche mit dir. Wir machen das am Sonntag, da ist es etwas ruhiger.«

Nach und nach kamen die Nachbarn zu Besuch. Stella stellte mich als einen Freund aus Irland vor. Allmählich gewöhnte ich mich an ihre Lügen und arrangierte mich damit, obwohl sie mich jedesmal wieder verletzten. Ich wünschte mir einfach, daß Stella aufrichtig sein und zugeben würde, wer ich war. Ich wollte nur, daß sie mich anerkannte.

Obwohl es ein großes Haus war, konnte ich mich kaum zurückziehen. Egal, wo ich mich aufhielt, nie blieb ich lange alleine. Wenn ich mich zum Lesen ins Wohnzimmer setzte, fand mich Stella sofort. Ständig war sie mit dem Staubsauger unterwegs und fragte mich, ob es mir gutginge und ob ich vielleicht etwas brauchte. Am Ende vertrieb sie mich damit ganz aus dem Haus, ich spazierte durch die Straßen von Freehold und setzte mich in die städtische Bibliothek, wo man mich einigermaßen in Ruhe ließ.

Stellas Tage verliefen immer nach dem gleichen Muster. Sie war eine Frühaufsteherin. Meistens stand sie um sechs Uhr auf. Sie fand, der Morgen sei das Beste vom ganzen Tag und dürfe nicht verschwendet werden. Bevor es zu heiß wurde, erledigte sie die Hausarbeit, und sie hatte dann den Rest des Tages für mich Zeit.

Ich blieb gern noch im Bett liegen und hörte den Vögeln in den Bäumen vor meinem Zimmer zu, aber die lauten Geräusche, die Stella beim Staubsaugen oder Rasenmähen machte, zwangen mich aufzustehen. Sie bestand darauf, ein großes Frühstück zu richten, holte Bagels und Muffins aus der Bäckerei und häufte Eier und Speck auf meinen Teller.

Manchmal fuhren wir mit dem Auto in die Nachbarstädte, aber sie waren eigentlich alle gleich, nur daß sie anders hießen. Der Höhepunkt von Stellas Tagen war die Cocktailstunde. Das war um fünf Uhr, und sie freute sich den ganzen Tag darauf. Wenn die Sonne hinter den Bäumen verschwand, holte sie den Shaker und ihr Buch mit Cocktailrezepten vor.

»Was machen wir uns heute? Wie wäre es mit einer Pina Colada?«

Wir mixten unsere Drinks und setzten uns auf die Terrasse, und Stella sagte: »Ich habe im Radio gehört, daß Bobby Kennedy vielleicht fürs Weiße Haus kandidiert. Ich finde, er hat es verdient, nach allem, was diese Schweine seinem Bruder angetan haben. Es heißt, es sind die Kubaner gewesen, ich persönlich glaube aber, daß es die WASPs waren.«

Ich fragte Stella, was ein WASP war, und sie erklärte mir, das seien weiße angelsächsische Protestanten und so etwas Ähnliches wie die Oranier daheim in Irland. Sie haßten alle Katholiken und gönnten ihnen nichts. Als Jack Kennedy Präsident geworden war, wurde ihnen ganz übel, darum hatten sie ihn fertiggemacht.

Wir saßen und tranken und sahen den Eichhörnchen zu, die über den Rasen flitzten. Um sechs Uhr gab es dann wieder Essen.

Stella war eine gute Köchin, aber sie mästete mich. Sie servierte mir Gemüse, das ich noch nie gesehen hatte: Kürbis und Mais und Süßkartoffeln. Ich zwang mich zwar zu essen, damit sie sich freute, aber es blieb immer etwas übrig, Steaks oder Hühnerbrüstchen. Stella wickelte die Reste sorgfältig in Alufolie und legte sie für später in den Kühlschrank.

»Spare in der Zeit, so hast du in der Not«, pflegte sie zu sagen.

Ein Sprichwort, das Sarah früher auch benützt hatte. Obwohl sich Stella im Land der tausend Möglichkeiten niedergelassen hatte, konnte sie doch nicht allen Staub Irlands von den Füßen schütteln.

Eines Tages lud Stella Mr. Morrison zum Abendessen ein. Er brachte ihr einen Strauß Rosen, den sie in einer Glasvase auf das Sideboard stellte. Sie mixte Manhattans, die wir auf der Veranda tranken, während wir dem Gezirpe der Grillen lauschten.

Mr. Morrison hatte nicht viel zu sagen. Stella versuchte, die Unterhaltung in Gang zu halten, bat ihn, von der Kanzlei und von bedeutsamen Fällen zu erzählen, aber Mr. Morrison war nicht an mir interessiert. Er stellte ein paar Fragen zu Irland, aber ich glaube, er wußte nicht mal, wo Irland liegt. Offenbar verwechselte er es mit Schottland. Mr. Morrison interessierte sich ausschließlich für Stella.

An einem anderen Abend fragte ich sie noch einmal nach meinem Vater. Je mehr Stella dem Thema auswich, desto entschlossener wurde ich. Dieses Mal versuchte ich es mit einem raffinierten Argument.

»Vielleicht wartet er darauf, von mir zu hören, so wie du es auch getan hast?«

»Nein«, sagte Stella. »Das tut er nicht.«

»Wie kannst du da so sicher sein?«

»Weil er tot ist. Wieso fängst du immer wieder davon an?«

»Wo hast du ihn kennengelernt?«

»Im American Eagle. Er hat mich zum Tanzen aufgefordert. So fing alles an. Er war der bestaussehende Mann im Lokal. Und er hatte ausgezeichnete Manieren. Du darfst nicht vergessen, daß ich erst achtzehn war.«

»Aus welchem Stadtteil von Chicago kam er?«

»Woher soll ich das wissen? Die Namen klangen für mich alle gleich.«

»Und er hieß Bill O'Dwyer.«

»Ja.«

»Warum hast du den Namen nicht in meine Geburtsurkunde eintragen lassen?«

Stella machte ein erstauntes Gesicht.

»Habe ich das nicht?«

»Nein.«

»Na ja, es war eine wirre Zeit damals. Ich war ganz durcheinander.«

»Weißt du noch, welchen Rang er hatte?«

Ich hatte ein Blatt Papier genommen und wollte mir Notizen machen.

Stella stand abrupt auf.

»He, was soll das? Ist das ein Verhör? Sei brav und gönn mir eine Pause.«

Nach dieser Woche ging sie wieder zur Arbeit, und ich blieb allein im Haus. Endlich hatte ich meine Ruhe. Eine wunderbare Stille breitete sich aus, wenn die Haustür ins Schloß fiel und ich ihr Auto wegfahren hörte.

Stella hatte einen großen Fernseher im Wohnzimmer, mit dem man etwa ein Dutzend Kanäle empfangen konnte. Ich trank meinen Kaffee und schaute mir die Nachrichtensendungen an. Aber es kam nie etwas über Europa, nur Berichte zur Lokalpolitik. Ich schaltete um und sah mir Sportreportagen an, und wenn ich genug hatte, las ich oder legte mich auf die Sonnenterrasse und hörte Radio.

Aber sogar das Wetter begann mich zu langweilen, und

ich sehnte mich nach Regen oder Wolken oder Wind, nach irgend etwas, das die Eintönigkeit der langen, heißen Tage durchbrechen würde. Allmählich wartete ich darauf, wieder nach Hause zu fliegen.

Vor lauter Langeweile fing ich an, im Haus herumzuschnüffeln. Zuerst war das noch ganz unschuldig. Unter der Küche befand sich ein Keller, in den ich eines Tages hinunterstieg. Dort sah es aus wie in Aladins Höhle. Es gab stapelweise alte Zeitschriften und Regale voller Werkzeug und Dosen voller Nägel und Schrauben, die vermutlich Joe Garvan gehört hatten.

In dem Keller stand eine große hölzerne Truhe, die ich aufbrach. Sie war bis zum Rand gefüllt mit Kleidern, Nippes und Papieren, die Stellas Eltern gehört hatten. Stundenlang saß ich im kühlen Keller und stöberte in den Schätzen aus dieser Truhe.

Ich entdeckte ein Fotoalbum der Familie, das Stella in einer Schublade im Eßzimmer aufbewahrte. Da gab es Bilder von Stella als kleinem Mädchen in Fermanagh; Bilder von ihr als Teenager in einem dünnen Kleid, das schwarze Haar bis über die Schultern. Es gab Hochzeitsfotos; Stella in einem langen, weißen Kleid mit Schleier, und Joe Garvan, der ihre Hand hielt, als sie den Hochzeitskuchen anschnitt. Er war ein flotter Typ, trug einen schwarzen Frack mit einer Nelke im Knopfloch. Und dann tat ich etwas, was ich hinterher sehr bereut habe. Ich ging in Stellas Schlafzimmer.

Es war das Zimmer neben meinem. Ich weiß noch genau, wie vorsichtig ich war, um nichts zu verändern, und wie ich auf warnende Geräusche achtete. In ihrem Zimmer roch es stark nach Parfüm, und es gab einen Einbauschrank mit zahllosen Kleidern und Kostümen und reihenweise Schuhen. Auf einem Sideboard standen Fläschchen und Flakons und ein Schmuckkästchen.

Mein Blick richtete sich instinktiv auf das Bett. Neben dem Bett stand ein kleiner Tisch mit einem Wecker und einem Radioapparat und einem Foto. Es war das Bild von mir im Firmungsanzug, das ich Stella geschickt hatte. Ich sah mich noch mal im Zimmer um, wollte sichergehen, daß ich mich nicht irrte. Aber es gab keinen Zweifel, es war das einzige Foto im Zimmer.

Ich wartete, bis Stella heimkam und wir unseren Cocktail genommen und das Abendessen beendet hatten, dann sagte ich: »Stella, zeig mir doch bitte mal das Tauffoto von mir. Ich würde gern wissen, wie ich als Baby ausgesehen habe.«

Sie erhob sich und ging nach oben. Wenig später kam sie wieder herunter und sagte: »Stell dir vor, ich kann es nicht finden.«

Ich versuchte, ruhig zu bleiben, aber mein Zorn wuchs.

»Du hast mir doch erzählt, daß es immer neben deinem Bett steht.«

»Das stimmt auch. Aber jetzt ist es nicht da. Ich muß es irgendwie verräumt haben. Ich finde es bestimmt wieder.«

»Hattest du es überhaupt jemals, Stella?«

Sie sah mich verwundert an.

»Was soll das?«

»Das hast du dir doch nur ausgedacht, oder? Dieses Foto hat es überhaupt nie gegeben.«

Sie wollte protestieren, aber ich ließ sie nicht zu Wort kommen.

»Du bist eine wandelnde Lüge. Du willst, daß ich

hier bei dir bin, aber du leugnest meine Geburt. Du versuchst so zu tun, als wäre sie nie passiert. Du erkennst mich vor anderen Leuten nicht als deinen Sohn an. Du sprichst nicht über meinen Vater. Glaubst du nicht, daß ich ein Recht darauf habe, zu erfahren, wer mein Vater ist? Glaubst du nicht, daß ich das Recht habe, anerkannt zu sein und nicht als irgendein Freund aus Irland ausgegeben zu werden? Wofür schämst du dich nur so, Stella?«

Diesmal hatte ich sie wirklich getroffen, aber mein Zorn war inzwischen auf dem Siedepunkt.

»Das ist doch alles Vergangenheit. Warum sollen wir darin herumwühlen?«

»Weil ich ein Recht darauf habe. Und du kannst sowieso keinen zum Narren halten. Sie wissen alle, wer ich bin. Das spüre ich an der Art, wie sie mich ansehen. Alle wissen, daß ich dein Sohn bin. Sogar Bridgie weiß es.«

Jetzt weinte sie. Ich hatte sie verletzt. Ich stand auf und ging hinters Haus. Allmählich wurde es dunkel, und die Sterne funkelten am Himmel. Ich saß auf Stellas Schaukelstuhl und hörte dem Gezirpe der Grillen zu.

Am nächsten Morgen fuhr ich mit dem Bus nach New York. Doch obwohl ich mich schon seit Wochen darauf gefreut hatte, wurde es eine Enttäuschung. Ich kaufte mir einen Stadtplan und einige Ansichtskarten, setzte mich auf eine Parkbank und schrieb an Maura, Kevin, Aly und Tante Minnie. Ich schrieb, daß ich wunderschöne Ferien hätte, aber es war alles gelogen. Ich wollte ihnen nicht die Wahrheit sagen.

Ich lief durch die heißen, staubigen Straßen von Manhattan bis zum Battery Park, und dachte die ganze Zeit, was für ein fataler Fehler es gewesen war, hier herzukommen. Onkel Paddy hatte recht gehabt. Ich hätte alles auf sich beruhen lassen sollen.

Auf dem Rückweg kam ich durch die Wall Street und Chinatown und Little Italy. Ich ging am Madison Square Garden und an der Radio City Music Hall vorbei, blieb aber nicht einmal für einen kurzen Blick stehen. Aller Reiz, den New York einmal für mich hatte, war verloren. Als ich müde wurde, setzte ich mich in ein Café, dann nahm ich die U-Bahn zum Port Authority und fuhr mit dem Bus zurück nach Freehold.

An meinem letzten Abend in Freehold lud ich Stella zum Essen ein. Ich hatte etwas Geld beiseite gelegt, um ihr eine Freude zu machen. Seit unserem Streit verhielt sie sich mir gegenüber mißtrauisch, aber sie nahm die Einladung an.

Ich ging mit ihr in ein Steakhouse. Es war nicht teuer. Wir tranken Bier, und ich sagte: »Es tut mir leid, daß wir gestritten haben, Stella. Entschuldige bitte, wenn ich dir weh getan habe.«

Sie nahm meine Hand.

»Glaubst du mir, daß ich dieses verflixte Foto irgendwo habe? Ich wette, sobald du weg bist, finde ich es wieder.«

»Es ist nicht nur das Foto, Stella. Es geht um die Tatsache, daß du nicht zugeben willst, wer ich bin. Du hast einen Fehler gemacht, als du jung warst. Dafür solltest du dich nicht den Rest deines Lebens bestrafen.«

Sie saß geduldig da und schnippelte an ihrem Steak, während ich sprach. Ich war erstaunt, wie wir in wenigen Wochen die Rollen getauscht hatten. Jetzt war auf einmal ich es, der Stella einschüchterte.

Wir beendeten die Mahlzeit und fuhren nach Hause. Stella war für einen Abschiedsdrink, mixte uns Wodka mit Tonic, und dann sahen wir eine Weile fern. Sie war nicht sehr gesprächig. Es schien, als hätten wir alle Gesprächsthemen erschöpfend behandelt und uns nichts mehr zu sagen.

Schließlich gab sie mir einen Gutenachtkuß und ging zu Bett. Ich blieb noch eine Weile sitzen und nippte an meinem Wodka. Ich war froh, daß ich nach Hause fahren und Stellas Haus entkommen konnte. Es war ein Fehler gewesen, hier herzukommen. Vielleicht war es sogar falsch gewesen, Stella überhaupt ausfindig zu machen.

Irgendwann löschte ich die Lichter und ging die Treppe hinauf. Aus Stellas Zimmer hörte ich ein leises Jammern, wie von einem verwundeten Tier. Ich legte das Ohr an die Tür und hörte, daß sie weinte. Da dachte ich an das Gespräch mit Tess O'Neill. Daß Stella sich immer in den Schlaf geweint hatte, als sie mich zu Vater Ambrose bringen mußte.

Kapitel fünfzehn

Anders als bei Sarahs Geschichten gibt es im wirklichen Leben kein Happy-End. Man wird immer wieder enttäuscht. Erwartungen erfüllen sich nicht. Menschen lassen einen im Stich. Als ich Freehold verließ, schwor ich mir, nie wieder dorthin zurückzukehren. Stella brachte mich zum Busbahnhof und wartete, bis sich der Bus nach New York in Bewegung setzte. Ich winkte ihr vom Fenster aus zu – sie stand an der Haltestelle, hatte ein Taschentuch in der Hand und trocknete sich die Augen. Sie tat mir leid. Stella war eine einsame Frau, und sie hatte keine Kinder, die sie im Alter trösten würden.

Ich kehrte nach Belfast zurück und ging wieder arbeiten. Alle wollten wissen, wie die Reise gewesen war, aber ich erfand irgendwelche Geschichten, weil ich nicht mit der Wahrheit herausrücken wollte. Stella schrieb mir Briefe, die ich nicht beantwortete. Sie rief mich im Büro an, aber ich nahm ihre Anrufe nicht entgegen. Sie schickte mir eine Weihnachtskarte, doch als ich den Poststempel sah, warf ich sie ungelesen in den Papierkorb. Nach und nach schlief die Korrespondenz ein. Ich wollte nichts mehr von ihr wissen.

Meinen Vater habe ich nie gefunden. Lange Zeit war ich von der Suche nach ihm besessen, genau wie ich damals von Stella besessen war. Ich stellte ihn mir in einer eleganten Uniform vor, so wie ihn Stella beschrieben hatte, mit einem Käppi, das verwegen über seinem schönen Gesicht saß, und Epauletten auf der Schulter.

Manchmal denke ich noch an ihn. Ich stelle mir vor, daß er gerade eine Zigarette raucht: Camel oder Lucky Strike oder irgendeine andere amerikanische Marke, die Band spielt einen Titel von Glenn Miller, und vielleicht hat er ein Glas Bourbon in der Hand. Ich sehe, wie er lächelt, als er Stella zum Tanzen auffordert. Er muß sehr höflich gewesen sein. Das ist mir wichtig. Wenn ich an meinen Vater denke, will ich, daß er perfekt ist.

Ich habe viel Zeit und Geld bei der Suche nach Bill O'Dwyer verschwendet. Ich schrieb an das amerikanische Verteidigungsministerium und an die Veteranenvereinigung. Ich bezahlte sogar eine Frau in Washington dafür, daß sie monatelang erfolglos in Zulassungsverzeichnissen und Wählerlisten nach seinem Namen suchte. Irgendwann akzeptierte ich schließlich, daß mein Vater immer ein Geheimnis für mich bleiben würde.

Maura und ich heirateten im Juni 1970, und Aly war mein Trauzeuge. Unsere Hochzeitsfeier fand in Pat's Bar statt, und von überall kamen Sänger und Musiker. Ein Mann, der Hackbrett spielen konnte, reiste sogar aus Glenarm in der Grafschaft Antrim an. Eine Gruppe von Geigern kam aus Toomebridge. Ich lud Bruder O'Callaghan ein, und er kam tatsächlich und brachte sein Akkordeon mit – und sah aus, als wäre er schon tot und im Himmel. Pat Brennan machte Cornedbeefsandwiches, und ich gab ihm hundert Pfund für Bier. Die Party dauerte den ganzen Tag. Am Schluß herrschte in dem kleinen Pub ein derartiges Gedränge, daß die Tür abgesperrt wurde und man ans Fenster klopfen mußte, wenn man hereinwollte.

Meine Erinnerungen an diesen Tag sind sehr schön: Aly, der in einem geliehenen Anzug ein wenig unbeholfen die Trauzeugenrede hielt, während Kevin Trainor von der Bar aus für die Zwischenrufe sorgte. Maura, die in ihrem Hochzeitskleid »Mädchen, solange ihr jung seid, heiratet nie einen alten Mann« sang, und wie sich alle vor Lachen ausschütteten. Onkel Paddy, der vom Whiskey beschwipst »Ich träumte, ich wohnte in marmornen Hallen« sang, während Tante Minnie jammerte, er würde uns alle lächerlich machen und solle doch um Himmels willen damit aufhören, weil wir sonst für immer blamiert wären. Ein Gast, der mich nur flüchtig kannte, fragte mich nach meinen Eltern, und ich sagte ihm, daß sie tot seien.

»Alle beide?« fragte er überrascht.

»Ja«, antwortete ich. »Sie sind beide tot. Vater und Mutter.«

Er schüttelte den Kopf.

»Das ist aber sehr traurig. Dafür sind Sie noch viel zu jung.«

Fergus fuhr uns zum Flughafen, und wir verbrachten unsere Flitterwochen auf Mallorca. Kurz nach unserer Rückkehr rief er mich in sein Büro und schloß die Tür hinter sich.

»Mr. Gageby will dieses Büro umorganisieren. Er findet, daß wir schon zu lange hier sind. Vielleicht hat er recht.«

»Was bedeutet das?«

»Das bedeutet, daß ich nach Brüssel gehen werde und dort ein neues Büro aufmache. Sie gehen nach Dublin. Umzugskosten und ein Mietzuschuß werden gezahlt, bis Sie Fuß gefaßt haben.«

»Tja, wenn wir uns jetzt trennen müssen, möchte ich Ihnen für alles danken, was Sie mir beigebracht haben«, sagte ich. »Ohne Ihre Hilfe wäre ich nie Reporter geworden.«

Er fuhr sich durch sein widerspenstiges Haar, und ich sah ihm an, daß er verlegen war.

»Kommen Sie«, sagte er. »Ich lade Sie auf ein Bier im Duke ein.«

Ich war froh, daß ich Belfast verlassen konnte. Inzwischen hatten die Unruhen Ardoyne überrollt. Einige Gebiete an der Crumlin Road und der Hooker Street waren während der Krawalle im August 1969 niedergebrannt worden. Die Wheatfield Bar war verschwunden, und Logue's Pub, in dem Isaac so viele Samstagabende verbracht hatte, war nur noch ein schwarzes Gerippe.

Auf der Straße hielten mich englische Soldaten an, durchsuchten mich und verlangten meine Ausweispapiere. Maura und ich lagen nachts wach im Bett und lauschten dem Gewehrfeuer, das am Ende der Alliance Avenue stundenlang zwischen der IRA und der britischen Armee tobte. Morgens fanden wir leere Patronenhülsen auf der Straße.

Wir zogen nach Dublin um, wo ich in der Zentralredaktion der Irish Times arbeitete. Wir fanden ein Haus in Howth, einem Fischerdorf am Stadtrand von Dublin, und im Dezember 1973 kam unser erstes Kind auf die Welt. Wir richteten uns ein und lebten unser Leben.

Jahre vergingen. Ich dachte kaum an Stella. Wir hatten kein Kontakt mehr. Ich war viel zu sehr mit meiner Familie und mit meiner Arbeit beschäftigt. Und dann bekam ich eines Tages, im August 1985, im Büro einen Anruf von ihrer Schwester Kathleen. Sie berichtete, daß Stella einen Schlaganfall gehabt hatte und schwer krank sei. Stella wolle mich unbedingt wiedersehen.

Ich wollte nicht fahren. Ich hatte Stella aus meinem Leben gestrichen. Sie wiederzusehen, das hieß nur, traurige Erinnerungen wachzurufen. Aber ich sprach mit Maura darüber, und sie meinte: »Du solltest fahren. Sie ist jetzt eine alte Frau. Du solltest hinfahren und sie glücklich machen.«

Also flog ich nach New York und nahm den Bus nach Freehold. Es war heiß, und die Bäume färbten sich braun und glänzten golden im Abendlicht. Mr. Morrison holte mich vom Busbahnhof ab. Mir fiel plötzlich auf, daß ich nie seinen Vornamen erfahren hatte, also fragte ich danach, und er sagte, er heiße Jack.

Er erzählte mir, daß Stella und er inzwischen verheiratet seien.

»Wie geht es ihr?«

»Sehr schlecht. Sie ist auf der rechten Seite gelähmt. Die ärztliche Prognose ist nicht gut.«

Ich sagte, das täte mir sehr leid.

»Seit sie den Schlaganfall hatte, fragt sie ständig nach Ihnen. Sie fragt jeden Tag nach Ihnen. Als Sie damals zu Besuch hier waren ... sie sagte, ihr hättet einen Streit gehabt. Das hat sie nie verwunden.«

Wir kamen zum Haus. Es wirkte verwahrlost, seit ich es das letzte Mal, vor beinahe zwanzig Jahren, gesehen hatte. Von den Fensterrahmen blätterte die Farbe ab, und der Rasen war verwildert.

Jack ging mit mir ins Haus.

»Ich habe ihr Bett ins Wohnzimmer stellen lassen, damit sie keine Treppen steigen muß.«

Er führte mich zum Wohnzimmer und blieb an der Tür stehen.

Die Vorhänge waren zugezogen, und der Raum lag im Halbdunkel. Stella saß auf Kissen gestützt im Bett. Ich erkannte sie kaum wieder. Sie war erschreckend gealtert. Ihr Haar war jetzt grau, und ihre Haut war bräunlich und brüchig wie ein vertrocknetes Blatt. Vom Schlaganfall war die Hälfte ihres Gesichts eingefallen.

»Martin«, sagte sie. »Gott sei Dank, daß du wieder da bist.«

Sie streckte mir die Hand entgegen. Ich nahm ihre Hand und setzte mich neben Stella. Tränen liefen ihr übers Gesicht. Ich erzählte ihr von Maura und den Kindern und von meiner Arbeit. Ich sagte, daß ich ein schönes Leben hätte. Sie hielt meine Hand fest umklammert, als wollte sie mich nicht wieder gehen lassen.

»Es tut mir leid, daß wir gestritten haben«, sagte sie.

»Sprechen wir nicht mehr davon, Stella. Das ist vorbei. Ich habe es längst vergessen.«

»Nein. Es ist wichtig. Es gibt einiges, was ich dir unbedingt sagen will. Du hast immer nach deinem Vater gefragt. Ich habe dich belogen, weil ich mich zu sehr geschämt habe. Einen Bill O'Dwyer hat es nie gegeben. Ich habe ihn erfunden. Ich weiß nicht, wer dein Vater ist.«

Mir krampfte sich das Herz zusammen.

»Das hatte ich mir schon gedacht, Stella.«

»Ich glaubte, wenn ich dir die Wahrheit sage, würdest du mich für ein Flittchen halten. Aber so war es nicht. Wir waren auf einer Party, und ich hatte zuviel getrunken. Damals gab es überall und ständig Partys. Am Ende fand ich mich in einem Bett mit einem gutaussehenden Soldaten wieder. Ich weiß nicht mal mehr seinen Namen.

Ich konnte es niemandem erzählen. Schon gar nicht meiner Familie. Das hätte meiner Mutter das Herz gebrochen. Es tut mir so leid, Martin. Ich mußte das alles geheimhalten.«

Ich sah ihr armes, verzerrtes Gesicht und empfand großes Mitleid für sie.

»Sprich nicht darüber, Stella. Es spielt keine Rolle.«

»Es spielt wohl eine Rolle. Und ich bin noch nicht fertig.«

Sie rief nach Jack, der langsam ins Zimmer kam und an der Tür stehenblieb.

»Darf ich bekannt machen, Jack? Das ist mein Sohn Martin.«

Wir sahen uns an, und er nickte.

»Freut mich sehr, dich kennenzulernen, Martin.«

Ich war zutiefst gerührt. Ich hatte das Gefühl, als wäre mir eine jahrelange Last abgenommen worden, beugte mich über das Bett, umarmte Stella und küßte ihre tränennasse Wange.

Drei Tage blieb ich bei ihr. Wir saßen in dem stillen Zimmer mit zugezogenen Vorhängen und redeten, abends lief ich dann durch die Straßen von Freehold, oder ich saß mit Jack auf der Veranda, und wir tranken einen Whiskey.

Am Tag meiner Abreise fragte Stella: »Du kommst doch bald wieder? Und bring die Kinder mit. Ich würde so gerne meine Enkel sehen.«

Ich sagte ja, natürlich, aber in meinem Innersten wußte ich, daß es nie dazu kommen würde.

Sechs Wochen später starb Stella an einem zweiten, schweren Schlaganfall. Sie wurde nach Irland überführt und auf dem Friedhof von Ballinaleck neben ihrer Mutter und ihrem Vater begraben. Es war ein grauer, wolkiger Oktobertag. Ich stand neben Jack, als sie die Erde auf Stellas Grab schaufelten, danach gingen wir alle zusammen im Ort zum Essen. Ihre gesamte Familie akzeptierte mich. Niemand fragte mich, wer ich war. Es war so, wie ich schon lange vermutet hatte: Jeder kannte Stellas Geheimnis. Alle wußten, daß ich ihr Sohn war.

Ich denke noch immer an sie. Ich denke darüber nach, wie es hätte sein können, wenn alles anders gekommen wäre. Sie wäre eine gute Mutter gewesen. Aber es sollte nicht sein. Ich weiß jetzt, daß Sarah meine Mutter war. Und mein Vater war Isaac. Wenn ich von meiner Kindheit träume, was immer häufiger vorkommt, je älter ich werde, träume ich von Sarah und Isaac. Und in meinen Träumen singt Isaac.